徳 間 文 庫

南アルプス山岳救助隊K-9

逃 亡 山 脈

樋 口 明 雄

徳 間 書 店

目次

主な登場人物

山梨県警南アルプス署地域課　山岳救助隊

神崎静奈　ジャーマン・シェパード、バロンのハンドラー。空手三段。巡査
星野夏実　ボーダー・コリー、メイのハンドラー。巡査
深町敬仁　山岳救助隊員。巡査部長
江草恭男　山岳救助隊隊長。白根御池警備派出所長。警部補

沢井友文　南アルプス署地域課長。警部

警視庁　阿佐ヶ谷署

大柴哲孝　阿佐ヶ谷署刑事組織犯罪対策課員。巡査部長
真鍋裕之　阿佐ヶ谷署刑事組織犯罪対策課員。大柴の相棒。巡査部長
小坂康彦　阿佐ヶ谷署刑事組織犯罪対策課員。巡査
中西伍郎　阿佐ヶ谷署刑事組織犯罪対策課長代理。警部補
三浦　茂　阿佐ヶ谷署刑事組織犯罪対策課長。警部

山梨県警南アルプス署

東原義光　　南アルプス署刑事課員。警部補

勝野孝昭　　南アルプス署留置管理課担当官。巡査長

その他

高沢基樹　　南アルプス署から阿佐ヶ谷署へ移送される窃盗罪被疑者

プロローグ

わずかの間、意識を失っていたらしい。

ゆっくりと目を開いた。

とたんにむせそうになり、口の中に詰まっていた異物を吐き出した。

砂混じりの泥だった。舌の周りがいつまでもざらついて感じられる。

車が転落した直後、衝撃でドアが開いて車外に投げ出されていたのを憶《おぼ》えていた。ぬかるんだところに顔から突っ込んだのだろう。そのまま気絶したらしい。よく窒息しなかったものだ。

何かに頭をぶつけたのか、頭痛がした。耳鳴りもある。

両手も両足も無事のようだが、右腰をひどく打ち付けたらしく強い痛みがあった。顔はきっと傷だらけだろう。いくら泥の中に突っ伏したとはいえ、指先で触るとヒリヒリする場所がいくつもあったし、生臭い泥の臭《にお》いがしつこくまとわりついている。

腹這《はらば》いの姿勢のまま、背後を振り返ると、車は見事なまでに逆さになっていた。風が濃密な揮発臭を運んできた。タンクからガソリンが洩《も》れていることがわかった。何かの弾みで火花が飛べば、ひっくり返った車は一気に炎に包まれるだろう。

だが、それとは別の危険が迫っている。それも極め付きの。

だしぬけに嘔吐《えず》きそうになった。喉《のど》の奥からこみ上げてきたが、なんとか堪《こら》えた。ぐずぐずしてはいられない。

いつまでも、こんなところに突っ伏しているわけにはいかない。奴らは車が落ちたのを目撃している。それで満足して去っていくような連中ではない。必ずここに確かめにくるはずだ。

身を起こした。

口内ばかりか、眼窩《がんか》にまで泥が詰まっているような気がしたが、むりに視界を確保して、周囲を見る。

森だった。

鬱蒼《うっそう》とした木立の間に雨が降っていた。

大粒の雨に叩かれた葉叢《はむら》が不規則に揺れている。見ているうちに、さらに不安が募ってきた。雨音の中、足音がどこかから近づいてきそうな気がした。

泥の中で両手で拳《こぶし》を強く握った。

そのまま、腕を支点にして躰《からだ》をグイッと前に進ませる。左右の膝を交互に曲げながら、匍匐《ほふく》前進のスタイルで少しずつ前に移動した。それを何度もくり返していくうちに、だんだんと息切れがしてきた。しかし休む余裕はない。

泥濘《ぬかるみ》から、枯葉が深く積もった場所まで移動し、そこで動けなくなった。

ゆっくりと仰向《あおむ》けになり、深く息をついた。

逆さになった車からは、せいぜい二十メートルぐらいしか距離を隔てていない。周りには木立があって、なんとか身を隠せそうだ。しかし彼の姿が車内にないと知れば、奴らはきっと周囲を捜索しにかかる。

そう思ったのもつかの間だった。

すぐ近くで音がした。

小枝を靴底で踏み折る音がはっきりと聞こえた。

振り返った途端、スーツ姿の男が二名、目の前に立っていた。

どちらも三十代から四十代。中肉中背。ひとりはガッシリとした躰で口髭《くちひげ》を生やし、もうひとりは耳の大きな三角顔。そういう見分をしてしまうのは、警察官である自分の癖だ。しかし、この男たちは犯罪者ではない。むしろそれとは縁遠いところにいるはずの人間たちだった。それが役場の職員が書類に印鑑を押すように、ごく自然に人を殺す。

二十数年の刑事歴の中でも、そんな連中に出会ったのは初めてだった。

――何だ。あの男じゃないぞ。

ひとりがそういったのが聞こえた。

――してやられたらしいな。

もうひとりがいった。

最初のひとりがかがみ込み、彼の前に顔を近づけた。

光のない切れ長の目が不気味だった。

――車の中に奴はいない。いったいどこだ？　答えてもらうぞ。

ゆっくりとした口調でいった。

「途中で置いてきたんだよ。あんたらはまんまと騙《だま》されたわけだ」

ひどくしゃがれた声。喉がカラカラだった。

それ以上に、無性に煙草《たばこ》を吸いたかった。

もうずいぶん前にやめたはずなのに、未だにポケットをまさぐって煙草を探す癖が抜けない。

そんなことを考えているうちに、ふと彼女のイメージが勃然《ぼつぜん》と浮かんできた。

神崎静奈《かんざきせいな》という名の女性警察官。

所属は山梨県警南アルプス警察署地域課。

初めて会ったのは、自分の管区における些細《ささい》な事件だった。それが大きく世間を騒がせるまでに発展した。その渦中に、彼女はいた。今回もその彼女に会いたいため。

そんな他愛のない理由で巻き込まれた出来事だった。

しかし今は、その肝心の彼女がここにはいない。

あいつ、何をしてんだろうな。

ふとそんなことを考えて、緊迫状況にもかかわらず、ふいに笑みが浮かんだ。

――この、くそったれが。

ぐいっと胸ぐらを摑《つか》まれ、強引に引き起こされた。

――何、笑ってやがんだ。こいつ。

男がいった。

手を離した途端、硬い革靴の先でこめかみを蹴りつけてきた。

衝撃とともに意識が暗転していった。

ACT—I

1

南アルプス、北岳――。

八本歯のコルと呼ばれる尾根の鞍部の下、連続する長い木製の梯子《はしご》を下りきったところで、背負い搬送の交代となった。

これで何度目だろうか。

いったんゴツゴツした岩の上に下ろされた要救助者。頭に包帯が巻かれ、マウンテンパーカーのフードをすっぽりかぶっている。グレゴリー社のレスキューパックを躰《からだ》に装着した二十八歳の若い男性を座らせ、神崎静奈はその前に座り込み、彼に背を向けた。

さっきまで男性を背負っていた星野夏実《ほしのなつみ》が、片膝を突き、バックルの装着を手伝ってくれる。

さすがに息が上がっている。

各ストラップをすべて締めると、要救助者の躰が背中に密着する。

一気に立ち上がると腰を痛めるため、片足ずつ立ててから、ゆっくりと起き上がる。

背後の要救助者とのバランスを維持しながら、ふたつの足で何とか立った。

「大丈夫ですか、静奈さん」

夏実が補助しながら、心配そうに声をかけてくる。

「うん。馴《な》れてるから」

そうはいったものの、要救助者は体重八十キロ以上。静奈の倍近くはあった。

それを担いで歩く。

自分よりも小柄な星野夏実隊員も頑張っている。彼女に負けるわけにはいかない。

さいわい下山路だった。重力に身を任せればいい。

そうは思っても、下り道こそ危険なのだ。足を滑らせたりしたら、背負った男性といっしょに転倒してしまう。

さらに、さっきからバタバタと大げさなほどの音を立てる大粒の雨が、三人の躰を打ち続けている。

梅雨《つゆ》入り宣言が出されて間もなかった。

そんな季節にふさわしい天候だ。

それゆえにヘリコプターが飛べない。事故に遭った登山者を足で運ぶことになる。

さいわい定期パトロール中にたまたま滑落者を発見したため、警備派出所から現場にゆく時間が短縮できた。が、要救助者は尾根から足を滑らせ、十数メートルを滑落し、全身打撲。とりわけ頭部の打撲があって、医療機関への搬送が急務だった。

現在、連絡を受けた警備派出所からは、三名の隊員たちがこちらへ急行している。

しかしその到着を待っている余裕はない。一刻も早く、麓《ふもと》まで担ぎ下ろさなければならない。だからこその背負い搬送だった。

「行くよ、夏実」

静奈は歯を食いしばり、慎重に歩き始めた。

十数歩下っては休み、また足を出す。何度か、それをくり返してから、静奈は背後の男性に声をかけた。

「高橋《たかはし》さん。大丈夫ですか？　どこか、痛む場所はありますか？」

答えはない。

しかし、声は洩《も》らしている。言葉にならない発声が、まるで呪文のように聞こえる。

会話ができたのは発見直後だけだった。

そのとき、要救助者は意識がはっきりしていたし、むしろ饒舌《じょうぜつ》だった。そのため、名前や住所などや滑落したときの状況が聞けた。が、搬送しているうちに、だんだんと当人の意識が混濁してきた。今もぶつぶつと言葉にならないつぶやきをずっと洩らしている。

こうした症状は、脳に損傷を受けている場合が多い。かなり深刻な状況であった。

返事がなくても声をかけていく。

当人が気力を失わないようにするためだ。

八本歯のコルから二俣合流点へ下るルートは左俣コースと呼ばれる。岩がゴツゴツしたところをひたすら下りるだけだが、意外にここは事故の多発場所となっている。ひとつには左手、バットレスと呼ばれる崖からの落石。それから浮き石を踏んだり、足を滑らせての転倒、滑落などだ。

通い馴れた救助隊員とて油断できない。

ましてやこの雨だ。濡れた岩場は恐ろしく滑りやすい。

「静奈さん、いつでも交代しますから」

後ろをついてくる夏実が声をかけてくれる。

「大丈夫。まだ、行ける！」

そう答えてまた歯を食いしばる。一歩また一歩と歩を運ぶ。

二俣分岐にある二棟のバイオトイレは、上からもよく見えていた。が、それがなかなか近づかない。歩いても歩いても距離を稼げないような気がして、焦燥が心を打つ。

しばらくそうして歩き続けていると、二俣付近に隊員たちの姿が見えた。しかしまだ米粒のように小さい。それでも、こちらにむかって早足に登ってくる様子がわかる。

ようやく静奈の口許に笑みが浮かぶ。

そのとき、ふいに背後の男性がうめき声を洩らした。

すさまじい力で身をよじっている。

静奈は思わず足を停めた。夏実も傍《かたわ》らに立つ。

「高橋さん。どうしましたか」

夏実の問いに答えはなく、さらに大きな声を放って苦悶している。

その声がひときわ高くなったとたん、ぱったりと止《や》んだ。

瞬間、静奈の背中に身を預けていた要救助者の男性が——石のように重たくなった。

「そんな……」

夏実の声がした。

静奈は彼を背負ったまま、しばし立ち尽くしていた。

ザアザアと冷たい雨が降りしきる。大きな雨粒を受けて、レインウェアがバタバタと無情に音を立てている。

静奈の背中に重みがのしかかっている。

魂が抜け、肉体だけになった要救助者を背負ったまま、静奈は知らず、眉根《まゆね》を寄せ、深く皺《しわ》を刻み込んでいた。哀しみがこみ上げ、涙があふれそうになる。

鉛色の雨雲を見上げる。雨に顔を打たれながら、目をしばたたく。

「静奈さん。高橋さんを下ろしましょう。深町《ふかまち》さんたちがすぐに来てくれますから」

夏実の声に我に返った。

前方から仲間の隊員たちが足早に登ってくる。

その姿はまだまだ小さい。

今一度、振り返り、彼女を見つめる。

夏実は泣いている。俯《うつむ》き気味で、その肩が小刻みに震えていた。

静奈は小さく首を横に振った。

「このまま背負っていく」

驚く夏実に頷《うなず》いてみせる。「一分でも早く、ご家族のところに帰してあげなきゃ」

歯を食いしばり、また雨の中を歩き出した。

夏実が後ろからトボトボとついてくる。

翌朝、すっかり晴れ上がった初夏の空にヘリの音が轟《とどろ》いた。

白根御池小屋《しらねおいけごや》上空にホバリングした県警ヘリ〈はやて〉、側面のスライドドアが開き、ヘルメットをかぶった飯室滋《いいむろしげる》整備士の操作によってホイストケーブルが揺れながら降下してくる。

メインローターから吹き下ろされる強烈なダウンウォッシュの中、納体袋に包んだ要救助者の遺体を倉庫から運び出してきたのは山岳救助隊員の男たち。

遺体はストレッチャーに載せられ、収容のスタンバイが完了している。

登山者たちにも協力をあおぎ、山小屋の近くに張られていたテントはすべて待避させていた。木立の枝葉がザワザワと大げさに揺れている。

空から下りてきたケーブル先端のフックを、曾我野誠《そがのまこと》と横森一平《よこもりいっぺい》両隊員が遺体を包んだ太綱モッコの金輪に引っかけ、装着の安全を念入りに確認してから、上空に手で合図を送った。

機体から身を乗り出すように見ていた飯室がゼスチュアで「諒解《りょうかい》」の合図を返す。

ウインチでケーブルが巻き上げられ、ストレッチャーが地上からすっと浮き上がったかと思うと、ゆっくりと回転しながら上空のヘリへと上昇していく。

航空法で遺体は機内収容できず、機外に固定される形で空中搬送される。

側面のスライドドアが閉じられ、県警ヘリが機首を転じた。

やや傾きながら空をカーブして飛行する〈はやて〉の操縦席から、機長であり操縦士である納富慎介《のうとみしんすけ》が、その向こうから副操縦士の的場功《まとばいさお》が敬礼をしている。

静奈と夏実、そして江草恭男《えぐさやすお》隊長を始め、南アルプス山岳救助隊の隊員たちが、そろって頭を下げ、空の彼方《かなた》へと小さくなっていく遺体に向かって黙禱《もくとう》する。

「〝オロクさん〟をお見送りするのも久しぶりでしたね」

江草隊長の静かな声に、静奈はゆっくりと目を開く。

「私の背中で息を引き取られました。あのときの重さは忘れません。みなさんからそんな体験を聞かされていたけど、自分にとって初めてのことでしたから」

命が尽きた途端、背負っていた要救助者が石のように重たくなる。

よく聞かされたものだが、たしかに本当のことだった。

どんな重篤な怪我人であれ、病人であれ、命があるかぎり、自分を担ぐ者に〝身を預けている〟のである。それが息を引き取ったとたんに〝遺体〟となる。一個の物体となる。

だからそんなことが起こる。

それは決して死を看取ることではない。そこに死の尊厳は存在しない。だからこそつらい。

江草隊長の視線を感じ、静奈は彼を見た。

「お疲れ様でした。ここんとこ、警備派出所に詰めて長いですし、星野隊員とふたりで少し休暇を取ったらいかがですか」

優しい眼差《まなざ》しでいう髭面《ひげづら》の隊長を見返し、静奈はようやく微笑《ほほえ》んだ。

「ありがとうございます。でも、私……もう少し、ここにいます。やり残したことがある気がして」

江草隊長がうなずいた。「課長からは許可が出てますし、いつでもいってください」

「ありがとうございます」

静奈は頭を下げた。

そして、派出所に戻り始めた他の隊員たちの後を追った。

「静奈さん」

夏実が追いついてきた。「ハコ長が休暇をくれたんですよ。もったいないじゃないですか」

「私はいいの」

そういってから、夏実の顔を見つめた。「もしかしたら、お休みしたいのはあなたのほうだったりして？」

図星を指され、夏実がかすかに赤くなった。「バレちゃいましたね。実は短大の同窓会に誘われてます」

「たしか期末手当の支給日は昨日だったよね」

期末手当とは一般の企業でいうボーナスのことである。山の勤務地である警備派出所で受け取ることはできないが、下山すればいつでも銀行口座から下ろせる。

「やっぱり、私も久しぶりに山を下りようかな？」

その言葉を聞いて夏実がニッコリ笑う。

「あんまり頑張らずに、たまには下界で羽を伸ばしたほうがいいですよ」

静奈はつられたようにふっと笑みを浮かべた。

「いいわ。署のほうにも顔を出しておきたいし」

「私もいっしょに行きます。ロッカーに私物を入れっぱなしなんです」

「ハコ長にいってこなきゃね」

夏実が子供のようにはしゃぎながら、静奈の腕を摑んで足早に歩き出す。

2

青梅《おうめ》街道と中杉《なかすぎ》通りが交わる交差点近く。

阿佐《あさ》ヶ谷《や》警察署の裏手に車を停めて、大柴哲孝《おおしばてつたか》は車外に降り立った。

額の汗を手の甲で拭《ぬぐ》い、それから両手を口の前に合わせてハアッと息を吐いた。

「まずいな。これじゃ宿酔《ふつかよい》がバレバレだ」

独りごちてから歩き出す。

署内に入り、エレベーターの前に立っていると、会計課の女性警察官がやってきて大柴の隣に立った。平出《ひらいで》という馴染《なじ》みの巡査である。露骨にジロジロ見ているので、彼はわざとらしく咳払《せきばら》いをする。

エレベーターの箱が下りてきて、扉が開いた。

大柴はさっと先に入り、四階のボタンを押す。続いて入って来た平出巡査は少し離れて立ち、また容赦ない視線で彼を見ている。仕方なく目を離し、口を尖《とが》らせながらポケットに手を突っ込んだ。

四階に到着した。

大柴はどうぞと右手を差し出し、彼女を先に降ろした。

それからポケットに左手を入れたまま、そっと外に出る。課のフロアに足を踏み入れ、強行犯捜査係のブースに入って自分のデスクに向かった。

事務机が並ぶ島の突端を見る。

さいわい課長も課長代理も留守のようだ。

捜査員たちのほとんどは出払っているが、椅子を引いて座ったとたん、隣に机を並べる真鍋裕之《まなべひろゆき》が顔を向けてきた。

「シバさん、ずいぶんと酒臭いですよ。それじゃ酒気帯び運転じゃないですか」

「仕方ないだろ。歩きで来るわけにはいかんし」

そういってまた口を尖らせた。

「何時まで飲んでたんですか」

「二時か三時だった……かな」

「いくらボーナスが出たからって、まったく」

真鍋は呆《あき》れた顔で大柴を見ていたが、ふっと笑みを洩らし、また事務仕事に戻った。

実際には四時近くまで飲んでいた。

阿佐ヶ谷駅近くの店を三軒か四軒、ハシゴをした記憶がある。

また莫迦《ばか》をやっちまったと後悔したのは、目覚まし時計で無理やり起床したときだ。水をがぶ飲みしたとたん、気持ち悪くなってトイレで嘔吐《おうと》した。シャワーを浴びると意識ははっきりしたが、酒臭さだけはいかんともしがたい。

椅子を引いて立ち上がり、トイレに入った。それから洗面所でコップ一杯の水を飲んだ。

鏡の中にある自分の顔は明らかに赤ら顔である。無精髭も剃っていない。

冷たい水で洗顔したあと、自分のデスクに戻ってきた。

「ちょっと、大柴君」

名を呼ばれて振り向く。

刑事組織犯罪対策課の課長である三浦《みうら》茂《しげる》警部が、自分のデスクに座っているのに気づいた。トイレに立っている間に戻ってきたらしい。

隣のデスクから真鍋が気まずそうな顔を向けてきた。が、それを無視して大柴は立った。

課長とプレートが置かれたデスクに向かう。

「あの……」

わざとらしく頭を掻《か》きながら、三浦の近くに立った。

「悪いが、急な出張があるんだ。引き受けてくれないか」

三浦課長は大柴が酒臭いことに気づいているはずだが、そのことを口にする様子がないためホッとした。

「出張って——」

大柴は自分を指差し、いった。「これでも事件を三つ抱えてんですがね」

「〝本店〟から回ってきた案件で、したがって最優先なんだ。しかもあちらが直々《じきじき》、君をご指名なんだよ。なぁに、近場だから半日で終わることだし、もしも心証が良くなれば、あっちに引っ張られるかもしれんぞ」

あっちというのは〝本店〟すなわち警視庁だ。

「そんなわけないでしょうが」

彼は溜息《ためいき》を投げようとし、自分が酒臭いのを思い出して、あわてて口を押さえた。

「とにかく」

課長は真顔のまま、背後を指差した。「上の会議室に早いとこ行ってくれ。〝本店〟

さんがお前を待ってるんだ」

「マジっすか」

大柴は呆れてそういった。

いったん自分のデスクに戻り、書類をたたんで出かけようとすると、隣から真鍋が何かを投げて寄越した。受け取ってみると、〈クールミント・マウススプレー〉と書かれた小さなボトルだ。

「悪いな」

大柴は苦笑いし、片手を挙げた。


エレベーターで五階へ行き、会議室の前でポケットからスプレーを取り出し、口の中に二度、三度と吹いた。それからネクタイを締め直し、扉を開いた。

コの字形に並べられた長テーブルに、スーツ姿の警察官が三名、座っていた。

手前にいるのは三十少しぐらいの若い男性で、ツーポイントの眼鏡をかけている。その向こうに五十ぐらいの恰幅《かっぷく》のいい男。いちばん奥に座るのは同じぐらいの年齢だが、対照的に痩《や》せていた。いずれも書類を前に置き、背筋を伸ばした姿勢で着席している。

「大柴哲孝巡査部長。あちらへどうぞ」

眼鏡の若い男が手で指した向かいの机に行った。

「失礼します」

大柴は頭を下げ、椅子を引いて座った。

彼らの顔をいまいちど見た。ちょうど三名と対座するかたちとなっている。

「われわれは警視庁警備部警備第一課から来ました」

若い男性がそういった。「私はミシマといいます。こちらはカツラギ、それからタドコロ。ともに階級は警視。私は警部です」

「驚いたな。こちとらめったにお目にかかれない殿上人《てんじょうびと》の方々だ」

「口を慎みたまえ、大柴巡査部長」

カツラギという恰幅のいい警察官が野太い声でいった。

「すみません。つい癖なもので」

そういって大柴は頭を掻いた。

「あなたにとってこの任務は大きなチャンスといえます。そのことをよくお考えください」

ミシマが能面のように無表情なまま、そういった。それから書類を持って立ち上がり、大柴のところにやってきて、彼の前の机に置いた。

Ａ４サイズのコピー用紙が一枚だ。

《被疑者・高沢基樹の移送について》

そう書かれてあった。

「まず、資料に目を通してください」

ざっと読んだ。

高沢基樹《たかざわもとき》、四十八歳、出生は山梨県笛吹《ふえふき》市。無職。前科なし。

六月十九日に南アルプス署管内にて窃盗罪で逮捕され、同署にて取り調べなどの捜査が終了、検察の起訴もすでに決定している。ところが取り調べの過程で、二年前に都内杉並区で発生した別件の重要犯罪に絡んでいることが判明し、現場検証における立会人として必要なための移送ということだった。

それだけならまだしも、出向が本日付になっていたのには驚いた。

「また、急な話ですな」

つぶやきながら書類に目を通す。

高沢容疑者のカラー写真は、コピーだが鮮明だった。

白の開襟シャツ。白髪交じりのボサボサの髪に、虚《うつ》ろな目をした顔が印象的だ。悪相というか、いかにも犯罪者っぽい感じがする。

　顔を上げて訊いた。

「窃盗って、具体的に何をしたんです」

「スーパーとかコンビニエンスストアでの万引きですよ。金に困って、食パンとパック飲料なんかを盗んだようですが、数カ所で常習的に犯行に及んでいたようです。

「どうしてそんな男がうちの管轄で重要犯罪に絡んだりするんですか」

　彼らは答えなかった。

　ふいに口をつぐんだような印象があって、大柴は奇異に思った。

「その杉並区における重要犯罪ってところですが、この資料には何も書かれておらんようですが？」

「あくまで〝特秘〟なのです。現時点では表に出せない事案だとご理解ください」

　ミシマがそういったが、やはり大柴は納得できない。

「それで、みなさんがわざわざこちらへ？」

　ミシマが頷《うなず》く。「そういうことです」

　大柴は資料にある南アルプス署という文字に視線を落とす。

「もしかして、この自分が選ばれた理由って、例の〈クリムゾン・ウイルス事件〉の関係ですか」

「たしかにあのとき、あなたは南アルプス署地域課の女性巡査と深く関わりました」

ミシマの言葉を大柴が笑う。

「別に深く、ってことはないですよ」

「そういう意味ではない」

カツラギが低い声でいった。「あの事件のおかげで君のことはあちらの署でも知られているため、被疑者の受け取りと移送がスムーズだと判断した。それだけのことだよ」

「まあね」

大柴はまた頭を搔いた。

「それで、出張は自分ひとりで？」

「捜査員はペアでの行動が基本です。だから、もう一名の同行が必要です」

「こっちで選んでいいんですか」

「いや」

ミシマは光のないような目で大柴を見て、いった。「あなた同様に、こちらで候補をリストアップし、選抜してあります。あなたの後輩になる小坂康彦《こさかやすひこ》巡査です」

「組対課に配属になって、まだ一年半ですよ」

「経歴は関係ありません。無作為に選んだまでです」

「だったら自分も無作為の結果ですか」

「よけいなことは詮索せんことだ。大柴巡査部長」

カツラギに釘《くぎ》を刺され、仕方なく口をつぐんだ。

「小坂巡査の選抜のことは、すでにそちらの刑事担当次長と刑事課長にも伝えてあります」

ミシマはそういって、上司の顔を見てから、大柴に目を戻す。「では、よろしく」

「被疑者引き取りの段取りはどうすれば？」

「そちらの課長のほうから受けてください。以上ですが、何か質問は？」

「いや……」

首の後ろに手を当てて、大柴はしかめ面《つら》であらぬほうを見た。

「それから、深酒は勝手ですが、アルコールはしっかり抜いてから、任務に就いてくださいね」

ふいにいわれ、大柴は口をへの字に曲げた。

3

「で、なんで相棒が真鍋さんじゃなく、俺なんすか」

警察車である黒いボディのステップワゴンの運転席に座り、ステアリングを握って、不服そうに小坂がいった。

「だからさ、上からの指示だっていったろ」

大きく開けた口にマウススプレーを吹き込んでから、大柴が答える。

宿酔独特の不快感はだいぶ消えてきたが、頭痛がしつこく残っていた。バイザーを下ろして備えつけの小さな鏡で見ると、目がまだ充血している。おまけに無精髭も目立っていかにもだらしない顔だ。

「大柴さんだって、俺なんかと組まされるのはいやなんでしょう」

「いや……ってことじゃねえがな」

そういって唇を噛《か》む。

正直、この小坂康彦を連れて行くのは気が引けた。

名前とは裏腹に、なりばかりでかくて、文字通り愚鈍な男なのだ。

これでよく平の警察官から私服の捜査員になれたものだと思うが、どうやら推薦があったようだ。柔道の成績ゆえらしい。大学時代は柔道部でならし、オリンピック候補にまでなったという。免状は二段である。

組対課に引っ張られ、いくつか事件を担当したが、ろくに成果も出せないまま、一年半が経《た》っていた。コチコチの体育会系なので柔軟な思考ができず、当然、書類仕事も苦手で誤字脱字のオンパレード。課長や課長代理から何度も書き直しをいいわたされているのを大柴は知っていた。

いわば課の厄介者なのである。

彼が選抜された理由が、それゆえだとしたら。

ふとそんなことを思いつき、自分の身になって考えたら情けなくなった。

「何、しかめ面になってんすか。宿酔、大丈夫ですか」

いわれて我に返る。

ちょうど前方に談合坂サービスエリアの標識が見えてきた。

「悪いが、寄ってくれるか」

「いいっすよ。ちょうど俺も腹が減ってたんです」

ウインカーを左に出し、小坂が車を本線から誘導路に入れた。

サービスエリアの駐車場にステップワゴンが停まると、大柴はまっすぐトイレを目指した。

宿酔ということは腹も下る。朝から二度ばかり便所に行ったが、まだ本調子に戻らない。個室に入ると、痛む腹にしかめ面をしながら、長い時間をかけて排便をした。

まさに糞みたいな人生だな——そう思って大柴は自嘲する。

こんな自堕落な日々を繰り返しているうちに、いずれ病気にかかる。

いつか胃のあたりがしくしくと痛み出し、タールみたいに真っ黒な排泄物が、トイレの中に落ちているのを見ることになるかもしれない。不安を抱えながら病院に行くと、お決まりのこんな言葉が担当医から投げられるのだ。

——どなたか、ご家族の方はいらっしゃいますか？

ひとりだというと、あとは最悪の病名と余命宣告が下されるって寸法だろう。

そんなことを想像しながら、大柴は洗浄のスイッチを入れる。

洗面所でまた顔を洗い、水気を拭くと、多少なりともまっとうな顔に戻った気がした。

ズボンのポケットで煙草《たばこ》のパッケージをまさぐろうとしている自分に気づき、ひとり苦笑いしてやめた。

煙草をやめたのは一年半も前だ。それなのに、まだ躰が欲している。

酒に憑《とりつ》かれているだけでも、充分に綱渡りな人生なのに、これ以上、寿命を縮める理由がない。そう思って、ポケットから出した手をじっと見つめる。

去年、離婚が成立して以来、酒量が増えた。解放感というよりも、やはりストレスのような気がする。自分は結婚生活に向かない男だとわかっているのに、女性との安定をどこか望んでいるから情けない。

ふと、ひとりの女の面影が脳裡《のうり》に揺れる。

南アルプス署地域課の神崎静奈巡査。

そのイメージを振り払い、洗面台を離れて大柴は歩き出した。

レストランに入ると小坂の大柄な姿があった。カツカレーをむさぼっているところだった。ご飯は大盛りらしい。

「朝っぱらから、よくそんなのが食えるな」

呆れた顔で大柴にいわれ、小坂が顔を上げる。口の横に飯粒がついていた。

「運転って、けっこう腹が減るんですよ」

そういいながら大きなカツをフォークで刺し、ムシャムシャと食べる。「大柴さん、何にします」

「食欲ないから、いいよ」

「宿酔には蕎麦《そば》がいいそうですよ。ルチンっていう成分が体内のアルコールを分解してくれんだって、テレビでやってたのを観たことがあります」

「わかったよ」

麺類のコーナーでざる蕎麦を注文してから、彼はリモコンの呼び出し器を持って小坂の向かいの席に座った。

スマートフォンを取り出すと、ＬＩＮＥのアプリを立ち上げてみた。

どうせ南アルプス署に出向くのだからと、出発前に静奈に事情を話しておこうと思ったが、地域課に電話すると彼女は山にいるという返事だった。それで仕方なくＬＩＮＥでメッセージを送っておいたのだった。

しかし〝既読〟という文字がついていない。

電波が届かないのか、あるいは多忙なのか。

「例の彼女っすか？」

カツカレーを食べながら小坂が訊いてきた。

「彼女じゃねえよ。ただの知り合いだ」

「美人の空手家ってあこがれますよ。俺も柔道っすけど、一度、立ち会ってみたいなあ」

「何、妄想してやがんだよ。荒くれ馬みたいに蹴飛ばされるのがオチだ」

小坂は口の端についた飯粒をつまみ、ペロリと舐《な》めてからいった。

「大柴さんだって片思いなんすよね」

「別に」

「そうだって顔に出てますよ」

「うるせえな」

ムキになっていったとたん、呼び出し器のブザーが派手に鳴り始めた。

4

甲府昭和インターで中央自動車道を下りた。

県道を辿《たど》って釜無川《かまなしがわ》を渡り、南アルプス市内に入る。時刻は午後一時をまわっている。

大柴は助手席からスマートフォンで南アルプス署の担当刑事に電話をかける。あらかじめ聞いていたが、東原《ひがしはら》という名だった。彼の個人の携帯番号だ。

すぐに本人が出たので、あと三十分前後で署に到着できるという報告を入れる。

――お疲れ様です。

落ち着いた男性の声だった。

――三階の会議室でお待ちしております。手続きなしで、そのまま上がってきてくださってけっこうです。

「すぐにうかがいます」

そういって、大柴は電話を切った。

宿酔の酒はほとんど抜けていたが、念のために真鍋にもらったマウススプレーを取り出し、口の中にシュッと吹き込んだ。ステアリングを握りながら、小坂が横目でちらっと見た。

ダッシュボードを開き、阿佐ヶ谷署から持ってきた書類を茶封筒から出してみる。

今回、引き取ることになった被疑者の写真がコピーされ、本人に関することが記されている。

高沢基樹という男の顔を、大柴はじっと見つめる。

南アルプス警察署の駐車場に入り、小坂が車を停めた。

車のドアを開く。梅雨に入ったというのに、雲ひとつない晴れ渡った空だった。

大柴は伸びをしてから署の建物を見る。

レンガ色を薄くしたデザインの三階建ての屋舎である。

神崎静奈巡査はきっとまだ山の勤務だろうな。そう思いながら、正面のエントランスに向かう。

ドアをロックして小坂がついてきた。

交通課の前でいったん立ち止まった。

制服の警察官たちがカウンターにいる来客に応対している。課員たちはくつろいだ様子で事務仕事をしているようだ。そこに阿佐ヶ谷署のような慌ただしさはない。同じ所轄とはいえ、田舎の警察署は何となく雰囲気が違う。

「あの、何か？」

制服姿の警察官のひとりが交通課の受付カウンター越しに声をかけてきた。ショートヘアで眼鏡をかけた中年女性だった。

「警視庁の阿佐ヶ谷署から来た大柴と小坂といいます。刑事課の東原さんと面会の約束でして」

「刑事課の東原……さん？」

「あ。いいんです。場所はわかってますから」

小坂とともに歩き出そうとして、ふと思いついて、いった。

「ところで地域課の山岳救助隊の神崎巡査は在署されてますか」

とたんに彼女が奇異な表情に変わった。

「はあ、他部署のことはちょっと……」

頭を下げて、小坂を連れ、フロアの奥へと歩く。

エレベーターを見つけたが、階段を上ることにした。阿佐ヶ谷署で酒臭いのを女性警察官に悟られたことを思い出してしまったからだ。

「なんでエレベーター使わないんです？」

いいながら小坂がついてきた。

「ちっとは足を使え。だからブクブクに太るんだよ」

「これ、脂肪じゃなくて筋肉ですってば」

小坂は自分の腹を指差しながらいう。

三階まで上ると通路を歩き、扉のひとつに〈大会議室〉の札を見つけた。少し緊張した面持《おもも》ちでノブに手をかけた。

「失礼します」

そういいながら入ると、だだっ広いフロアが目の前にあった。

会議用の長テーブルのほとんどが片付けられて、ひとつだけ置かれてあった。椅子は三脚。そのすぐ傍《そば》、窓越しに外の光が目映《まぱゆ》く差し込んでいる中、黒のスーツ姿の男性が背を向けて立っていた。窓の外を見ているらしい。

「警視庁阿佐ヶ谷署刑事組織犯罪対策課の大柴と小坂です」

声をかけると、男がゆっくりと向き直る。

ガッシリとした下顎《したあご》と太い眉が印象的な中年男性だった。

「南アルプス署刑事課の東原です」

容貌に似合った低い声だ。

名刺を差し出され、大柴たちも名刺入れから出して交換した。

東原義光《よしみつ》という名だった。階級は警部補とあった。

「はるばるご苦労様です」

そういって椅子を二脚差し出した。「どうぞ、お座りください」

大柴たちはテーブルを挟み、彼に向かって腰を下ろした。

「詳細は警視庁のほうからうかがっております。うちとしては、せっかく捕まえた窃盗の被疑者をみすみす手放したくはないのですが、取り調べがすでに終了していますし、そちらの重要事案が絡むということで、まあ、渋々お預けするわけです」

「ご無理をもうしましてすみません」

大柴は頭を下げた。

「警務部から預かってきた書類はここに揃《そろ》えてあります。ひと通りお読みいただき、必要箇所に記入してから捺印《なついん》をお願いします」

足許《あしもと》から取り出した黒い鞄《かばん》のジッパーを開き、東原は紙片をテーブルに置く。数枚がクリップで留められていた。大柴はそれを取り、じっくりと読んだ。一枚目は被疑者受け渡しのための書類。二枚目は阿佐ヶ谷署が被疑者を引き取る理由を書く書類。三枚目は移送の注意事項に関する書類。内容のほとんどは誓約書のかたちとなっていた。

「こちらをお使いください」

ペンと朱肉を渡された。

大柴はそれらに必要事項を書き込んだ。

最後に〝印〟と書かれた箇所すべてに押印《おういん》する。

「ありがとうございます。警務課のほうには話を通してありますので、このまま留置場のほうへご案内します」

そういって東原が立ち上がった。

留置管理課のフロアに行くと、大柴たちは軽く身体検査をされ、セカンドバッグなどの荷物を預けた。

留置担当官は勝野《かつの》と名乗り、階級は巡査長。四十代の男性警察官だった。

大柴たちを案内し、留置場入口の重たい扉を開いた。

勝野担当官の後ろに従って、鉄格子が並ぶ通路を歩かされる。天井には監視カメラが取り付けられている。

職業柄、署内の留置場を訪れることは何度もあるが、どこも同じような空気に充ちている。何となく冷たく、息苦しい。ずらっと並ぶそれぞれの雑居房に何人か入っているはずだが、声ひとつないのも同じだった。

いちばん奥の雑居房の前で勝野担当官が足を停めた。

広さから推測して、阿佐ヶ谷署と同じくここも六人部屋のようだ。

通路に面した鉄格子は金網で裏打ちされていて、映画で観るように外に向かって手を出したりすることはできないようになっている。担当官がカギを使って扉を開く。

「高沢基樹さん、これより移送になります。こちらへどうぞ」

留置場は拘置所や刑務所と違って、担当官は被疑者をさん付けで呼ぶ。

やがて雑居房の中からその男が姿を現した。

白髪の交じったボサボサ頭で痩せ顔。上下紺色のスウェットとジャージのズボンだった。四十八歳だということだが十五は老けてみえた。

資料にあった写真とはずいぶんとイメージが違う。が、細部の特徴はまさに彼だった。

「高沢基樹さんですね」

大柴が声をかけた。彼は虚ろな目を向けていたが、小さくうなずいた。

「警視庁阿佐ヶ谷警察署の大柴と小坂です。別件の立ち会いのために、これより我々が阿佐ヶ谷署にあなたを移送します」

高沢がまたうなずく。自発的というより、あらかじめそうしろといわれて従っているような印象がある。

大柴が渡した手錠を担当官がかけた。高沢はおとなしく両手を差し出したままだ。

「行こうか」

大柴は傍らにいる小坂に目配せをしてから、高沢とともに歩き出す。

雑居房の通路をゆき、留置場を出ると、担当官が扉を閉め、ロックをした。そこで東原が待っていた。

高沢の両手から、いったん手錠が外された。彼が着ているスウェットとジャージのズボンは借り物だったらしく、勝野担当官が付き添い、更衣室で着替えてから出てきた。本人の私服は資料の写真にあった白い開襟シャツに灰色のスラックスだった。足許は安っぽいズックだ。

「外まで送りましょう」

ふたたび彼に手錠をかけた東原がいい、先導するように歩き出す。

大柴たちはその後ろ姿を追った。

署の建物を出て駐車場に置いた黒のステップワゴンに歩み寄り、キーレスでロックを解除した小坂がスライドドアを開く。

「どうぞ」

彼にいわれ、高沢が黙って乗り込んだ。手錠をかけたままだ。

小坂が運転席に入った。

「じゃあ、これで」

大柴は東原に向かって頭を下げた。

「気をつけてください」

そういって東原が笑う。鋭い目がスライドドア越しに車内を見ていた。

「あの」

大柴にいわれて、ふいに東原が彼を見た。「なんですか」

「他部署のことで申し訳ないんですが、地域課の神崎巡査は山に赴任中ですか」

東原の顔からすっかり笑みが消えていた。

「山……」

困惑したようなその表情を、大柴は奇異に思った。

「いえ。いいんです。失礼しました」

彼はまた頭を下げ、後部座席に乗り込んだ。

スライドドアを閉じるとき、あらためて東原の顔を見た。

最前までの笑顔はなく、岩のように硬くこわばった容貌がそこにあった。

5

南アルプス警察署の駐車場にある職員用スペースに日産エクストレイルを停める。

神崎静奈は車外に出て、少し伸びをした。一年前、都内で派手にクラッシュし、車体がかなり歪《ゆが》んだT－31という旧型だった。工場では新車に買い換えたほうがいいと勧められたが、どうしても新型にする気になれず、むりに修理してもらった。

隣に停まったスズキ・ハスラーから出てきた夏実も静奈に倣《なら》って伸びをしている。

ふたりともチェックのシャツにズボンといった登山服姿である。

北岳の登山口である広河原から曲がりくねった林道を走り、夜叉神峠越えで下りてきた。一時間あまりのドライブだった。

山を下りて、まず警察女子寮に寄り、救助犬——ジャーマン・シェパードのバロンとボーダー・コリーのメイをそれぞれの部屋に入れてから、ふたりはまたおのおのの車に乗って南アルプス署にやってきた。乗り合わせで来なかったのは、退署の時間がふたりとも違う可能性があったからだ。

ハコ長こと江草恭男隊長からは許可をとっていたが、休暇が正式に受理されるためには地域課長の印鑑が必要だった。

いつものように正面入口から入り、交通課のフロアで馴染みの女性警察官たちに挨拶する。そのまま階段を上って二階へ。地域課のプレートがかかったフロアに行くと、デスクワークをしていた沢井友文《さわいともふみ》課長が顔を上げた。メタルフレームの眼鏡越しにふたりの姿を見つけると、小さくうなずいた。

「神崎、星野。ただいま警備派出所から戻りました」

「ご苦労さま」

沢井課長がいつものようにニコリともせず、無表情に答えた。

ふと静奈が周囲を見ると、いつもと違う空気に気づく。地域課だけではなく、隣の刑事課のフロアにも、妙な雰囲気が漂っていた。ほとんどの課員は机にいたが、一様に表情が重いのである。

「どうしたんですか」

静奈がそっと沢井課長に訊く。

「よくはわからんのだが、どうも今朝から招かれざる客が来ていたらしい」

「え」

好奇心をあらわに夏実がいった。「それって、もしかして県警からですか」

「いや、もっと上だ」

沢井課長は眼鏡を指先で押し上げて、さらに声を小さくしていった。

「警察庁だ。それもかなりの上層部らしい」

「マジなんですか」

今度は思わず静奈がいった。

課長は例によって表情を見せず、ただ黙ってうなずいた。

「また、どうしてですか」と、夏実。

「うちで勾留中の被疑者を、別件がらみで警視庁の管轄に移送だそうだ。さっき警視庁管内の所轄から刑事二名が来て連行していった。取り調べがすっかり終わって送検前だったそうだが、まあ、トンビに油揚げをさらわれたようなものだな」

「それは悔しいですよねえ。でも、その被疑者って？」

「高沢基樹という男で容疑は窃盗だ。市内のスーパーやコンビニで複数箇所の万引きだった。防犯カメラに映っていた映像を元に、警ら中だった小笠原《おがさわら》東《ひがし》駐在所の勝山《かつやま》と三橋《みはし》が職質をかけて検挙となった」

「そんな被疑者が、都内の事件に関係あるわけですか」

「ようは知らんがそういうことだ」

「何だかきな臭い話ですね」

「まあ、すでに署を出たというし、とっくに終わった話だ。あちらさんたちの用事がすめば、またいやでもこちらに戻されるよ」

課長は夏実を見て、いった。「ところで？」

「事故の報告書です」

沢井課長がうなずいた。「出したまえ」

静奈が差し出した茶封筒を受け取り、フォーマットに沿って書かれた報告書を出してざっと目を通す。

「〝要救〟はお亡くなりになったそうだな。神崎巡査に背負われて」

書類から視線を外して、課長がいった。

静奈は口を引き結び、ひと呼吸おいて「はい」と答えた。

石のように重くなった遭難者を思い出した。

彼女のそんな表情を見て、沢井が話題を変えた。

「ところで休暇の申請とか」

「神崎と星野、二日間の休暇を希望します」

そちらの書類を受け取り、眼鏡越しに見ながら課長がいった。

「たしかふたりとも有休がまだ残ってたな」

「はい！」

静奈と夏実の声が重なった。

6

高沢はずっと沈黙していた。

手錠をかけられたまま、ステップワゴンの後部シートにもたれ、なにかに憑かれたような表情で窓外を流れる景色をぼうっと見ていた。

ときおり彼の様子をうかがいながら、大柴は声をかけていた。

「盗みの他になにをやらかした?」

高沢は相変わらず黙って外を見ていた。会話を拒否しているようだ。

大柴は何度目かの舌打ちをする。

運転席の小坂がミラー越しに見ているのに気づき、彼はいった。

「ちゃんと前向いて運転してろ」

小坂がわざとらしく咳払いした。

「それにしても、あいつ……有名人だとばかり思ってたが」

「何の話です」

また小坂とミラー越しに目が合った。

「東原という刑事に神崎巡査のことを訊いてみただろ。彼は知らないようだった」

「まあ、他部署だからじゃないんですか」

「そうかな」

大柴は腕組みをした。

そうかもしれない。が、そうでないかもしれない。だったら、何だというのだろう。

なぜだか妙な不安のようなものが胸中にあった。

南アルプス署を出て十数分。県道五号線を北東に向かって走っていた。

道路は細く、左右は住宅街だ。

車窓から吹き込む風がやけに冷たく、大柴はウインドウを閉めた。そのとき、背後に猛々しいような排気音が聞こえた。

振り返ると深緑色のボディの大型トラックが、長いコンテナを牽《ひ》きながら右側車線を強引に追い抜いていくところだった。

センターラインは黄色。追い越し禁止である。

トラックは彼らのステップワゴンのすぐ前で左車線に戻った。おかげで小坂が急ブレーキを踏む。

「あっぶねえなあ――！」

ステアリングを叩いて、小坂がいいはなった。

「大柴さん。あいつ、とっ捕まえてやりたいっすねえ」

「よせ。〝マル被〟の護送中だ。だいいち俺たちゃ交通課じゃねえんだ」

小坂は憤懣《ふんまん》やるかたない様子だ。無意識にアクセルを踏み込んでいるらしく、時速六十キロ以上になっていた。

前方のトラックはおよそ二十メートルばかり先を走っている。

ふいにそのブレーキランプが赤く光った。

大柴は驚いた。信号ではない。道路の途中で意図的に停車したようだ。

小坂が声を洩らした。

あわててブレーキを踏み込む。そのため、後部座席の大柴と高沢が前のめりになった。

トラックの後部にぶつかる寸前、小坂がステアリングを右に切った。かろうじて右車線に逃れたとたん、前方から白いワゴン車がやってくるのに気づいた。

正面衝突を回避するために、小坂がふたたび左車線に逃れる。まさに鼻先。間一髪だった。

白いワゴン車の運転席で、男性があっけにとられた顔をしていた。

全身が硬直していた大柴は、とっさに後ろを振り返る。

くだんのトラックがまた走り出していた。今度はすさまじい勢いで加速をして追いつこうとしているようだ。紫色の排ガスをさかんに噴き出している。

「おい。どうなってる！」

思わず怒鳴ってしまう。

「俺に訊いたって知りませんよ！」

小坂は半分悲鳴に近い声を放った。

大柴の隣に座る高沢も、さすがに蒼白《そうはく》な顔をしていた。

また轟然《ごうぜん》とした排気音が近づいてきた。今度は振り向く間もなかった。

ガツンという衝撃がステップワゴン全体を揺るがした。

背後からトラックが追突してきたのだ。大柴は思わず前のシートの背もたれに手をかける。危うく鞭打《むちう》ちになるところだ。

また隣席の高沢と目が合った。何かをいいたげだ。

続いてさらに強烈な衝撃。二度目の追突に、たまらずステップワゴンが蛇行した。

「大柴さんッ！」

小坂が悲痛な声を上げた。「これって、もしかして交通マナーとかの問題じゃなくて、意図的な攻撃じゃ——」

言葉の途中でまた後ろから突き上げられた。

ガラスが破砕する音がした。リアウインドウに大きく斜めにひび割れが走っていた。

「とにかくぶっ飛ばせ。あいつから離れるんだ！」

小坂がアクセルを踏み込んだ。ステップワゴンが急加速した。

大柴はまた後ろを見た。

トラックとの距離が少し開いた。運転手は白いマスクをつけている。ナンバーは泥のようなもので汚してあった。こうなったら自分たちが狙われているのは確実だった。

それはなぜか——。

また、高沢を見つめた。彼は眉根を寄せて視線を逸《そ》らしている。

思わずその肩をつかもうとした。

「大柴さん。赤信号！」

運転席から聞こえた小坂の声に、ハッと前を見た。

まさに危機的状況だった。青と白の大型バスが一台、赤信号の交差点の手前に停まっている。ステップワゴンはそこに急接近しているところだ。

「何とかかわして交差点を抜けるんだ！」

「信号を無視するんですか」

「緊急走行だと思えよ、莫迦野郎」

「だって、この車にはサイレンもパトランプもないんですよ」

「だったら、死にたいのか！」

怒鳴ったとたん、小坂の大柄な躰がビクッと震えたのがわかった。

前方の交差点――十字路のようだ――が、どんどん近づいてくる。停まっているバスの車体が間近に見える。

小坂がブレーキを踏んだ。

背後を見ると、トラックがまた追い上げてきていた。巨大な車体が急速に迫ってくる。運転手がつけた白いマスクが、異様にはっきりと見えている。

「大柴さん！」と、小坂の悲痛な声。

見れば前方の交差点。杖をついた灰色のワンピース姿の老婆が、横断歩道を渡り始めたところだった。

「何とかかわせ！」

大柴が叫んだ。

ステップワゴンが右車線に出た。

老婆は大型バスが停まる左車線と、道路の反対側のちょうど中間をよたよたと歩いている。このまま進めば撥《は》ねてしまうのは必至だ。なお悪いことに、急接近する大柴たちの車に気づいた老婆が、その場に立ち止まってしまった。

こっちを凝視している。

小坂が声を放った。言葉ではなく悲鳴だった。

ステップワゴンが老婆の右をかすめるように通り過ぎる。一瞬、風で白髪《しらが》が乱れ、それがすっ飛ぶのが見えた。

ウイッグ——鬘《かつら》だったようだ。

大柴が振り返ると、老婆がその場に座り込んで足を投げ出している。

そのすぐ傍を大型トラックが通過する。

「なんとか……なったようです」

額の汗を手の甲で拭いながら小坂がいった。

「まだだ。トラックが追いかけてくるぞ」

ルームミラーの中で、小坂の目が大きく見開かれた。

大柴はスマートフォンをポケットから引っ張り出した。電源ボタンを押して、待ち受け画面にする。

神崎静奈の名が履歴に表示され、応答なしとなっていたが、その上にある南アルプス署の東原刑事の携帯番号を指先でタップする。ところが呼び出し音が二十回以上続いても、相手が電話に出ない。

仕方なくプッシュモードで南アルプス署の代表番号に電話をかける。

——こちら、南アルプス警察署です。

女性の声がした。

「市内で暴走トラックに後ろからぶつけられたあげく、執拗《しつよう》に追いかけられてる」

——事件なら、一一〇番通報してください。

「そっちの管内なんだよ！」

——いつのことですか？

「今だ。今！」

苛立《いらだ》ちながら大柴は怒鳴った。「目下、トラブルの渦中なんだ」

——落ち着いてください。場所はどちらですか？

こちらの焦燥にもかかわらず、やけに事務的な女性警察官の声。

「これが落ち着いていられるか！　場所は……」

カーナビの画面を見た。

「……下今諏訪《しもいますわ》ってところだ。県道五号線を甲府方面に走ってる」

——相手の車はどんな車両でしょうか。

「だからトラックっていったろ。車種は不明。ナンバーも汚れて見えない。運転手はマスクをした男性だ」

——違反車両のことをもう少し詳しくお話しください。

「ちょっと待てッ！　こいつは違反なんてもんじゃねえ。明らかな殺意だよ。だから交通課じゃなくて刑事課扱いだっての！」

——あなたのことをお知らせください。まず、お名前から。

「大柴だ。大柴哲孝！　警視庁阿佐ヶ谷警察署組織犯罪対策課。階級は巡査部長だ。お宅の留置場から出した被疑者一名を警視庁の所轄に移送中なんだ」

電話の向こうがしばし沈黙した。

「おい。黙ってんじゃねえって！」

——お待ちください。該当部署に繋《つな》ぎます。

「だから、刑事課を呼んでくれ。東原って刑事だ！」

——そのような名の職員は本署にはおりませんが。

「何いってんだ！　いいから、さっさと刑事課に代わってくれ！」

しばしてから、男の声がした。

――交通課です。トラックの暴走ということですが、詳しくお聞かせください。

大柴はスマホを耳から離し、溜息をついた。

「いいかげんに俺の話を信じやがれ！」

そういいざま、通話を切断した。

そのとき、背後からまた猛然とエンジン音が迫ってきた。

すぐ間近にあのトラックが見えている。

7

夏実が先に警察女子寮に戻ったあと、静奈はしばらく地域課のデスクで報告書などの事務仕事をしていた。一時間ばかりかけて、それを終えると、課長に提出。

退署しますと課長にいい、地域課のフロアに背を向けた。

「神崎さん」

署から外へ出ようとしたとき、交通課の受付カウンター越しに声をかけられた。

足を止めると、岩政泰子《いわまさやすこ》という名の馴染みの女性警察官だった。眼鏡越しに静奈を見て、こういった。

「ちょっと前に東京の阿佐ヶ谷署から、刑事さんがおふたり、来られてたんですが、そのとき神崎さんは在署されてるかってお訊きになられましたけど」

「阿佐ヶ谷署……」

課長からそのことを聞いたばかりだった。南アルプス署で逮捕した窃盗《せっとう》の被害者を、別件の立会人として都内の所轄《しょかつ》に移送するといっていた。

静奈はハッとなった。「もしかしてその刑事って？」

「大柴さんと小坂さんって名乗られました」

思わず彼女の顔を凝視した。

「彼、来てたの？」

「それが、刑事課の東原さんって方と面会だっていわれていたんです」

「うちの刑事課に東原って人いたっけ？」

静奈は岩政にそう訊いた。彼女は困惑した顔で小さく首を横に振る。

「東《あずま》さんと芦原《あしはら》さんなら存じてますけど、おふたりとも交通課だし……」

「やっぱり聞き間違いじゃないの？」

って」

静奈が訊くと、彼女はきっぱりとこういった。「たしかにそういわれました。東原

あの大柴哲孝がここに来ていた。

それだけでも驚くが、実在しない人物と面会していたというのがどうにも理解できない。

岩政に別れを告げ、署の正面玄関から外に出ると、静奈はスマートフォンを取り出した。

画面に大柴哲孝の電話番号を呼び出し、タップした。

耳に当てたが、話し中の信号音が聞こえるばかりだ。

二度ばかり試してからあきらめ、静奈はスマートフォンを仕舞った。

そのとき、署内から数名の制服警察官が走り出してきた。それぞれ駐車場に停めてあるパトカーに乗り込んだ。ドアが閉まるとともに、次々とあわただしく発車していく。最後に出てきた若い交通課の男性警察官が知り合いだったので、声をかけてみた。

「佐々木《ささき》君、何があったの？」

いったん足を止め、佐々木巡査がいった。

「署に通報があって、大型トラックが五号線を暴走中ということなんです」

「トラックが暴走……」

「とにかく、行きます！」

彼もうひとりの警察官とともにパトカーに乗り込む。パトランプを明滅させ、サイレンを鳴らしながら、他の車両に続いて署の敷地から外に出ていった。

静奈はあっけにとられてそれらを見送っていたが、ふと向き直り、急ぎ足で署内に戻った。

交通課のブースに行き、岩政巡査を捜した。

発見したとたんに目が合って、静奈は驚く。

デスクから立ち上がると彼女は歩いてきて、受付カウンター越しに小声でいった。

「神崎さん。例の大柴さんらしいんです」

「え」

「さっき、署に電話してきた人」

「マジ？」

岩政が黙ってうなずく。

静奈はかすかに眉を寄せ、腕組みをした。

「あいつ……何やってんだか」

かつて東京で彼とトラブルに巻き込まれたことを思い出した。

「大柴さんはたしか被疑者の移送にあたって、刑事課の東原っていう人に面会したのね」

彼女は黙ってうなずいた。

しかしそんな人物は刑事課にはいない。どうも腑《ふ》に落ちないのである。

軽く唇を噛み、静奈は考える。しかし、真相が見えてこない。焦燥のうちにどうするべきかを考えた。

大柴の顔が思い浮かぶ。

知らん顔を決め込むことは、やはりできそうにない。


エクストレイルに乗り込み、ドアを閉めたとき、スマートフォンが震えた。

発信者は星野夏実とあった。

「どうしたの？」

エンジンをかけながらいった。

——パトカーのサイレンがいっぱい重なって寮まで聞こえるんですけど、これって？

不安そうな声だった。

「大型トラックが五号線を暴走中だって。これから私も行ってみる」

――だって静奈さん。それって交通課の仕事じゃ……。

「友達が巻き込まれてるらしいのよ。また、連絡するね」

通話を切ってステアリングを握った。

8

T字路を右折し、すぐ前にあった開国橋西と書かれた信号の交差点を、信号が黄色から赤に変わった直後に突っ切った。

左右から走り出そうとした車がストップし、派手なクラクションを鳴らす。

交差点すぐ間際のファミリーレストランの窓から、客たちが驚いた顔で外を見ている。

背後に目をやると、さっきまで猛追していたトラックが停まっているのに気づいた。

「やっこさん、あきらめたみたいですよ」

開国橋方面に車を走らせながら、小坂がそういった。

ハンカチで汗を拭きながら大柴はまだ背後を見ている。

トラックは交差点の手前、赤信号で停車したままだった。

しかしまだ緊張感が抜けず、心臓が早鐘を打つように鼓動していた。

高沢も蒼白な顔のままだ。

「やっぱり、さっきのって……いわゆる〝あおり運転〟なんじゃないですか」

小坂がいったので大柴は前を向き、怒鳴った。「莫迦野郎。思い切り追突されたじゃねえか」

その証拠にリアウインドウは思い切りひび割れている。

「酔っ払ってたのかも」

「違うな」

大柴はいいきった。「俺たちは狙われたんだ」

「どうしてそう思うんですか」

「さっき、信号で停まっていたバスはトラックの野郎とグルだよ」

「まさか――」

「運転席に人がいなかった」

大柴にいわれ、小坂が言葉を失った。

「それから横断歩道を渡ってたあの老婆。すれ違ったとたん、鬘が取れたろ？」

「あ……」

「あの顔はどうみても男だった。変装なんだ。おそらくバスの運転席から下りて、通行人になりすましたに違いない」

運転席に座る小坂が緊張したのか、少し肩を震わせた。

「何だってそんなことを？」

「トラックで後ろから追い上げられ、前方を塞《ふさ》がれたら、とっさに右車線に逃げるしかねえ。そこに通行人を歩かせると行き場がなくなる。俺たちはそのままバスの後ろに突っ込むことになる」

「マジっすか」

「そこに後ろから大型トラックが突っ込めば、俺たちはサンドイッチだ」

小坂がまた黙り込んだ。

大柴は傍らの高沢を見た。

わざとらしく目を合わせない彼の腕を摑んだ。

「なあ、そろそろいってくれ。いったい、あんたは何者で何をやらかしたんだ？」

高沢のボサボサ頭、そのこめかみの辺りから汗が流れていた。

視線がかすかに彷徨《さまよ》っている。

しかしいくら待っても、高沢が口を開くことはなかった。

「大柴さん、どうします」と、小坂がいってきた。

「何だよ」

「南アルプス署に引き返したほうがいいんじゃないですか」

いわれてしばし考え込んだ。

そのとき、ポケットの中でスマートフォンが震えた。

液晶表示には《南アルプス署　東原》と出ている。

「大柴ですが」

スマホを耳に当てていった。

——南アルプス署の東原です。

聞き覚えのある低い声だった。

「良かった。あなたと連絡をとりたかった。訊きたいことがあるんだ」

——いま、どこにおられます？

「開国橋を通過しているところです」

——その橋を渡ると署の管轄外になるため、すぐに引き返していただけますか。

「そりゃいいんですが、どこへ行けば？」

――一一八号線との出合を左に曲がってください。こちらもそっちに向かいます。

通話が漏れていたらしい。大柴がいうまでもなく、運転席の小坂がブレーキを踏み、開国橋の中央で停めた。対向車と後続車が遠いのを見て、ステップワゴンをUターンさせた。橋を戻って最初の信号で左折する。

カチカチというウインカーの音が消えた。

「ところでぶっちゃけ、なんでこんなことになったんですか」

大柴は憤懣を抑えながらいった。「トラックに追っかけられたのは、おそらくこの高沢さんに理由があるはずです。何か、そちらでおわかりなんじゃないですか」

――そのことは電話ではお伝えしづらいので、あらためてお会いしてからお話しします。

やっぱりそうかと少し納得した。東原は最初から知っていたのだ。

「わかりました」

通話を切った。ハンカチでまた額の汗を拭う。

「やれやれ。この調子じゃ、阿佐ヶ谷署に帰れるのはいつになることやら、だ」

そうつぶやいたとき、ふいに高沢がいった。

「信じちゃいけない」

驚いた大柴が彼を見る。「なんていった?」

「これは罠だ」

「あんた……」

大柴はあっけにとられたまま、高沢の顔を見つめた。

今まで以上に蒼白に見えた。不安に目が見開かれている。

「おかしくないか。ここは幹線道路のはずなのに、どうして他の車を見ない?」

高沢にいわれて大柴は気づいた。

そういえばそうだ。道幅が広い道路なのに、彼らのステップワゴンの前後には一台の車もない。

さすがに気味悪くなってきた。

手錠をかけられた腕を摑み、大柴がいった。「なあ。どういうことか、話してくれ」

高沢が一瞬、彼を見てから、また目を戻した。

「話せば長くなる。とにかく今は逃げるべきだ」

「だからさ——!」

相手の腕を摑んだまま大柴がいう。「ちゃんと話してくれ!」

「大柴さん。警察の車だと思います、あれ」

運転席から小坂が声をかけてきた。

見ると、灰色のアウディが前方から近づいてくるところだった。車内のダブルミラーで覆面パトカーだとすぐにわかる。

高沢が凝然と目をむいて、その車を見ている。

周囲に民家はなかった。草が生えた広大な更地に〈分譲中〉という不動産業者の看板がぽつんと立っている。沿道には青い幟《のぼり》がいくつか並んでいて、風にバタバタとはためいていた。反対側はスクラップ工場らしく、錆《さ》びついたり、潰《つぶ》れた車がいくつも積み上げられている。

「車、停めますね」と、小坂がいった。

ブレーキを踏み、路肩に寄せてハザードを点灯させた。

灰色のアウディは彼らの横を通り過ぎ、すぐ後ろに寄せてきて停車した。

「逃げるんだ！」

高沢がいった。声がかすれていた。

大柴は逡巡《しゅんじゅん》した。

相変わらず通過する車は一台もない。やはりどこかで道を塞がれているのだろう。

背後のアウディの左右のドアが同時に開いた。

男がふたり車を降りた。

どちらも黒のスーツ姿の中年男。助手席から出てきたひとりは、肩幅の広いガッシリした体軀《たいく》の男。あの東原だった。もうひとりは縁なし眼鏡をかけた痩せ顔の男。初めて見る人物だ。

「小坂。エンジンをかけたままで、ギアもドライブに入れとけ」

そういって大柴はドアを開き、ひとり車外に出た。

ふたりが歩いてくる。東原が笑みを浮かべているのに対し、隣の男は無表情だった。

南アルプス側から風が吹き寄せ、ふたりのネクタイを躍らせていた。

大柴は無意識に左足を引いた半身になっていた。近づいてくるふたりを見据える。

高沢の言葉が脳裡にリフレインする。逃げろと彼はいう。しかし、なぜなのだとも思う。とにかく事実を知りたい。何が起こっているのかを。

「道路封鎖をしましたね」

大柴はそういった。「なぜです？」

東原は黙っていた。いつしか顔から笑みが消えている。

「これから起こる何かを、一般人に見られたくないからですか」

大柴が訊いたが、東原は答えなかった。

ふいに眼鏡の男がスーツの内側に右手を入れた。それを見た大柴は硬直した。

突如、ゴウッと音を立てて風が真横から吹いた。砂混じりの風だ。それが顔を叩いた。

ふたりがとっさに顔を背けた。眼鏡の男の右手に黒い、小さな拳銃があった。

大柴は開けっ放しのスライドドアから後部座席に飛び込む。

「小坂、出せ！」

スライドドアを閉鎖しながら叫んだ。

小坂がアクセルを踏み込んだ。車が急加速して、大柴はシートの背もたれに押し付けられた。

突然、炸裂音《さくれつおん》がした。銃声だ。

ガラスが破砕する音がして、大柴の頭や肩に砕けたリアウインドウの破片が降ってきた。

さっきの眼鏡の男が路上から発砲したに違いない。

二発目。銃弾が破れ窓から車内に飛び込んできた。身をかがめた大柴のすぐ耳許をかすめた。空気が切り裂かれる不気味な音とともに、衝撃波が頭髪を乱した。

すぐに三発目が来た。今度は車体のどこかに弾丸が食い込む感触。

それきり銃声は途絶えた。

そっと顔を上げると、アウディがUターンして走り出すのが見えた。ふたりがそれぞれ乗り込み、ステップワゴンの追跡にかかっている。しかも、ぐんぐんと加速して追い上げてくる。

「飛ばすんだ。おっつかれちまうぞ！」と、大柴が叫ぶ。

「無理ですよ。相手、外車なんですから！」

小坂が泣きそうな声でいった。

「無理でも奴を離すんだよ。タイヤを撃たれたら終わりだ」

そういってから、高沢を見た。

前の席の背もたれに掴まる手首に手錠がかけられている。それを外してやったほうがいいかとも思ったが、やはりやめた。事情がわからないかぎり、先走った行動は慎むべきだ。

この高沢という男が何者で何をしたのかは不明だ。敵か味方かもわからない。しかし、はっきりいえるのは、あの東原という刑事が高沢を狙っているということ。おそらく大柴たちもその巻き添えになっている。

南アルプス署から阿佐ヶ谷署への移送というのは、はなっからでっち上げで、その間に高沢を何らかのかたちで処分するつもりだったのではなかろうか。

「大柴さん！」

小坂が悲鳴のような声を放った。

見れば、前方。大型トラックがこちらに向かって走ってくるところだった。

最前、彼らの車を追撃してきたトラックだった。

それも大胆にも道路の真ん中——センターラインをまたいでの走行だ。つまり意図的に彼らを狙っているということだ。

背後を見る。アウディはもう五十メートルぐらいまで迫っていた。完全な挟み撃ち。

「どうします、大柴さん！」

相変わらず小坂の声がパニックに包まれている。

「かわせ！」

「無理ですってば」

「莫迦野郎。とにかくかわすんだよ！」

ぐんぐんとトラックが接近してきた。運転席にいる男の白いマスクがはっきりと見える。

小坂が大声を放った。今度は間違いなく悲鳴だった。それも裏声だ。

「俺にはむりっす――！」

「くそったれ」

大柴は後部座席から身を乗り出し、強引に前の助手席に移った。そうして小坂が握っていたステアリングを摑む。前方からやってきたトラックが肉薄した瞬間、それを回した。

小坂がまた叫んだ。

かまわず、ステップワゴンを右にカーブさせる。車体が軋《きし》み、タイヤが悲鳴を上げた。

右車線をオーバーし、路肩の縁石に乗り上げて大きくバウンドする。植え込みを踏みつけ、白いポールに取り付けられた〈県道１１８号線〉と書かれた標識をフロントでなぎ倒した。右側のワイパーがちぎれて飛んでいった。

かまわず大柴はステアリングをそのまま保持した。

トラックがすぐ左をかすめて通過した。

すぐにエアブレーキの音がして、トラックが減速する。振り返ると、ちょうどやってきたアウディとトラックが正面衝突しかかったところだ。金切り声のような急ブレーキの音がして、アウディの灰色の車体が真横になって停まり、その後部にトラックがぶつかるのが見えた。

　じきに十字路が見えてきた。

　そこに黄色いバリケードが並べられている。

　深緑色のダンプと、フォークリフトが一台、路肩に停めてあり、ヘルメットに制服姿の警備員がふたり。いかにもそれらしい装いで立っている。バリケードの向こうには数台の車両が連なって渋滞になっていた。

　ヘルメットのふたりが赤い誘導棒を振りながら道の真ん中に飛び出してくる。

「大柴さん？」

「いちいち訊くな。やることたぁわかってるだろ」

　小坂はブレーキを踏まなかった。

　警備員に変装した男たちが、あわてて左右に分かれ、彼らのステップワゴンはその間を突っ切って走る。黄色いバリケードを車のフロントでへし折って破壊した。そしてさらにスピードを上げていく。

9

さっきまでパトランプを光らせ、サイレンを鳴らしていたはずの交通課のパトカー数台が、次々とブレーキランプを点《つ》けて停車し、方向転換を始めた。

私用車のエクストレイルを運転していた静奈は奇異に思って、その手前でブレーキを踏む。

南アルプス署交通課のパトカーが、静奈の横を次々と走り抜ける。そのうちの一台が減速して、すぐ傍に停まった。運転席のウインドウが下りて、若い警察官が顔を出す。

「神崎さん」

くだんの佐々木巡査だった。

「いったいどうしたの？」

静奈に問われ、車窓から覗《のぞ》く佐々木の顔は明らかに途惑いの表情に包まれている。

「実は署から帰還命令が来まして」

「トラックは見つかったの？」

「それがまだなんですが、とにかく帰ってこいっていうんです」

「課長の命令?」

「いいえ。副署長からです」

「そんな」

あっけにとられる静奈の前で、佐々木が軽く敬礼をし、車窓を閉じてパトカーを走らせた。

シフトをNの位置にしてサイドブレーキ。ハザードを点灯させ、スマートフォンを引っ張り出した。液晶画面に地域課の直通電話を呼び出し、タップして耳に当てる。

呼び出し音数回。男の声がした。

——地域課です。

静奈が知っている課員だ。

「島田《しまだ》さん、神崎です。課長はいますか?」

——ちょっと待ってください。

少ししてから、沢井友文課長の声がした。

——どうした?

「暴走トラックの捜索に出た交通課のパトカーがみんな署に戻っています。何があったかわかりますか?」

——よくはわからんがな。

少し低い声になった。

——なんだか、いよいよ署内がきな臭くなってきた。

「え」

——やたらと県警から指示が来ているらしい。内容はわからんのだが、どうも様子がおかしい。それに刑事課長が署長と副署長とともに、ずっと一階の小会議室にこもったままだ。

「何が起こってるんでしょうか」

——詮索はいい。とにかく俺たちは無関係だ。そっちもちゃんと休暇を取れ。

「それがどうも知人が巻き込まれているっぽいんです。阿佐ヶ谷署の大柴さんですけど」

電話の向こうで溜息が聞こえた。

——大柴……例の、バロンが巻き込まれた事件でいっしょだった刑事か。

「被疑者の移送ということでうちの署に来たんです。あれって警察庁が絡んでいたって話ですよね。それに移送に関しては東原っていう刑事課の人が担当だったっていうけど、そんな人間、うちにはいませんよね」

しばしあって、また溜息が聞こえた。

——いいから、とにかく関わるな。釘を刺しておくぞ、神崎。お前が関わるとろくなことに……。

通話を切った。

静奈はしばし逡巡したのち、また大柴の電話番号を呼び出し、タップした。

やがてアナウンスが聞こえた。

——この電話は電源が入っていないか、電波の届かないところにあるため、かかりません。

スマートフォンを耳から離し、リダイヤルしようかと思ってやめた。

カーナビの液晶画面を広域モードにして、しばし見入った。

南アルプス署を出た大柴たちは、ふつうのルートならば五号線をたどって甲府昭和インターに向かっただろう。おそらく、その途中でトラックに遭って何らかのトラブルに見舞われた。無事だとすれば、時間的にいってすでに開国橋を渡り、釜無川の向こうへ到達しているはず。そうなると南アルプス署の管轄外となる。

だから交通課のパトカーがすべて引き返したのだろうか。

そうではない気がした。

さっき、副署長命令だと佐々木巡査がいったのだ。

だったら何のための上からの指示なのだろうか。

静奈は黙考した。

唇を軽く噛み締めながら考えた。やはり、ここで引き下がるべきではないと結論する。

ハザードのボタンを押してオフにし、車をまた出した。

10

走行中に何度も背後を振り向いた。

アウディも大型トラックも後ろに見えなかった。しかし、不安がつきまとう。どこかからふいに出てくるのではないか。

あるいはもっと巧妙な、別のトラップがあるのではないだろうか。

しばし自分を落ち着かせることに腐心した。呼吸をととのえ、目を閉じた。それからハンカチで顔の汗を拭った。

「小坂。お前、大丈夫か」

かすれた声で訊いた。

しばし返事がないので驚く。

「小坂……？」

洟《はな》をすする音がした。

ステアリングを握った片手を離して、小坂は手の甲でしきりと鼻を拭っている。

「大柴さん。俺、どうかなっちまいそうですよ。マジで怖いんです」

ほとんど泣き声だった。そんな小坂を軽蔑はもちろん、同情もできない。自分自身の感情を抑えるのが精いっぱいだからだ。

「とにかくこのまま東京に戻ろう」

「だけど、俺たちが今、どこをどう走ってるか、ぜんぜんわかんないんです」

「カーナビがあるだろ」

「これですか」

いわれて目をやると、ダッシュボードの中央付近にあるカーナビの液晶が割れていた。

車内に入った銃弾が命中したに違いない。これでは現在地を知ることが不可能だ。

道路は一車線で狭かった。右にゆるやかなカーブを描いている。

周囲は広大な果樹園のようだ。低い草叢《くさむら》に桃の木らしきものがあちこちにあって、たわわになった実のそれぞれに紙袋がかぶせてある。少し離れた場所に看板が立っていて、〈芝山果樹園〉と読めた。

そういえば岡山に住んでいる親戚から、この時期、たまに桃が届いた。お礼の電話を入れると、害虫から守るために袋掛けをするのがたいへんだとよく笑っていた。

「車を停めろ」

「いいんですか?」

「奴らはもう追ってこない。大丈夫だ」

小坂がブレーキを踏み、ステップワゴンが停まった。

スライドドアを開き、外に出た。

念のために周囲を見回す。

前方から白い軽トラが一台、やってきた。ダイハツのハイゼットらしい。山梨ナンバーだった。

時速三十キロぐらいでノロノロと走りながらすれ違うとき、運転席の窓に肘《ひじ》を掛けた老人が、麦わら帽子の下から訝《いぶか》しげな目で大柴たちを見ていた。日焼けしているのか、顔が真っ黒だった。

それを肩越しに見送ってから、彼はふっと息を洩らす。

肩凝りというか、躰全体がガチガチに固まっていた。首を回し、腰を少し曲げてか首を回し、腰を少し曲げてから痛みにうめいた。小坂は運転席で硬直したままだった。

果樹園の向こうに高い山が蒼《あお》く稜線を連ねていた。

「あれは南アルプスかな」

独りごちた。だとすると、自分たちは東京ではなく、真反対に走ってきてしまったことになる。

ポケットに手を入れてスマートフォンを探した。

感触がないので驚いて、車内を覗く。フロアの足許付近に落ちていたのを拾ってみると、液晶画面に斜めにヒビが走っていた。落としたときに何かにぶつけたか、あるいは気づかずに靴底で踏みつけてしまったのかもしれない。

小さな電源ボタンを押したが、まったく反応しない。

舌打ちをして、いった。

「小坂。悪いがスマホがダメになった。お前のを貸してくれ」

スーツの内ポケットをまさぐり、小坂がそれを渡してきた。手が小刻みに震えている。

受け取って、阿佐ヶ谷署組対課の直通の番号を呼び出す。

――こちら阿佐ヶ谷警察署組織犯罪対策課。

真鍋の声だった。

「大柴だ。三浦課長に代わってくれ」

――課長は午後になって、次長や副署長といっしょに〝サッチョウ〟のほうに行ってるようです。

「〝サッチョウ〟？　何でだ」

――それが……よくはわからんのですが、上から連絡があって、三人でえらいあわてぶりで出かけていきました。で、シバさんは何の用事なんです。

「例の〝マル被〟の移送中に何者かに襲撃を受けた。トラックに追突され、銃撃までされて、えらい目に遭ってんだよ」

――まさか、本当ですか、それ。

「ステップワゴンの後ろはひどくつぶれてるし、リアウインドウは粉々だし、ボディも銃弾の孔《あな》だらけだよ。おまけに向こうの担当刑事が襲撃者とグルだ。あるいは奴が主犯かもしれん。俺たちを撃ってきたのはその刑事の仲間なんだ」

――そんなことって信じられないですよ。

「今さら嘘いって何の得がある。おそらく〝マル被〟に何かの事情があるんだろうが、えらい事件に巻き込まれちまった。そっちの指示をあおぎたいんだよ」

――困りましたね。課長も課長代理もいませんし。

「困ったどころの騒ぎじゃねえって。小坂は完全にブルっちまってるし、何とかそっちまで戻れたらいいんだがな」

――場所はどこなんですか。

「カーナビが銃弾を受けてダメになっちまった。居場所がまったくわからん」

近くの電柱を見た。目を細める。

「曲がりに輪っかの輪に田んぼの田って書いてある。なんて読むんだ？」

――こっちで調べます。ところで、拳銃の携行はしてないですよね。

「当たり前だろ！」

つい、声を荒げてしまった。

――だったら、南アルプス署のほうに応援を求めたらいかがですか？

「あっちの刑事と仲間が撃ってきたんだぞ」

ふと思い出し、上着のポケットから名刺入れを取り出す。小坂のスマホを頬《ほお》と肩の間に挟み、東原の名刺を引っ張り出した。

「南アルプス署刑事課、東原義光って奴だ。階級は警部補。そっちで調べられるか」

――わかりました。で、このことに関して〝マル被〟は何と？

大柴は車内を見ながらこういった。

「貝みたいに口を閉ざして何もいわん」

――とにかく、すぐに三浦課長の携帯にかけて連絡してみます。何かわかったら電話します。

「俺のスマホは壊れちまったんだ。これは小坂のだが、番号はそっちでひかえてあるよな」

――大丈夫です。

「じゃあ、ナベさん。頼んだぞ」

――シバさんも気をつけて。くれぐれも無茶せんでください。

「わかった」

通話を切った。

運転席の車窓越しにスマートフォンを小坂に返した。

「俺もちょっと女房に電話かけます」

そういって彼はドアを開けて外に出た。大柴に背中を向け、「あ。俺です」と通話を始めた。

大柴はまた周囲を見渡す。

桃の果樹園が広がり、その向こうの高峰に少し雲がかかり始めている。

ふいに車の音がして、大柴は緊張した。振り返ると、中型のスクールバスが子供たちを乗せ、ゆっくりと彼らの横を通過していった。

あらためて緊張を解き、車内に戻ろうとすると、少し離れて立っていた小坂がいった。

「大柴さん。すみません」

「何だ」

「スマホ、電池が切れちゃいました」

あっけにとられて小坂の顔を見た。怯《おび》えたような、困ったような複雑な顔。

「充電、忘れてたんです」

大柴は無意識に吐息を投げた。

うなだれながら車内に戻ると、隣の後部シートに座る高沢は俯いていた。顔がまだ青ざめている。両手にかけられた手錠の鎖がカチカチとかすかに音を立てていた。震えが止まらないらしい。

「なあ。頼むから教えてくれんか」

大柴は穏やかに話しかけた。しかし高沢は俯いたままだ。

「どうやらヤバイ連中に狙われているらしい。お前だけじゃない。こっちもだ。こうなったら一蓮托生《いちれんたくしょう》じゃねえか。何が起こっているのか、真相を知らんと、死んでも死に切れん」

高沢はちらと大柴を見てから、また足許に目を戻した。

口を開いたり閉じたりしていたが、ゆっくりとこういった。

「二年前、都内杉並区で放火事件が発生して家族三人が死んだ」

大柴は驚いた。そして思い出した。

「憶《おぼ》えてるよ。うちの管轄だったからな」

あれは二月の下旬だった。

ＪＲ中央線荻窪駅近くの閑静な住宅街で火災が発生した。

夜中の二時頃に悲鳴を聞いた近所の住民から一一〇番通報があり、地域課の警察官二名がパトカーで急行したところ、家が燃えているのを発見。消防署の消火作業が終わったのち、二階寝室で三名の焼死体が見つかった。

科捜研で調べたところ、首や胸などに刺し傷があり、殺人事件と判明。すぐに阿佐ヶ谷署に特別捜査本部が立ち上がり、捜査が始まった。

しかし犯行時間が時間だけに目撃者がほとんどおらず、黒っぽい大型車が現場から走り去ったのを見たという近所の住民の証言と、路上のタイヤ痕のみ。そのため捜査は難航していた。

指紋の検出はなかったが、焼け残った室内の痕跡から二、三名による犯行と推測された。金庫を開けた形跡があり、のちに強盗放火殺人事件とあらためられた。

被害者は元山秀一《もとやましゅういち》四十六歳と、妻の佐知子《さちこ》四十二歳、長男の悟《さとる》十七歳。

元山は財務省の官僚だった。

陰惨なことに犯人は元山の死体に灯油をかけて放火したことがわかった。妻子の遺体に比べて、夫の元山は顔の判別もつかないほど焼け焦げていた。

犯人たちの足取りは杳《よう》としてつかめず、しかも都内で発生した凶悪事件ということで、しばし世を騒がせた。テレビのワイドショーなどにも、ひんぱんに取り上げられていた。

大柴はマジマジと高沢の横顔を見つめた。

「まさか、あのときの犯人のひとりじゃあるまいな」

「違う。だが、俺が阿佐ヶ谷署に移される都合上、たぶんそういう理由になっているはずだ」

〝特秘〟といわれ、重要なことは伏せられたままの任務だったが、重要指定事件の参考人ということであれば、たしかに納得はできる。

高沢は自分の額に掌《てのひら》を当てて、しばし黙っていた。

「しかし、あの事件に関わった被疑者だからといって、なんでお前が命を狙われるんだ」

「被疑者じゃない。俺は被害者なんだ」

「何？」

高沢は額から手を離し、横目で大柴を見た。

「高沢基樹は偽名だ。俺の本当の名前は元山秀一だよ」

「莫迦な」

声を荒らげてしまった。

特捜本部に詰めていた警視庁の管理官や捜査員から回ってきた資料に、被害者だった家族三人の顔写真があった。

記憶によれば元山秀一は丸顔だし、目が大きく、鼻が低い。髪は豊かで七三分けだった。だが、目の前にいる男は痩せ顔で切れ長の目、鼻筋が通っている。オマケにボサボサに乱れたゴマ塩頭である。

元山の年齢はたしか四十六歳だった。二年が過ぎて四十八歳だとしても、この男はどう見ても六十過ぎに見える。

「整形したんだ」

彼はそういった。「仙台にあるクリニックで、友人だった医師がいてね。三度にわけて手術をし、顔を変えてもらった」

「どうしてわざわざそんなことをするんだ」

「あれは強盗放火殺人事件なんかじゃない。俺の殺害が目的の犯行だ」

歯軋《はぎし》りをして、ふいに躰をふるわせた。

肩をすくめてすすり泣き始めるのを、あっけにとられて大柴が見ていた。

「事件の被害者は親子三名だった」

「捏造だよ」

彼はそういって、自分の顔をこすった。「俺はたまたまあの晩、留守にしていたから生き延びたけど、妻と息子は巻き添えになってしまった。しかし警察発表では俺自身も殺されたことになってた」

そういって、なおも泣き続けた。洟をすすりながら、何度か頭を振った。

「そんな莫迦なことがあるものか。警察がそんな嘘を発表するはずがない」

「警察じゃない。もっと上からの指示だ」

ふと思い出した。

あの事件は当初、阿佐ヶ谷署の仕切りだったが、事件の重要性からすぐに警視庁が乗り込んできて所轄の捜査員を現場から隔離した。だから、大柴も被害者一家の遺体を見てもいない。

「だったら、その……お前を狙ったのは何者で、どういう理由なんだ」

大柴が訊《たず》ねると、彼はようやく泣き止んだ。赤く充血した目を向けて、ゆっくりと口を開いた。

「それを知ったら、きっとあんたも殺される」

「何いってんだよ。すでにトラブルに巻き込まれてるじゃねえか。俺も、この小坂もな」

高沢の目が一瞬、泳いだ。

それからあらためて大柴を見た。

「俺は——」

そのとき、エンジン音がした。

とっさに振り返ると、白いダイハツの軽トラが道の向こうから走ってくるところだった。

車窓が開き、そこから片肘が出ているのが見えた。

フロントガラス越しに麦わら帽子をかぶった老人の顔が確認できた。さっきと同じ軽トラだろう。同じようにノロノロ運転で戻ってくる。田舎ならではのんびりした走り方だ。

大柴はホッとした。

また、高沢に目を戻そうとしたとき、小さな違和感に気づいた。

軽トラの老人。フロントガラス越しに見える顔は真っ黒に日焼けしているくせして、車窓から出ている肘は女の腕のように白い。

ふいに軽トラが加速を開始した。エンジン音が高まっている。

「小坂。車を出せ！」

とっさに大柴が叫ぶ。

が、彼は運転席にいなかった。

車外を見ると、道の反対側でこっちに背を向けて立っている。立ち小便をしているようだ。

「おいッ！」

思わず野太い声で怒鳴った。

あわてて小坂が振り向く。ズボンのジッパーが半分開いたままだ。

おまけに状況を理解していないらしい。

「敵だ！」

大柴が指差すと、あっけにとられた顔で振り向いた。こっちに向かって迫る軽トラを見、また大柴の顔に目を戻した。その途惑いの表情に向かって彼は叫んだ。

「車を出すんだ！」

運転席に飛び込み、ドアを閉めた小坂がエンジンをかけた。車体が小刻みに震え始める。

そこに軽トラがやってきた。数メートル。

さっきまで肘を出していた車窓から、黒っぽい銃口が覗いていた。

「伏せろ、小坂！」

叫ぶと同時に、大柴は隣席の高沢の頭髪を摑み、思い切り自分のほうへ上体を倒させた。

すさまじい銃声が前方から聞こえ、フロントガラスにいくつかの弾痕ができた。弾丸が唸《うな》りながら大柴の上をかすめた。

必死に身を低くし、目を閉じ、歯を食いしばった。

「小坂ァッ!」

大柴の声。同時にステップワゴンが走り出す。

ガクンという揺れのあと、大きく蛇行した。次の瞬間、車体に激しい衝撃があった。

向かってきた軽トラにぶつかったらしい。一瞬、片側のタイヤが浮いたのがわかった。相手の軽トラは反対車線に飛び出し、ガードレールに激しくぶつかって蛇行している。

大柴はシートベルトをしていないため、前方につんのめった。

衝突のショックでステップワゴンの車体が斜めになったようだが、小坂はステアリングを乱暴に操った。道路を辿り、少しずつ加速していく。

「いいぞ。もっとスピードを上げろ」

ようやく身を起こし、大柴は後ろを見た。

軽トラが前後に切り返しながら、こちらに方向転換しようとしている。

運転席側の前輪から白煙が洩れている。ステップワゴンに激突したときかガードレールに衝突した際、ボディが変形してタイヤに接触しているためだろう。まともに走行できないはずだ。

「大柴さん！」

小坂の悲鳴混じりの声。「あいつ、何だったんですか！」

「地元のジイサマじゃねえことはたしかだ。とにかく飛ばせ」

前方に信号が見えた。十字路になっていた。赤信号だが他に車両はない。

小坂は自分の判断で交差点を抜けた。ステアリングを両手で握ったまま、洟をすすり上げている。泣いているのだろう。

仕方ないことだ。大柴だって泣きたかった。だが、感情が麻痺《まひ》している。すっかりパニックに包まれたままだった。隣の高沢は、まだ突っ伏している。

「大丈夫か」

背中に手を当てて訊いた。高沢は黙ってうなずく。しかし顔を上げようとしない。

「あいつらの手口はヤクザなんかの犯罪者とかじゃねえ。だったらいったい……」

そうつぶやいてから、大柴は口を引き結んだ。

「あんたたちと同じ側だよ」

低い声で高沢がいう。

「まさか」

大柴は彼を見つめた。

11

南アルプス警察署刑事課に東原義光という人物はいなかった。

よく似た名前も見つからない。

直《じか》に向こうの署に問い合わせ、また警察庁や公安委員会のほうからも調べてもらった結果だ。

ということは、その人物は偽名を使ったことになる。

しかも署員でもなく、南アルプス署の刑事になりすまし、大柴たちに被疑者を引き渡したということになる。

しかし、そんなことができるはずがない。

留置場に勾留された被疑者の移送に関しては、かなり高度な部署での判断と認可が必要であり、厳重な手続きをいくつも経て行われるものである。刑事になりすました誰かが地方の警察署にまぎれて、そんなことを独断できるというものではない。

だとしたら――。

阿佐ヶ谷署組対課のデスクの片隅に肘を載せ、頬杖を突きながら、真鍋裕之は考えていた。

三浦課長のデスクに目をやる。

あれから二時間。相変わらず留守だった。さっきから何度か課長の携帯に電話してみたが、どうやら電源を切られているらしく、まったく繋がらない。

それにしても、刑事担当次長と副署長込みで三人、わざわざ警察庁まで呼ばれて、いったい何を話し合っているのか。いくら考えてもわかるはずがない。

あれから二度、小坂康彦の携帯に電話をしてみたが、電源が入っていないか、電波の届かないところにあるとアナウンスが返ってきた。

奇妙な不安に包まれていた。

命を狙われたという大柴と小坂。彼らはとんでもないトラブルに巻き込まれている。

彼らを襲ったのが何者で、なぜそんなことになったのだろうか。

椅子に背中を預け、ギシギシと鳴らしながら腕組みをした。

「南アルプス警察署……か」

そうつぶやくと、ふと思いついた。

隣の大柴のデスクを見た。周囲に目をやってから、抽斗《ひきだし》のひとつをそっと開く。

黒い小さな帳面があった。表紙がボロボロで、ページが折れている。

電話を取りながらメモをしたりするときに、いつも大柴が使っていた雑記帳のようなものだった。それを取って、パラパラとめくった。

ボールペンなどで乱雑な文字が書き殴られている。

〈クリムゾン・ウイルス事件〉が起こったのは、去年の六月末頃から七月にかけてだった。

そのことを思い出しながらページをめくり続ける。

《神崎静奈》

その名前を見つけた。

南アルプス署地域課、山岳救助隊員と汚い文字で書かれてある。

携帯電話の番号を見つけて、真鍋はかすかに笑った。

椅子を引いて立ち上がり、組対課のフロアから外に出た。エレベーターの前を通り過ぎながら、ポケットからスマートフォンを取り出し、メモした神崎静奈の番号を指先でタップする。そのとき、ふいにエレベーターが開き、課長代理の中西伍郎《ごろう》警部があわただしい様子で出てきた。

ひどく焦り顔なのが気になった。

大柴の帳面を持ったまま、真鍋が見ていると、中西は組対課のフロアに入るなり、大柴のデスクに向かい、抽斗をあわただしく開けて物色している様子だ。さすがに真鍋は驚く。

液晶画面に神崎静奈の番号を表示させたままだった。

どうしようかと逡巡したが、いったん画面を暗転させ、フロアに戻った。

中西と目が合った。

「真鍋君。大柴君に連絡してみてくれないか」

「それが……通じないんです。何があったんですか」

「〝サッチョウ〟からの通達があった。山梨に行った大柴君と小坂君に、現地で何か重大な違法行為があったため、山梨県警から手配中ということになっている」

「違法行為？　どんな？」

「道交法違反、公務執行妨害、それに……銃刀法違反だそうだ」

青ざめた顔で中西がそういった。

「銃刀法って」

「南アルプス署管内で発砲事件が起こって、ふたりがそれに関与しているらしい」

「拳銃の携行もしてなかったのに？」

「情報が錯綜《さくそう》していて、よくはわからんのだ。とにかく上はハチの巣をつついたような大騒ぎだ」

それから中西は少しばかり視線を彷徨わせた。大柴のデスクの抽斗がふたつばかり、開けられたままだった。

「大柴君の動向を知りたい。真鍋君は何か摑んでいるかね」

少し迷ってから、大柴と電話で話し合った件は秘しておくことにした。中西のほうも、どうやら情報を明かしていないと悟ったからだ。

「何しろ連絡がとれないものですから」

真鍋の言葉に、中西は弱り切ったような顔をした。

まさに板挟みになった中間管理職といった姿だが、真鍋には笑う余裕もなかった。

中西があわただしくフロアを去ったあと、彼は自分のデスクに戻った。あらためてスマートフォンを取り出し、神崎静奈の番号がまだ表示されているのを確認し、指先でタップする。

呼び出し音三回。

――もしもし。

若い女の声だった。

「突然に失礼します。阿佐ヶ谷署の真鍋といいます。南アルプス署の神崎巡査の携帯でよろしいでしょうか？」

――憶えてます。大柴さんの同僚だった方ですね。

「あの、うちの大柴がそっちにお邪魔しているはずなんですが、どうやらとんでもないトラブルに巻き込まれたという情報が入りまして、お電話させていただいたんです」

――こちらもそのことで走り回っているところなんです。窃盗犯として逮捕され、留置中だった被疑者を阿佐ヶ谷署に移送ということで、大柴さんたちがうちの署に来られたようです。

「そのとき、神崎さんは大柴たちに会われましたか？」

――ちょうど入れ違いのかたちになって、お会いできなかったんです。トラブルの発生はそのあとのことです。あの、大柴さんとは連絡は？

「さっきありました。本人のスマホが壊れて、相棒の小坂という刑事から借りたようです。どうも、トラックに狙われ、銃撃もあったということです。撃ってきたのは南アルプス署の東原と名乗った刑事の仲間だとか」

――東原。また、その名前だわ。

神崎巡査の声のトーンが低くなった。

「どうしました」

――南アルプス署に、そんな名の警察官はいないんです。

「こちらでも調べました。間違いないようですね」

――おそらく偽名。あるいはなりすましです。同じときに警察庁の上層部から誰かが来ていたという噂がありました。もしかしたら、その人物が大柴さんたちに会ったのかもしれません。

警察庁と聞いて、真鍋は中西の狼狽《ろうばい》ぶりを思い出した。きな臭さが一段と増したのを実感する。

――大柴さんは今、どこに？

「それがカーナビが壊れて、自分たちの居場所がまったくわからんのだそうです。電柱に地名があって、曲がりに輪に田んぼって読めたそうです」

――曲輪田《くるわだ》……真反対に行っちゃったんだ。本人と連絡はとれますか？

「それが、自分のスマホが壊れたからって、相棒の携帯からかけてきたのに、今は何故か通じないんです」

——連絡が取れないのなら、何とか捜し出してみるしかなさそうですね。

呆れた声が聞こえた。

「東原という人はそちらの署に実在せず、ということは、ニセモノだということです。だとすると、被疑者移送の任務自体が上層部から仕組まれた陰謀だった可能性があります」

——私もそんな気がしてきました。というか、きっとそうです。うちの署では、警察庁からの出向ということで、刑事課の担当者とやり取りしていたようです。

「こっちでも、大柴さんの件で騒ぎになってます。どうもシバさんたちが発砲事件の被疑者あるいは重要参考人として山梨県警から手配されているとかって」

——マジですか？　そんな話、まったく知りませんでした。

「南ア署から神崎巡査のところに通達はなかったんですか」

——私、ちょうど休暇を取ったばかりなんですけど、そんな重要案件なら、課長から携帯にかかってくるはずです。

「驚いたな」

——こっちもです。

彼女はそういって言葉を切った。

「あの……」

——大柴さんは私のほうでも捜してみます。車はどんな？

「練馬ナンバーの黒いステップワゴンです。トラックにリアをぶつけられてつぶれてるそうですし、銃弾の孔だらけだそうですから、きっと目立ちます」

——わかりました。それと、いくら署員になりすましても、被疑者を留置場から出すことは不可能です。留置場の担当官は個人的に知っていますから、そっちも調べてみます。

「お願いします。何かあればこの携帯に連絡ください」

——諒解しました。

通話が切れた。

真鍋は電話番号を《南アルプス署　神崎静奈》の名で登録し、そっとスマートフォンをしまい込んだ。

ACT—Ⅱ

1

エクストレイルを路肩に寄せて停めた。

ハザードを点灯させ、ステアリングを握ったまま、静奈は焦っていた。

大柴たちのステップワゴンがいっこうに見つからないのだ。

曲輪田地区は幹線道路から外れると、けっこう道が入り組んでいる。おそらく大柴たちは相手をまくために細道を選んでいるのだろう。山岳遭難の道迷いと同じで一カ所にとどまらず、動き回る相手を捜すのはかなり困難だ。

真鍋から聞き出した小坂康彦という刑事の携帯に何度かかけてみた。

しかし、電源が入っていないか、電波が届かないところにあるためかからないというアナウンスが返ってくるばかりだ。

いったい、どうしたことだろう。

苛立《いらだ》ちを抑えながらスマートフォンをしまい、唇を軽く噛《か》む。運転席にもたれながら考えた。

大柴たちが高沢という被疑者を移送するために南アルプス署に来た。もちろん公務であるからには、正式の手続きを経ているはず。

「拘置所の担当官は勝野さんか」

静奈はその職員を知っていた。元は地域課にいたためだ。

スマートフォンをまた取り出して、署の代表番号で呼び出した。

——南アルプス警察署です。

男性職員の声がした。

「地域課の神崎です。留置管理課の勝野さんにつないでもらいたいんですが」

——少々お待ちください。

しばし間があって、別の内線に繋がった。

——留置管理課です。

「えっと。地域課の神崎ですけど、勝野さん？」

――いえ、中垣《なかがき》です。

中垣巡査長も勝野同様に顔なじみだった。

――神崎巡査。どうも、お久しぶりです。あいにくと勝野は少し前に帰りましたが。

「勝野担当官は夜勤だったんですか」

――日勤でしたが、どうも急用ができたということで退署になったそうです。

「急用って……」

――それが、奥さんが交通事故だとかで。

少し考えてから、いった。

「勝野巡査長の携帯か自宅の番号、わかりますか」

――ちょっと待ってください。

ガサゴソと音がして、やがて中垣がそれを伝えてきた。

礼をいい、通話を終えた。

すぐに勝野の携帯の電話番号を打ち込み、発信モードにする。

呼び出し音が鳴ったが、十回、二十回と続いても、相手は出なかった。スマートフォンを耳から離し、ポケットにしまった。

勝野の妻が交通事故。だから、電話に出られないのか。

妙な不安が胸にあった。

きな臭いという言葉が何度も脳裡《のうり》に現れる。具体的に何がどうなのかは判然としない。

静奈はオートマシフトをドライブに入れ、車を出した。

少し走らせると、道路の左右に桃の果樹園が広がる場所に出た。収穫間近なすべての桃に袋掛けがされている。下ろした車窓から甘い香りが入って来た。

ふと、静奈は昼食もとっていないことに気づいた。コンビニが近くにあったはずだから、車を停めて何かを買おう。そんなことを思っていると、前方に白い軽トラが見えてきた。路肩に斜めになって停まっているのを不審に感じた彼女は、エクストレイルを減速させ、ゆっくりとすれ違うように通った。

軽トラの運転席には誰もいない。が、片輪が側溝に落ちていた。おまけに道路側の前のタイヤがパンクでもしたのか、ひどく歪《ゆが》んでいる。ボディが変形してタイヤがこすれたらしい。

行きすぎたところで停車させ、パーキングにして、静奈は車を降りた。

軽トラのところに行って、まず外観を調べた。傷だらけのボディは明らかにふつうの交通事故ではないように思えた。

開けっ放しの車窓から中を覗《のぞ》き込む。その臭《にお》いに気づいた。

明らかな火薬の燃焼臭だった。

ハッと気づいて視線を下げると、運転席の下、アクセルとクラッチのペダルの間に、小さな山吹色の筒が落ちている。拳銃らしい空薬莢《からやっきょう》だ。

静奈はとっさにポケットからスマートフォンを取り出し、デジカメモードでそれを撮影した。

それから軽トラの外観。アップと、少し離れたところからシャッターを切った。

スマートフォンを通話モードにして、南アルプス署地域課の番号をタップする。

――地域課です。

島田の声だった。

「神崎です。課長をお願いします」

――ちょっと待って。

少し経《た》ってから、沢井課長が出た。

――神崎。どうした。

「実は大柴さんたちを捜していたんですが、曲輪田の〈芝山果樹園〉付近の町道でスタックした軽トラを発見。運転手はいませんが、車体はかなり壊れ、車内に空薬莢がいくつかあります」

しばし課長は黙っていた。

――神崎。すぐに刑事課の捜査員に行ってもらう。お前はそこにいてくれ。そっちのスマホのGPSで場所を特定する。

「大柴さんたちが危険にさらされているようです。行かなきゃ」

――ダメだ。そこにいるんだ。

「ここの場所の写真を撮影したから、LINEで課長宛てに送ります。よろしく！」

――神崎！　ちょっと待て！

通話を切った。

LINEのアプリから画像を送り、スマホをしまった。

2

ふいにエンジン音が聞こえなくなり、車が惰性で走行し始めた。

大柴は驚いて、運転席を見た。

「小坂、何があった」

しかし運転している彼は無言だ。

「どうしたんだよ」

「すんません。ガス欠みたいです。燃料計をチェックしてませんでした」

蚊の鳴くような声で小坂がそういった。

ステアリングを切って路肩に寄せ、暗渠《あんきょ》を跨《また》いで藪《やぶ》に半ば突っ込むかたちで彼は車を停めた。

「そんな莫迦《ばか》なことがあるか。署を出てすぐに満タンにしてたんだ。楽に往復できるはずだ」

「たぶん、銃弾がタンクに孔《あな》を開けてたんだと思います」

そういって振り返る小坂の顔は悲哀そのものだ。「火が点《つ》いてたら、きっとお陀仏《だぶつ》でした」

「そんな情けない顔をするな。お前のせいじゃない」

それから、しばし大柴は黙って眉間《みけん》に皺《しわ》を刻んでいたが、仕方なくいった。

「車を捨てるしかないな」

ステップワゴンのスライドドアを開いた。

車外に出てから、後部座席の高沢にいった。「お前も降りろ」

のろのろとした動作で彼は車から出てきた。両手の手錠は相変わらずで、さすがに動きにくそうだった。

大柴は伸びをしてから、首を回す。凝った筋が鳴るいやな音がして顔をしかめた。頭を掻《か》きながら周囲を見渡した。

ゆるやかに曲がった細道。右手は雑木林、左は荒れ果てた耕作放棄地だった。

腕時計を見ると、時刻はすでに午後四時を回り、太陽が西に傾きかけていた。真上の空を横切りながら、白い飛行機雲が長く筋を曳《ひ》いて伸びている。南アルプス連峰がある西のほうから、灰色の雲が広がり始めていた。

静かだった。林のどこからか、ヒヨドリらしき鳥の声が聞こえるだけだ。

「大柴さん。これからどうするんです」

首筋を掻きながら小坂が訊《き》いてきた。

うなだれて立つ高沢を見てから、いった。「車が動かないんじゃ、歩くしかないな」

「どこまでですか」

「わからんよ。そのうちバス停か何かあるかもしれん」

スーツの上着を脱ぎ、高沢の両手にかけて手錠を隠してやった。

それから三人、無言で歩き出した。

ここがどこなのか、まったくわからない。太陽を背にして歩けば東に向かうだろうと漠然と思ったが、道路は南北に延びているようだ。仕方なく太陽を左手にして、北に向かって歩く。

大柴の隣を高沢が俯《うつむ》きがちに歩く。

小坂がふたりの後ろに続いた。

風が冷たかったが、歩いているせいで、軽く汗をかいてちょうどよかった。

三十分ばかり経ったところで、大柴は足を停めて振り返った。

小坂がずいぶんと遅れていた。うつろな表情でうなだれて、ノロノロと歩を運んでいる。大柄な躰《からだ》が今にも前のめりに倒れそうだった。

「大丈夫か」

大柴が声をかけると、小坂は小さく頷《うなず》いた。

「大食らいのくせしてバテるのが早すぎねえか」

皮肉をいわれても小坂は返事もできないようだ。

「しょうがねえな」

大柴はつぶやき、隣に立つ高沢を見た。「あんたは大丈夫そうだな」

背後からエンジン音がした。

緊張して振り返った大柴の目に、ゆるやかなカーブを曲がってくるバスの姿が映る。黄緑と白のデザイン。フロントガラスの上には『甲府』と大きく表示されている。

思わず大柴は片手を挙げた。

バスはゆっくりと走ってきて、彼らの横を通り過ぎようとした。『山梨西部交通』と書かれた文字が車体の横にあって、目の前を通過しようとしていた。

「おおぅいっ！」

大柴は声を荒げ、走りながらバスを追った。

ようやくバスが減速して、路肩に寄りながら停まった。ハザードランプが点滅を始め、ピーッと音がして前部側面の昇降口の自動扉が開いた。

制帽をかぶり、シャツにネクタイ姿の中年男性の運転手が座っていた。

「悪いが甲府まで行きたいんだ」

車外からそういった。

「困りますねえ、お客さん。これはタクシーじゃないんですよ。ちゃんと停留所から乗ってもらわないとねえ」

運転手は、白い手袋の指でハンドルをトントンと苛立たしげに叩いている。

「そう固いことをいうなよ」

「仕方ない。早く乗ってください」

小坂が高沢を連れてきたので、ふたりを先に乗せ、大柴がステップを上って車内に入った。

しゅっと音を立てて自動扉が閉じた。

バスが少し揺れ、ゆっくりと走り出した。

乗客は誰もいなかった。無人のままで走ってきたらしい。

大柴は高沢の手を引きながら通路を歩き、後部寄りの座席のひとつに並んで座った。

通路を挟んだ隣に小坂が大きな躰を押し込めるように座る。

「助かりました」

そういってハンカチで額の汗を拭く小坂を、呆《あき》れた顔で見た。

「たかが三十分歩いただけで何だよ」

小坂はちらと大柴を見返したが、何もいわずに前を向く。

高沢は窓のほうを見ていた。両手の手錠が見えていたので、上着を掛け直してやる。

「ずっと気にしてたんだが」

そういってまた高沢を見た。「あいつらが俺たちと同じ側だといったな、あんた」

高沢は窓外に流れる景色をじっと見つめている。

「つまり、警察ってことか」

「そうかもしれない。いや、そうでないかもしれない」

「はっきりしろよ。こっちも巻き込まれてんだぜ」

「確実にいえるのは、元山秀一という人物が生きていると都合が悪い連中がいるってことだ」

「たしか財務省の官僚と聞いていたが」

「理財局の管理課だった」

「とんだエリートじゃねえか。なんでそんなに落ちぶれた」

彼は少しばかり笑った。

「地方財務局が国有地を不正価格で私立学園に売却した例の事件だ。あのとき、公文書を改竄《かいざん》するように上から指示を受け、部署内でひそかに四人のチームでそれをやってきた。だが、けっきょくそのことがマスコミに暴露されて、われわれの部署は閉鎖、それから粛清を受けた」

「粛清?」

「生き残っているのは俺だけだ。たまたまだがな」

「他は殺されたっていうのか」

高沢は頷く。

「ひとりは電車に飛び込んで自殺。次はトラックに撥《は》ねられて交通事故死だった。三人目は心臓発作だ。歩行中に倒れて救急搬送された先の病院で死んだ」

「それがなぜ殺人なんだ」

「みんな、俺と同じ部署の人間だ。それも二カ月のうちに次々とだ。ふつうあり得ないだろう?」

「つまり、証拠隠滅のために殺されたということか」

「奴らからすれば、書き損じた書類をシュレッダーにかけるようなものだ」

「そんな汚れ仕事を警察がやるっていうのか」

「あんたたちみたいなまっとうな部署じゃないよ」

まっとうでない警察があるのかといいたかった。だが、大柴も実をいうと、そんな噂のようなものを聞いたことがあった。

また高沢の横顔を見つめた。

「じゃあ、荻窪の自宅で殺された元山は……」

「妻の弟だった。俺が留守のときに、ちょうどうちに遊びに来ていたんだ。それで俺と間違われて殺されたんだろう。火事で黒焦げだから遺体は表に出されず、葬儀のときも人目に触れることはなかったはずだ。警察は焼死体は俺だと発表したが、あれは嘘だ」

「なんのために？」

「先に死んだことにしときゃ、後始末が楽だからな」

彼の顔、額の辺りに白い傷跡がうっすらと浮いているのに気づいた。

整形手術の痕かもしれなかった。

「高沢基樹っていうのは、かつての上司の名だ。俺たちに公文書改竄の仕事を押しつけた野郎だ。捕まったときに、とっさに名乗ったんだよ」

「仙台で整形手術を受けたそうだが、どうしてずっとそっちにいなかったんだ」

「それは……」

高沢——元山秀一は何かをいいかけたが、口をつぐんだ。

かすかに首を横に振った。「いや、そればかりはいえない」

詰め寄ろうとしたがやめた。わざわざ危険を冒して仙台から南アルプス市まで来る理由が、彼の中にはあったのだろう。

バスが減速した。

大柴が前を見ると、道路左の路肩に停留所の標識とベンチがあり、そこに何人かが立っている。

やがてゆっくりと停車したバスが、ピーッという音とともに昇降口の自動扉を開く。ステップを踏んで、四人ばかり乗り込んできた。

最初は杖を突いた老人で、野球帽をかぶっていた。金属製のポールを片手で摑《つか》みながらよろよろと車内に乗り込み、いちばん前の席に腰を下ろした。ふたり目と三人目は小学四、五年ぐらいの少女、どちらも青いジャージ姿だった。老人のすぐ後ろの席に並んで座った。

最後が小柄な中年男だった。大きなツバの麦わら帽子をかぶり、よれよれのスラックスに白いシャツの袖を肘《ひじ》までまくり、片手に紙袋をぶら下げている。

大柴はその男を注視した。

麦わら帽子の下、三白眼《さんぱくがん》の陰気な顔をしていて、足を引きずるように彼らのほうにやってきた。紙袋には甲府にある大手デパートの名前が記されていた。そのままゆっくりと最後部の座席まで行き、向き直ってシートの中央付近に腰を下ろした。

バスがゆっくりと走り始めた。エンジン音が高くなっていく。

大柴が振り返ると視線が合った。いやな感じの目でこちらを見ていたが、すぐに視線を外した。

「あいつ……いかにも怪しいですね」

小坂が小声でいったので、彼は指を立てて「しっ」とささやいた。

「知らん顔をしてるんだ」

「わかりました」

そう答える小坂の顔が緊張に充ちている。早くも額に汗の粒が浮かんでいた。

「高沢……いや、元山と呼んだほうがいいか」

彼はちらと大柴を見た。「高沢にしといてくれ」

「わかった」

小さく咳払《せきばら》いをし、大柴はいった。「奴が不審な行動を取ったら、腕を叩く。すぐに伏せるんだ。なるべく低くな」

高沢は黙って頷いた。瞼《まぶた》を小刻みに痙攣《けいれん》させている。

しばらく経ってから、大柴はまた肩越しに振り向く。

後部座席の男は麦わら帽子を目深《まぶか》にかぶり、シートにもたれて寝入っているようだ。足許《あしもと》には相変わらずデパートの紙袋が置かれている。あの中に銃器が入っているのではないか。そう思うと、さらに緊張が高まってくる。

最後部の座席から銃撃されたらひとたまりもない。

おそらく大柴たちのみならず、前に座る少女たちや老人、そして運転手まで被害を被《こうむ》る可能性がある。それを承知で犯行に及ぶだろうか。

いくら考えても答えが出るわけがない。

いやな予感が的中するか、しないか。そのどちらかしかないのだ。

道は大きく蛇行していた。

そこをバスが右に左に揺れながら辿《たど》ってゆく。

3

スマートフォンが震え、呼び出し音が聞こえ始めた。

静奈はとっさにブレーキを踏み、エクストレイルを路肩に寄せてハザードを点灯させた。

「神崎です」

――沢井だ。今、どこにいる？

静奈は少し間を置いてから、答えた。

「曲輪田を出て少し東に走ったところですが」

――留置管理課の勝野孝昭《たかあき》巡査長が亡くなった。

その言葉に驚いた。

「そんな……」

――買い物から戻った奥さんが、居間で首吊りをしている本人を見つけて通報してきた。

「それってあり得ません。あの勝野さんにかぎって自殺なんかするはずがないんです」

――いちおう鑑識が現場を調べているところだそうだ。争った形跡はないし、遺書も見つかっていない。

「勝野さんが退署した理由は、奥さんの交通事故でした。中垣さんからそう聞いたから、間違いありません。それなのに買い物に行ってただなんて変です」

――管理課は退署申請の書類を受理していないそうだ。

「だったら勝野さんが勝手に職場を離れたっていうんですか」

――そういうことになる。

「どうして……」

――中垣巡査長との会話で何か気づいたことはあったか。

静奈は記憶をめぐらせた。

「いえ。とくに」

それから静奈はいった。「窃盗容疑で逮捕した、例の高沢っていう被疑者の移送を許可したのは署長でしたよね。何かいってましたか」

――どうもだんまりらしい。

「警察庁から来ていたとかいう担当者については？」

――そのことも、口を貝みたいに閉ざしていわん。

「きっと圧力がかかってんですよ」

――県警か。

「たぶん、もっと上からだと思います。警察庁、あるいは国家公安委員会あたりじゃないでしょうか」

――神崎。とにかく署に戻ってこい。

「このまま大柴さんたちを捜索させてください。きっと危険に巻き込まれているはずです」

——阿佐ヶ谷署の大柴と小坂は、市内の発砲事件の重要参考人としてうちの署で手配中だ。そのことで、刑事課から君に訊きたいことがあるそうだ。

「真実から目をそらすためのブラフですよ。真に受けないでください」

——とにかくお前は地域課の一職員だということを自覚しろ。

「重々承知。社会の安全を守るのが警察の仕事です」

——神崎！

通話を切った。

呼吸を整えてから、液晶画面に真鍋裕之の名を呼び出す。

呼び出し音三回で向こうが出た。

——真鍋です。神崎さん、どうしました。

「大柴さんたちがいた地区を走っていて、路肩に停まった軽トラを見つけました。車体はひどく壊れていていて、車内に空薬莢が落ちていました」

——それって……。

「おそらく大柴さんたちは銃撃されたのだと思います。引き続き捜索中です。それからうちの署で被疑者を引き渡した留置場の勝野担当官が無断退署して、自宅で首を吊っているところを奥さんに発見されました」

——なんてことだ。

「そちらのほうは、この移送に関してどういう段取りだったんですか」

——警視庁から三名、うちの署にやってきて、大柴と小坂を移送の担当者に任命したようです。

「そちらの管内の事件に関わるという理由だと聞きましたが？」

——それが〝本店〟……失礼、警視庁のほうから厳重に緘口令《かんこうれい》が出てまして。

「箝口令？」

——〝特秘〟扱いでした。

「何それ」

——は？

静奈は肩をすぼめて苦笑した。

「ごめんなさい。口癖なんです。とにかく高沢という被疑者を阿佐ヶ谷署に連行する具体的な理由は明らかになっていないということですね」

——恥ずかしながら。ですが、まさかこんなことになるとは。

「とにかくこれだけのことが起こったんです。しかも、うちの署だけのローカルな話じゃないし、そちらの所轄レベルの問題でもない。もっと上層部——そうですね、警察庁か、さらに上の組織がこの陰謀をでっち上げた。そう考えるのが筋だと思います」

——しかし、そういわれましても。

「死人が出てるんですよ。それも私の知人です」

静奈はこみ上げてくるものを抑えていった。「この先、もっと人が死ぬかも」

——どうすればいいんですか。

「そちらで調べられるかぎり、調べてください。この〝茶番劇〟のような移送の裏に何があるか。必要に応じて表沙汰にしてもいいと思います。事実が封印されたままだったら、死んだ人も浮かばれません」

——わかりました。こちらでできるかぎり調査します。

「大柴さんたちはなんとしても見つけて保護します。また、何かあったら連絡をお願います」

——わかりました。

通話を切った。

ハザードのスイッチを押して切り、車を出そうとしたとき、背後からエンジン音がした。

ウインカーを出しながら、〈山梨西部交通〉と車体に書かれたバスが、ゆっくりと静奈のエクストレイルを追い抜いていく。

「さて、どうしようか。もう少しさっきの道路を流してみるか」

独りごちると、静奈はギアをリバースに入れて車をバックさせ、いったん未舗装の枝道に頭から突っ込んでから、ふたたびバックで切り返し、来た道を戻り始めた。

4

道路の周辺にポツリポツリと人家や畑が現れてきた。

バスはだんだんと市街地に近づいている。

しかし大柴の緊張は解けない。隣に座る高沢も、それに反対側の座席にいる小坂もこわばった顔をしていた。最後尾の座席に座るあの小柄な男は、足許に紙袋を置いたまま、相変わらず眠っているようだった。

それでも安心はできない。寝たふりをして機会をうかがっているのかもしれないからだ。

「大柴さん」

小坂が通路越しに身を寄せてきて、小声でいった。

「あいつ、やっぱり違うと思います。殺し屋なんかじゃないですよ」

「とにかく油断するな」

「だけど、どうしてわれわれを始末しようとしないんですか」

大柴は前の座席を見た。ジャージ姿の小学生らしい娘ふたりと、その前にいる老人。

「他の乗客が降りるのを待っているのかもな」

そのとき、バスが減速し始めた。

前方を見ると、バス停が小さく見えている。それがだんだん近づいてきた。

バス停は無人だった。

その前にバスが停車する。ピーッと音がして自動扉が開く。

ふいに少女ふたりが立ち上がり、運転手に定期券らしいものを見せて、昇降口から外へと駆け下りていった。

自動扉が閉じて、バスが走り出そうとしたときだった。

大柴たちの背後でガサガサッと大きな音がした。思わず彼らが振り返ると、あの麦わら帽子の小男が素早く立ち上がったところだった。

小坂が「ひっ」と情けない声を洩《も》らした。

ところがその小男は、紙袋を片手に持つと、あわてふためいた様子で通路を走り、大柴と小坂の間を抜けた。一瞬、汗臭さが鼻を突いた。運転席の横に立つと、よれよれのズボンのポケットから何枚かの硬貨を摑みだし、それを選びながら料金入れに放り込んだ。

ピーッと音を立てて昇降口の扉がまた開く。男は照れ笑いを浮かべながら、よたよたと危なげな足取りでステップを下りていった。

自動扉が閉まり、バスがゆっくりと走り出した。

車窓越しに大柴は見た。路肩に立った小男は、麦わら帽子を脱いで、禿げ上がった頭を撫《な》でている。その姿が後ろへ遠ざかっていく。

大柴が長い吐息を洩らした。

隣の高沢も汗を拭《ぬぐ》っていた。そして反対側の席の小坂は、前の座席の背に置いた両手の間に顔を埋《うず》めるようにして、大きな背中を揺らしていた。思った以上にすくみ上がっていたらしい。

車内の乗客は先頭の座席の老人だけとなった。

バスは車道に出てスピードを上げ始めている。車窓の外には民家がいくつか見え隠れしている。古びた雑貨店やシャッターが下りた消防団の詰め所などが、前から後ろへと過ぎてゆく。

このまま市街地へ出たら安心だと大柴は思った。

「どうやら、無事に帰れそうな気がしてきました」

向かいの席から小坂がそういった。

「カミさんも安心だな」

そういって笑うと、小坂がまた泣きそうな顔になって驚く。

「どうした」

「それが……浮気がバレちゃって、離婚寸前なんです。さっきも電話でえらい剣幕でして、しかも途中で電池がなくなって通話が切れちゃうし」

「なんだよ。去年の俺とおんなじじゃねえか」

大柴は肩を揺すって笑った。同時に苦いものもこみ上げてきた。

「そっちはきれいさっぱりと別れたんですか」

「きれいどころか、泥沼だったよ。思い出したくもねえ」

大柴が笑いながらいった声に突如、運転手の声が重なった。

——お客さん。ちょっと！

驚いた瞬間、バスが急ブレーキで停止した。おかげで大柴たちは前の座席に突っ込みそうになる。あわてて両手でそれを防いで前を見た。

最前列の座席から立ち上がった老人の姿が見えた。持っていたはずの杖が足許に横たわって落ちている。

老人は右手に中型の自動拳銃を握っていた。その銃身の先端に円筒形のものがついている。大柴が驚いて声を洩らした途端、拳銃が短く咳き込むような音を立て、薄青色の煙に包まれた。小さな空薬莢が斜めに飛ぶのが見えた。

バスの運転手がのけぞる。側面の窓ガラスに後頭部から叩きつけられた。同時に鮮血が飛び散って、ガラスの一部を赤く染めた。

富士スバルラインの開通情報が書かれた広告パネルが取り付けられた運転席後部のポールの間から、白い手袋が突き出して、だらりと垂れ下がっていた。

老人は消音装置らしいものを取り付けた拳銃を握ったまま、ゆっくりと大柴たちに向き直る。

ニヤッと笑ったその顔は、もはや老人のそれではない。明らかに老けメイクだと大柴の目には映った。おそらく中年男性、思ったよりも胸の厚みがあった。さっきはわざと猫背気味に車内に入ってきたため、それと気づかなかったのだ。

トラックに追撃されたとき、横断歩道を渡る老婆に変装していた男のことを思い出した。はっきり見たわけではないが、あのときの人物に似ている気がした。

不似合いな野球帽を取り去って投げ捨てると、その男は消音装置のついた拳銃を大柴たちに向けた。

「小坂、伏せろ！」

高沢をその場に押さえつけながら、大柴は自分も身を低くした。

さっきと同じ、咳き込むような銃声が数回、立て続けに聞こえ、銃弾が座席のシートを貫く衝撃が手に伝わった。

大柴は硬直したまま、固く目を閉じた。それでどうなるわけでもないが、歯を食いしばって恐怖に縛られながら、必死に縮こまっていた。

足音が聞こえた。

奴がこちらに近づいてくる。弾丸を撃ち尽くしてスライドが停まった拳銃に、新しい弾倉を差し込んでいるのが見えた。

スライドが閉鎖する金属音。

大柴はあわてて頭を引っ込めた。同時にまた、くぐもった銃声。二発。

そのうちの一発が、パッンと音を立てて大柴のすぐ横のシートを貫通した。ズタズタに切り裂かれたスポンジが花を咲かせ、樹脂が焦げる嫌な臭いが鼻を突く。

突然、ガクンと車体が揺れた。

バスがわずかに動き、また停まった。

運転手がブレーキを踏んだまま、息絶えていたのだろう。それがゆるんで走り出し、エンストを起こしてまた停まったのだと大柴は理解した。

それはゆいいつのチャンスだった。

顔を上げると、老人に変装した男がバランスを崩していた。あわてて背後の座席の背もたれにしがみついた。

大柴はすばやく立ち上がり、男が体勢を立て直す前に飛びかかった。拳銃を握る相手の右手首を左手で摑んだ。男が目を剝《む》き、何か叫んだ。かまわず、右手の拳《こぶし》で容赦なく顔を殴りつけた。一発。二発。三発。鼻血を流して真っ赤になった顔にもう一発、パンチを叩き込む。

ガツンと拳骨に響いた。男が座席に倒れた。

右手の拳銃は握られたままだ。だが、大柴も手を離さない。殴った右手で拳銃をむしり取った。

歯をむき出した男はさながら悪鬼の形相《ぎょうそう》だった。両手をかざして立ち上がろうとしたところに、大柴は奪った拳銃の消音装置がついた銃身をこめかみ辺りに叩き込んだ。

男が横ざまに倒れる。

「このくそったれ！」

男の胸ぐらを左手で摑んで引き起こし、大柴は怒声を放った。「罪もねえ人間をゲームみたいに殺しやがって！」

拳銃を左手に持ち直し、右手で男の頰《ほお》の辺りを殴る。しかし拳の握り方が甘かったためか、相手の顔に当たった瞬間、指の関節が異音を発し、大柴は顔をしかめた。それでも男はダメージを受けたらしい。鼻血で真っ赤に染まった顔が激しく歪んでいる。

「てめえ、何者なんだ！」

痛む右手で相手の胸ぐらをふたたびつかんだ。左手の拳銃、消音装置の先端を男のこめかみ付近にあてがった。再三の発砲ゆえか、そこが熱を帯びていたらしく、男が目を剝いて悲鳴を洩らす。

かまわず、大柴はいった。

「そんじょそこらのヤクザじゃねえだろ。だったら、どこの組織だ！」

しかし男は口を引き結んだまま、顔を歪めていた。

もう一発、右拳で顔を殴った。さらに一発。

鼻の骨が折れたのがわかったが、同情はしない。

「さっさと白状するんだ」

血まみれの男の顔が見る見る腫れ上がっていく。青痣《あおあざ》に膨らんだ頬が目を押し上げて、別人のような形相になった。

「警察だよ」

うめきながら、男がそういった。

「そんなわけねえだろうが。サイレンサー付きの拳銃で市民を殺すのが、なんで警察官なんだよ」

怒鳴りつけてから思い出した。〝同じ側だ〟と高沢がいった言葉。

消音装置を顔に向け、大柴が怒鳴った。「本当に警察だとしたら、どこの部署だ」

「警察庁……だ……」

大柴は眉根を寄せた。

「〝サッチョウ〟だと？　奴らは事務屋だ。こんなところにしゃしゃり出てくるはずがない」

「あんたらふつうの警察官が知るはずもない」

「もし、そうだとして——」

大柴は歯を剝き出しながらいった。「なんでこんなことを？」

そのとき、男がふいに手を伸ばし、大柴の首を摑んだ。

指先で喉仏《のどぼとけ》を握りつぶされそうになって、彼は苦悶に顔を歪めた。目の前の男は血まみれの顔をしているくせに、目だけは怜悧《れいり》に光っていた。チャンスをうかがっていたのだろう。

男が凄絶な顔で笑った。

「ド素人《しろうと》が。隙《すき》を作りやがって」

大柴は右手の拳銃を相手の左太腿《ふともも》に押しつけ、引鉄《ひきがね》を引いた。

親指と人差指の間を突き上げる反動とともに、咳き込むような鈍い銃声がした。相手の足から赤い飛沫《しぶき》が散った。

男が顔を歪めて絶叫した。

弾《はじ》け飛んだ空薬莢が座席に当たって跳ね、車内後部にすっ飛んでいった。

首を摑んでいた手が離れたので、大柴は思わずそこを押さえた。口を大きく開けて、ゼイゼイと喉を鳴らしながら息を吸った。

片足を押さえてのたうち回る男を見下ろす。

「大藪春彦の小説じゃねえんだ。それも現役の警察官にこんなことまでさせやがって！」

拳銃を握る右手の甲で自分の頬をなぞった。

相手の太腿の銃創から飛び散った血が、そこについていたらしく、右手が赤く染まった。

「いいか。今度こそ最後だぞ――」

いいかけたとたん、誰かに左腕を摑まれた。

驚いて振り向くと高沢だった。彼が指差すバスの後ろに目をやる。

黒っぽい普通車が急接近してくるところだ。トヨタ・アリオンだった。ルーフにパトランプを載せ、それが明滅しているのが見えた。

ナンバーに山梨と読める。

「ありがたい。南アルプス署がやっと来てくれたらしい」

バスを追い越し、すぐ前方に停まった車両、左右のドアを開いて出てきたのはスーツ姿の男たち二名だった。いずれも刑事らしく左腕に赤い腕章をつけている。

これでなんとかなりそうだ。

そう思った大柴は運転席まで走り、倒れた運転手の傍《そば》にある、バスの扉の開閉スイッチを操作した。ピーッと音がして、自動扉が開く。

ステップを踏んで車外に降りようとした大柴の顔が、次の瞬間、凍りついた。

バスの前後から、こちらに向かって走ってくる二名。右側のひとりの片手に拳銃が握られているのが見えた。

いくらなんでもありえない。状況が状況だけに、事件の被疑者か重要参考人扱いで取り調べられるのは覚悟の上だが、刑事がはなっから拳銃を持ち出すのはよっぽどのことだ。

一瞬、迷ってから車内に声をかけた。

「小坂。すぐに運転席に移ってくれ。このままバスを出して逃げるんだ」

返事がなかった。まだ、ビビっているのか。

舌打ちをして、バスの中に戻った。開閉スイッチを操作して、バスの扉を閉鎖する。

「小坂。何やってんだ、お前！」

運転席のところから怒鳴った。

「小坂……？」

大柴は見た。

小坂康彦が背もたれに背中を預けたまま、虚《うつ》ろな目を開いている。

彼は歩いていった。

小坂が座っている席の横に立ち、彼を見おろす。スーツの間から覗くネクタイとワイシャツの胸の辺りが、真っ赤に染まっていた。足許に血だまりが出来て広がり始めていた。

「……お前?」

ふいに涙があふれそうになる。それを堪《こら》えた。

泣いている場合ではなかった。

バスのドアが激しく叩かれた。何度も。

――南アルプス署だ。ドアを開けろ!

野太い男の怒声が聞こえた。

「奴を見張ってろ」

手錠をかけられたままの高沢に消音装置付きの拳銃を握らせた。

高沢はこわばった顔でうなずいた。ぎこちなく拳銃をかまえ、向かいの席に座る男に銃口を向けた。

怒声とともに、またドアが乱暴に叩かれた。

　大柴はまた通路を走った。運転席に倒れている運転手の躰に手をかけ、渾身の力を込めてそこから引きずり出す。即死した運転手は驚愕《きょうがく》の顔を凍りつかせたままだった。通路に遺体を横たえると、大柴は片手を立てて拝んでから運転席に座った。

　エンストしたままだったので、シフトをローに戻し、イグニションキーを回してバスのエンジンをかけた。

　クラッチ操作を誤って、またエンストを起こしそうになる。強引にアクセルを踏み込んだ。バスはガクガクとノッキングしながらも、少しずつ走り出す。

　外にいた男たちがあわてて飛び退《の》いた。

　前方を塞《ふさ》ぐように停まっていたアリオンの後部に、バスを思い切りぶつける。パトランプを載せた車が、衝撃で斜めになった。

　ショックで車体が激しく揺れたが、かまわなかった。

　そのままアクセルをめいっぱい踏み込んだ。

　大きなステアリングを回しながら、大柴は横向きになったアリオンを押しのけ、そのまま前方にバスを出した。シフトチェンジをしながら、どんどんバスを加速させてゆく。

　ふいにこみ上げてくるものがあって、大柴は肩を震わせた。

嗚咽《おえつ》が洩れた。

5

真鍋裕之はすでに数カ所に電話を入れていた。

同じ警察の同僚や、知り合いの新聞記者、雑誌記者など。しかし高沢基樹という人物をめぐる不穏な動きはまったくつかめなかった。ただひとつ、フリーライターの知人からの情報で、高沢基樹という名に覚えがあるといわれ、調べてもらった結果、財務省の高級官僚の名だと判明した。

その人物は実在するが、今回の事件とはなんの関係もなさそうだ。

おそらく偶然の一致なのだろう。

ただひとつ引っかかったことがある。地方財務局が国有地を不正売却したあの事件で、省内でそれをもみ消した人物だという噂の当人が、まさに高沢基樹という名前だったらしい。あの手この手で追及を逃れたらしく、けっきょく一度も起訴されることなく、そのうちうやむやになってしまったようだ。

そのことが心に引っかかっていた。

刑事部屋――組対課のフロアでおおっぴらに電話できないので、いちいち外の通路に出たり、上の階の道場に行き、青畳のうえに腰を下ろして通話していた。そのため、やたらと行ったり来たりとなってしまう。

最後の電話を終えて、寒々とした道場の片隅で溜息《ためいき》をついた。

西側の窓から差し込む光が弱々しい。見れば、雲が低く垂れ込めている。今にも雨が降りそうだった。

大柴とは相変わらず連絡が取れない。

小坂の携帯の番号に何度かかけてみたが、いっこうにつながらなかった。

何かあったのではないか。そんな不安がつきまとう。彼らは何者かに命を狙われている。そして地元の署からも手配を受けて、いわば四面楚歌《しめんそか》の状態。なのに自分には何もできない苛立ちがある。

冷たい青畳の上に座り、しばしうなだれていた。

大柴哲孝という男は、どこか野放図で横紙破りでありながら、実はこだわりと責任感の塊《かたまり》のような人物だった。だからこそ、警察という組織から浮いていたのだろう。今回の被疑者移送で彼が選ばれたのは、そんなアウトロー的な性格ゆえに適任とされたのではないか。真鍋はそう思っていた。

そのとき、ポケットの中でスマートフォンが震え始めた。

取り出して液晶を見る。「ヒツウチ」とあったが、敢えて出てみることにする。

「もしもし」

――阿佐ヶ谷署の真鍋さんでしょうか。

「そちらは？」

――東京地検特捜部の長谷部《はせべ》といいます。実はそちらの同僚の大柴さんが巻き込まれた事件についてこっちでも調査中でして、そのことでちょっとお話があるのですが。

さすがに驚く。

「本当に地検なんですか」

――信じていただくしかありません。真鍋さんからいろいろとお伺いしたいのです。

真鍋は何をいおうかと考え、こう切り出した。

「大柴はどんな事件に巻き込まれてるんですか」

――電話ではお話しできないので、これからお会いしたいのですが、お時間はとれますか。

「大丈夫です。時間と場所を指定してくれますか」

――今から三十分後、梅里中央公園入口付近でお待ちしてます。品川ナンバーの白のスカイラインです。

「わかりました」

通話を切って立ち上がり、急いで道場を出た。

組対課のフロアに戻ると、自分のデスクの抽斗《ひきだし》を開けて、地図を引っ張り出す。あわただしく開き、梅里中央公園の場所を確かめた。何のことはない、署のほとんど真裏といってもよかった。直線距離なら一〇〇メートルちょっとぐらいだ。いつも車を使っているから、そんなところに公園があるなんて知らなかった。

地図をたたんで抽斗にしまい込むと、課長代理のデスクにまだ中西が戻ってきていないのを確認した。ロッカールームで上着をとりだしてはおると、急ぎ足でエレベーターに向かう。


尾《つ》けられていると気づいたのは、署を出て五分もしないときだった。

灰色のジャンパーに作業ズボンの男性。年齢は四十代ぐらい。黒いサファリハットを目深にかぶっていた。ホームレスのように見えたが動きが速く、交差点で足を停め、肩越しに振り向く真鍋と目が合ったとたん、なにげなくそっぽを向いた。

真鍋は向き直って歩き出した。

明らかに尾行だった。

緊張感に心臓が高鳴っている。しかしそれを抑えながら、平静を装い、ブラブラと歩いた。歩きながら、常に意識は後ろを向いている。振り向きたい気持ちがあるが振り向けない。だから、ひたすら前を向いて歩き続ける。

十字路にカーブミラーがあった。埃《ほこり》で白っぽく汚れていたが、自分の後ろにいる人物が歪みながら映っている。

あの男ではなかった。

小さなショルダーバッグを肩掛けした、青いワンピースの女性。

ホッとしたのもつかの間、次の角を曲がって肩越しに見ると、およそ三十メートルばかり離れて、彼女の姿があった。スマートフォンを耳に当てているが、口許が動いていないのが気になる。

真鍋は少し急ぎ足になった。背後から聞こえているパンプスの足音が少し変わったのがわかる。

間違いなかった。依然、尾行されているのだ。

五日市街道に出ると、車の往来が頻繁になる。狭い歩道を歩きながら、自分のスマートフォンを出し、カメラの自撮りモードにして肩越しに後ろを映す。ワンピースの女性は少し距離が離れていたが、相変わらず後ろにいた。

いったい何者なのか。

そんなことを考えても無意味だった。自分の知らない世界があって、そこからの介入が始まっている。問題はそうした奴らが有害か無害かだ。

尾行をまくべきかと思ったが、自分にはむりそうだった。おそらく別の交代要員もいるだろう。

仕方なく彼女を後ろに従えるかたちで梅里中央公園に到着した。

ところがそれらしい車が見えない。

「品川ナンバーの白のスカイライン……」

小さく独りごちながら足早に歩を運び、小さな公園の周囲を回ってみた。やはり白い車はいなかった。

そっと肩越しに振り向く。

青いワンピースの女性ではなく、スーツ姿のサラリーマン風の中年男性だった。

眼鏡をかけ、片手にセカンドバッグを持って、やはり三十メートルぐらい後ろを歩いてくる。

まさか騙《だま》されたのか。あるいはからかわれた？

そう思ったとたん、怒りがわいた。

こうなったら仕方ない。後ろからやってくるあいつをとっちめてやろう。そう思ったときだった。

ポケットの中でスマートフォンが振動した。

とっさに取り出して「ヒツウチ」の文字を確認し、耳に当てる。

――地検の長谷部です。すみません、どうやら我々の動きが奴らに摑まれていたようです。

「奴らって？」

――今はいえないんですが、そっちにタクシーを向かわせました。赤と黄色の車体の京南交通です。それに乗ったら善福寺公園に向かってください。

通話が切れるとともに、車の音がした。

見れば、狭い通路を赤と黄色のタクシーがやってくるところだった。

真鍋はとっさに手を挙げた。停まったタクシーの自動ドアから後部座席に乗り込む。

「善福寺公園にお願いします」

初老の運転手にそういうと、タクシーは動き出した。

背後を見ると、スーツの男性が走ってくる。その姿がどんどん遠ざかっていく。

タクシーは青梅街道に出ると、ＪＲ中央線をまたぐ荻窪陸橋を渡って、さらに環状八号線を横断した。その間、真鍋は何度も後ろを振り向き、リアウインドウから尾行車を確認したが、それらしい車は見当たらなかった。

狭い住宅地に入り、そこを抜けると前方に公園の緑地が見えてきた。

「お客さん。そこ善福寺公園ですが、どの辺りにしますか？」

運転手が声をかけてきたので、真鍋は少し逡巡《しゅんじゅん》した。

「人を捜しているので公園の周辺を回ってみてもらえますか」

運転手が頷き、タクシーは徐行気味に狭い舗装路を走る。

道路との境に続く低い柵の向こうに緑地が広がっている。太陽が西に傾き、空はだんだんと昏《くら》くなっていた。木立が薄闇に閉ざされ、そろそろ街灯に明かりが灯《とも》る時刻が近づいていた。公園の周囲の細道は、ジョギングする者や犬を散歩させている人間をときおり見かけるが、公園内に人はほとんどいない。まれに四阿《あずまや》に座るカップルや、散歩をしているらしい杖を突いた老人の姿など。

真鍋はまた不安に襲われた。

こちらから長谷部という地検の人間に連絡をとりたいが、相手は非通知モードで連絡をとってきたため、それができない。

そもそも彼は本当に地検だったのだろうか。

さらに少し走ったところで、公園の入口のひとつ、電話ボックスがある付近に白い車が停まっているのが見えた。

日産スカイラインらしい。ハイブリッドモデルのセダンだ。

車内に人影がふたつ。

「運転手さん、そこに停めてください」

タクシーを停めて運賃を払った。レシートはいらないといい、ドアから外に出た。

スカイラインの運転席と助手席のドアが開き、スーツ姿の男たちが姿を現す。どちらもおそらく四十代、ひとりは細面《ほそおもて》で短髪、黒い口髭《くちひげ》を生やしている。もうひとりは坊主頭だった。ふたりはタクシーが走り去るのを見てから、真鍋に笑いかけてきた。

「いろいろとご苦労をおかけしてすみません。まさか、こちらの行動が監視されていたとは予想外のことでした」

口髭の男がそういった。「地検特捜部機動捜査班の長谷部といいます。こっちは同じく大河内《おおこうち》です。立ったままじゃ何だし、極秘の話でもありますから、我々の車へどうぞ」

大河内と呼ばれた坊主頭の男が、スカイラインの後部座席のドアを開いた。

「さっきの尾行は？」

「それはあとでお話しします。早く中へどうぞ」

真鍋は一瞬、嫌な予感に憑《とりつ》かれた。しかし、覚悟を決めて、そこに乗り込む。

助手席に長谷部が、運転席に大河内が乗って、スカイラインが静かに走り出した。

6

追跡車両がないのを何度も確認した。

しかし大柴はバスを停めなかった。アクセルを踏んで走らせ続けた。

運転席の傍らには運転手の遺体が横たわっている。背後の客席には拳銃を持った高沢と、通路を挟んだ反対側に老人に変装していた例の男が座っている。

バスのステアリングを握りながら、大柴はしきりに額の汗を拭った。

緊張感から解放されなかった。胸の鼓動がまだはっきりと聞こえている。

バスは県道らしい二車線の通りに出て、住宅地を走っていた。どこをどう走っているのか、どこに向かっているのか、まったくわからない。すれ違う車を見るたびに緊張してしまう。

どうすればいいかを考えた。

しかし頭の中がパニック状態で何も思い浮かばない。とにかくバスを停めると、またどこか予期せぬ場所から襲撃されるような気がして恐ろしかった。

狙われているのは高沢だ。自分だけが逃げたらいい。そう思ったこともある。

しかしそれができないのはなぜか。警察官としての矜持《きょうじ》か。そうではないと思った。

相棒だった小坂が死んだ。銃弾を受けて即死していた。

その死に顔が頭から離れない。何度も目頭が熱くなる。

——ちょっと、あんた。

後ろから声がした。高沢だった。

「どうした」と、大柴は答えた。

——こいつ、足の出血が止まらないんだ。このままほっとくと死んでしまうぞ。

「勝手に死なせとけ。そいつは小坂を殺しやがったんだ」

——そうはいかんだろう。あんただって警察官じゃないか。

大柴は歯を食いしばった。

バスのステアリングを拳で殴りつけた。

地方銀行の看板を見つけ、駐車場に乗り入れると、ブレーキを踏んで停車させた。時間帯だけに他に車は停まっていなかった。周囲をよく見てから、エンジンをかけたまま、通路を後ろに向かった。

高沢は依然、青ざめたまま拳銃を握っている。が、銃口はすでに下を向いていた。息絶えている小坂を見つめ、開かれたままの瞼を指先で閉じてやってから、大柴は男を見た。老人の扮装で、銃弾を食らった左太腿を押さえながら顔を歪めている。ズボンはどす黒く染まっていた。

「高沢、しっかり見張ってろ。ちょっとでも変な動きをしたら撃つんだ」

「しかし……」

「いいから！」

声を荒らげていい、大柴はネクタイを解《ほど》いて襟から引き抜いた。それを男の左太腿の付け根に回して、きつく縛り上げた。

男がまた苦痛の声を洩らしたが、かまわなかった。

「人を平気で撃ち殺すくせに、自分が撃たれたらガキみたいに哀れな声を出しやがって」

そういってから、胸ぐらをつかみ、拳で相手のこめかみを容赦なく殴りつけた。

男があっけなく昏倒した。

すかさず彼の衣服の中をまさぐった。しかし上着にもズボンにも何も入っていなかった。身分証や財布、携帯電話もない。

自分の正体を明かさないように徹底しているのだろう。

大柴は舌打ちをして諦めた。

運転席に向かって歩き、横たえた運転手の遺体にまた手を合わせて黙禱《もくとう》し、制服のポケットをまさぐる。運転免許証の入った財布やメモ帳などは見つかるが、なぜか携帯電話の類《たぐ》いがなかった。勤務中は携行しないのか、はたまたもたない主義だったのか。いずれにしても大柴はがっかりした。

身を起こして、どうしようかと考えていると、銀行の入口脇に緑の公衆電話があった。

大柴は運転席から昇降口の自動扉を操作して開け、ステップを下りた。財布を取り出し、小銭をありったけ掌《てのひら》にとって受話器を外して耳に当てる。阿佐ヶ谷署組対課の番号は記憶している。

真鍋にまず連絡を入れようと思った。それから静奈の携帯の番号を聞き出す。

プッシュボタンで03と東京の市外局番を押した途端、車の音がして振り返った。

山梨県警察とボディに書かれた白黒のパトカーが、ゆっくりと銀行の前を通過するところだった。が、ふいに停車して、こちらを窺《うかが》っているようだ。銀行の駐車場に公共交通のバスが停まっているのは、いくらなんでも異常だ。よほどの間抜けでない限り、警察官なら気にするだろう。

パトカーがバックして、銀行の駐車場に入ってきた。

バスの横に停まってドアが開き、制服警察官が二名出てきた。どちらもまだ若い。二十代だろう。

ひとりが制服にセットされた署活系のハンディ無線のマイクを取り、どこかに連絡をしている。もうひとりはバスにゆっくりと近づき、自動扉を開けっ放しにしている昇降口の前で立ち止まった。

大柴は受話器を持ったまま硬直していた。

相手は同じ警察官なのに。そう、どうしてそれなのに、こんなに緊張するのだろうか。

彼がバスの中に入れば、すべてを目撃することになる。運転席近くに倒れた運転手。座席のひとつで息絶えている阿佐ヶ谷署の刑事。老人の扮装をした男が気絶していて、その近くに手錠をかけられたひとりの男。

あのふたりが南アルプス署の警察官であればいい。もしも偽警察官だったら、バスの中にいる高沢は絶体絶命の危機におちいることになる。あるいは南アルプス署そのものが、何らかの陰謀に加担しているのではないか。

さまざまな疑心暗鬼に駆られつつ、大柴は警察官を見ていた。

さいわいふたりとも、バスから離れたこの電話ボックスにいる彼の姿には気づいていない。

どうするか？

握っていた受話器をそっとフックに戻した。

そのとたん、硬貨が釣り銭の受け口に落ちる音がした。無線連絡をしていた警察官が、それに気づいて振り返る。バスの出入口前に立っていたもうひとりも、肩越しにこちらを見た。

その目が大きく見開かれた。右手が腰のホルスターのカバーにかかっている。

事情を話すか、あるいはこのまま逃げるべきかと逡巡した。

しかし、相手が殺意を持っていたとしたら、間違いなく殺される。そう思ったとき、バスの向こうに動きがあった。かすかな足音がして、高沢がバスの外に出ていた。おそらく車窓を開けて、そこから脱出したのだろう。手錠のままで器用な奴だと大柴は思った。

彼と目が合った。

大柴はうなずいた。

高沢が走り出し、大柴も同時に走った。

——待て！

警察官のひとりが叫んだ。二名が大柴を追ってきた。

7

練馬ナンバーの黒のステップワゴンは、ひどい有様だった。

車体後部は潰《つぶ》れ、リアウインドウが砕け、ボディのあちこちに銃弾によるらしい孔があった。近くにエクストレイルを停めると、静奈は車外に出て慎重に接近する。

車内に人はいない。銃弾はフロントガラスにもいくつか雨滴のように孔をうがち、車内に飛び込んだもののためか、ダッシュボード付近のカーナビの液晶画面も大きく割れていた。

さいわい車中に血痕らしきものはない。荷物なども見当たらなかった。

スマートフォンを取り出し、署に報告を入れようとしたとき、道の向こうからパトカーが接近してくるのが見えた。

静奈は道路の真ん中に立って手を振った。

パトカーがすぐ前に停まった。運転席と助手席から二名の警察官が出てくる。

運転席側から降りたのは佐々木巡査だった。

「神崎さん？」

「どうやら大柴さんたちの車らしいわ。見ての通り、ただの事故じゃなくて銃撃を受けてる」

「銃撃……」

「さっきも、乗り捨ててあった軽トラの車内に、空薬莢が落ちていたわ。彼らは何者かに命を狙われてるのよ」

佐々木はもうひとりの若い巡査とともにステップワゴンの周囲を歩いた。

「阿佐ヶ谷署のふたりは？」

「車を捨てたか、あるいは拉致されたのかも」

すると佐々木が険しい表情になった。

「さっき県内系で本部から通達があって、大柴、小坂の両名が銃刀法違反その他の容疑で手配されたということです」

「そんな……」

静奈は呆れて彼の顔を見た。「あべこべじゃないの。撃たれたのはふたりのほうなのに」

弱り切った顔の佐々木から目を離した。今、ここで彼に抗議をしても始まらない。警察官は上からの命令を受けて動くだけだ。

そのとき、パトカーの中から無線の声が聞こえた。

――至急至急、本部から各局、各移動。南アルプス管内、飯野一区信号付近の山梨総合銀行南アルプス支店駐車場にて、山梨西部交通のバスが停まっており、車内に遺体らしきものがいくつかあると、警ら中の〝PC〟から入電。なお、〝マル被〟らしき二名の男性が現場から逃走とのこと。最寄りの各局、各移動は大至急、向かえ。

佐々木ともうひとりの巡査が静奈の顔を見ている。

「行ってくる。きっと大柴さんたちに関係あると思うから」

そういってエクストレイルのドアノブに手をかけた。

「神崎さん、我々はどうすれば？」

「現状を本部と本署に報告。ここはもういいから、バスのところに向かって」

「わかりました」

佐々木たちがあわててパトカーに乗り込む。

静奈はエクストレイルの運転席に入ってドアを乱暴に閉めた。

現場に到着すると、すでに警察車両が数台、停まっていた。

少し離れた場所にエクストレイルを停めて、静奈は車外に出ると走った。

佐々木たちのパトカーは少し離れた場所に停車している。本来、地域課の巡査は事件の現場に踏み込めない。

銀行の駐車場入口には、警察官によって黄色の規制線が張られようとしていた。かまわず、それを飛び越えて入ろうとしたとたん、陰気な顔をした小太りの刑事に止められた。

赤い腕章に白手袋。短く刈り上げた髪。刑事課の課員の中でも嫌われ者として有名な、松尾《まつお》という中年男だった。

「地域課のヒラ巡査がここに何の用だ?」

静奈の前に立ちはだかった。

しかし彼女は動じなかった。間近から相手をにらみ据えた。

「知人が関わってる可能性があるんです」

「現場を荒らすんじゃねえよ。引っ込んでろ」

ところが松尾の剣幕に静奈は負けない。

「あいにくと休暇中です。一般市民として知人の安否確認をしたいだけですけど？」

「一般市民なら警察に従うもんだ」

「誰が決めたの、そんなこと？」

「誰がって……」

躊躇《ちゅうちょ》しているところを、静奈は容赦なく突き上げた。

「公僕っていう言葉は公衆への奉仕者っていう意味ですよね。あなたのそれって、完全に上から目線」

「な、何だと！」

鼻腔を広げて憤怒に顔を赤らめた松尾を突き飛ばすように、静奈はバスに向かって走る。

——ちょっと待て！

背後からの声を無視した。

バスは銀行の駐車場の真ん中に、斜めになって停まっている。運転席の向かいにある昇降口の扉が開いたまま、そこから制服姿の警察官たちが出入りしている。

ちょうどそこから出てきた〈鑑識〉の腕章を付けた警察官が顔見知りだったため、声をかけた。

「十川《そがわ》さん、中の様子は？」

彼は振り向き、しかめ面《つら》をした。

「酷《ひど》いものだよ。車内が血の海だ」

「〝オロクさん〟は？」

「三人だな」

そういって十川が三つ指を立てた。「ひとりはバスの運転手で左胸を銃弾で撃ち抜かれてる。たぶん即死だったろう」

「本当に運転手だったの」

「車内掲示の運転者証を確認したからね。名前は三村伸司《みむらしんじ》、顔写真からして間違いない。もうひとりは、どうやら例の窃盗容疑者をうちから移送している刑事のひとりらしい。客席に座ったまま、事切れていた。衣服の中から警察手帳も見つかったよ。名前は小坂康彦、阿佐ヶ谷署組対課の所属だ」

「死因は？」

「銃創による失血だ。胸や腹に二発から三発は食らってる」

彼はそういって吐息を洩らした。「問題は三人目なんだ。財布も身分証もなくて身元不明なんだが、衣服が躰にまるで合ってなくてな。しかも付近に、杖と白髪《しらが》の鬘《かつら》が落ちていた。この〝オロクさん〟は左太腿に銃弾を受けた傷があったが、足の付け根に止血のためのネクタイが巻き付けてあった」

「自分でやったのかしら」

「いや、おそらく別の誰かだ。だが、直接の死因は喉を切り裂かれたための失血だ。凶器は鋭い刃物みたいなものだろう。動脈からの大量出血だから、バスの通路が血の海になってるんだ」

額に皺を刻み、眉根を寄せながら十川がいった。

だったら大柴はどうなったのだろうか。静奈はさすがに焦ってきた。

「ちゃんと検案してみなきゃわからんが、〝オロクさん〟たちそれぞれの死亡時間には隔たりがあるようだね。運転手の血は完全に乾いてたが、小坂って刑事のは生乾きだから、そのあとだろう。で、変装をしてたもうひとりは殺されたばかりみたいだった。体温がまだ残ってたから間違いないよ」

「他に手がかりは？」

「出入口付近の床にあった運転手の血痕に、複数の靴痕が確認された。つまり、〝マルガイ〟の他に、車内にはあと何人かいたはずだ。最初に発見した〝ＰＣ〟のふたりも、バスから二名の男性が逃走したって証言してる。そのうちのひとりは、例の大柴って阿佐ヶ谷署の刑事に似ていたそうだぞ」

「なんてこと……」

バスを見つめながら静奈がつぶやいたとき、背後から乱暴に肩をつかまれた。

反射的に静奈はその手首を捉《とら》え、逆手に捻《ひね》りあげた。

「いつつ……」

顔を歪めたのは松尾刑事だった。

「あら、ごめんなさい」

静奈は涼しい顔で手を離す。松尾は火が出そうな顔でいった。

「てめえ、いい加減にしろよ。もういいだろうが。これ以上、現場を荒らすと、公務執行妨害でパクるぞ」

「女性の身体をみだりに触るのはどうなの？」

「何だと」

そういって松尾は視線をわずかに泳がせた。また静奈を睨《にら》み、いった。

「署に戻ったら、てめえんとこの課長にいっとくからな」

「告げ口なんて男らしくもない」

口を曲げて、松尾は吐き捨てるようにいう。

「とにかくてめえは邪魔なんだよ。とっとと出て行け」

「いわれなくても行きます」

そう答えてから、静奈は指差した。ちょうど銀行駐車場の入口から黒や紺色の警察車両がパトランプを光らせて入ってくるところだった。

「ほら、県警のお出まし。これであなたたちの出番はなくなったね」

「てめえ――！」

顔を近づけて鬼の形相になった松尾だが、県警の覆面パトカーのドアが開く音を聞いて振り返る。

スーツ姿の捜査員たちが急ぎ足にやってくるのを見て、松尾はあわてて背筋を伸ばした。

静奈は涼しい顔で彼らとすれ違うように歩き、その間を通り抜けてエクストレイルに向かった。

8

首都高は相変わらず渋滞だった。

びっしりと詰まった車が、ノロノロ運転を続けている。

地検特捜部の長谷部と大河内検察官のスカイラインは、その渋滞のまっただ中にいて、周囲の車列の動きに合わせ、少し走っては停まるを繰り返していた。ステアリングを握るのは大河内のほうだ。

真鍋は後部座席のシートに背中を預け、防音壁の向こうに見える都会のビルディングをぼんやりと見つめている。

車が走り出してからすぐに、助手席の長谷部から驚くべき話を聞かされた。

それは二年前、荻窪の住宅街で起こった放火殺人事件についてだ。あの事件のことは管轄内の出来事だったし、真鍋もよく憶《おぼ》えていた。被害者は元山秀一、財務省の官僚だった。彼の妻と長男の少年の遺体も見つかった。

元山は理財局の要職にあって、汚職の片棒を担がされていたらしい。

地方財務局が不正価格で国有地を私立学園に売り渡していた事件は、ひところ世間を賑《にぎ》わせていた。さすがにこれで内閣が倒れると多くの人間が思っていた。しかし証人が大勢いて、関係書類もかなり暴露されたにもかかわらず、けっきょく犯罪の立証ができなかった。

のちに公文書が偽造されていたことが発覚し、元の文書にあった複数の政治家の名が消されていた事実が判明した。追及する野党や一部マスコミは色めき立ったが、財務省理財局の関係職員が立て続けに亡くなり、証言台に引き出せなかったことで事件は終息に向かった。

「わかっているだけで三人。いずれも不審死でした」

長谷部はそういった。「最初は宮川正己《みやがわまさみ》事務官です。三年前の大晦日《おおみそか》、山手線の駅のプラットホームから転落して轢死しました。誰かに後ろから押されたという目撃証言もあったんですが、自宅のパソコンの中から遺書が見つかって自殺ということになっています。翌年の一月に同じ部署の沖山正太郎《おきやましょうたろう》が目黒区内の交差点を横断中、信号無視をして突っ込んできたトラックに撥ねられ、即死してます。轢《ひ》き逃げしたトラックは今に至るも発見できず、犯人も逮捕されていません」

「三人目は？」

「小山田智春《おやまだともはる》という名でした。沖山が亡くなって数日後、渋谷区の路上を歩いているとき、倒れました。救急搬送の途中で息を引き取ったようです。死因は心筋梗塞ということでしたが、小山田さんは高校、大学と陸上競技の短距離走で活躍して、何度か国体に出場したこともあるほどのスポーツマンでしたし、突然の心臓発作というのはちょっと不可解な死因だと思います。二カ月のうちに、同じ部署にいた財務官僚が三名も亡くなっています」

「それで荻窪の火災で亡くなった元山という人物が四人目ということですか」

「我々はそう見ています」

「つまり、全員が証拠隠滅のために殺されたと？」

「偶然にしてはあまりにも出来すぎてます」

「官僚相手の殺し屋グループがいるなんて、ちょっと信じられませんね」

「官僚だけではなく、政府に不都合な人間は自殺や失踪を装って消されてます。おそらくすでに二十名以上になります。そして、さっきあなたを尾行していた連中がそれです」

真鍋の顔から血の気《け》が引いた。

すぐ後ろを歩いていた男女のことを思い出した。

左手に見えるビルの間から、落ちてゆく夕陽がオレンジ色に燃えている。いくつかのビルの壁面が同じ色に輝いていた。

　ふと大柴のことを思い出した。彼は今も危機にさらされているはずだ。

「南アルプス署から阿佐ヶ谷署に移送されるはずの高沢という窃盗犯の被疑者ですが、あなた方地検特捜部の捜査といったいどんな関連があるんですか。まさか、その男が一連の財務官僚の死に関与しているとか？」

「そうではなく、彼が元山秀一本人だと我々は見ています」

　真鍋は耳を疑った。

「莫迦な。元山は荻窪の自宅で亡くなったんですよね。ちゃんと死体もあったわけだし」

「人相もまったくわからないほどに黒焦げになった死体でした。犯人が灯油をかけて焼いたことは判明してます」

　そうだった。

　だから、よけいに陰惨な事件として世間を騒がせたのだ。

「つまり別の死体に灯油をかけて焼いたということですか」

　長谷部がうなずいた。

「なんのために、そんなことをわざわざ？」

「おそらくあの夜、元山は自宅にいなかった。妻と息子のふたりだけだったんでしょう。しかし元山が死んだという既成事実が必要だったのだと思います」

「そんなに簡単に死体が用意できるわけないですよ。どこかでレンタルでもしてるならともかく」

「あとで判明したんですが、元山の妻、佐知子の弟、光也《みつや》が同日、世田谷区のマンションから失踪しています」

「まさか？」

「加藤《かとう》光也はひとり暮らしだったため、しばらく気づかれなかったんですが、あの夜、元山が留守で、たまたま妻の弟の光也が泊まりで来ていたのではないか。そこに侵入した犯人らに間違えて殺されたのかもしれません。が、あきらかに人相が違うため、顔の判別もつかないほどに黒焦げにされた」

「だったらどうして高沢という被疑者が元山だとわかったんですか」

「荻窪の事件から一年後、仙台で殺人事件がありました。被害者は〈木原クリニック〉の木原謙次《きはらけんじ》という、美容整形専門の外科医でした。犯行が起こったのは深夜で、被害者の木原はその日、病院にひとり残って遅くまで書類仕事をしていたということです。診察室などの室内がかなり荒らされていて、強盗殺人だと宮城県警は断定していましたが、カルテが大量に紛失していることがわかったようです。パソコンの中にはデータが残っていて、その中に〝元山秀一〟の名がありました。住所も荻窪の彼の自宅と一致していました」

「元山が整形手術を受けてた……」

「記録によると、三度にわたる手術でかなり顔を変えたようです。まったく別人になるつもりだったんでしょうね」

　他の三名に続いて自分も殺される。

　家族を失いながらも、元山は自分の顔を変えて別人になりすまして生き延びようとした。

「元山と美容整形医の木原は、お互いにインターネットのフェイスブックで繋がっていました。小学校時代の同級生だったようです。連中は元山を追いかけていくうちに木原に辿り着いた。そこで元山が整形したことを知って、その事実とデータを手に入れた」

「その木原という整形医は口止めで殺されたんですね」

　長谷部は頷いた。

「おそらくそうだと思います。ちなみに高沢基樹というのは、理財局に実在する官僚の名前です。元山たちの上司に当たる人物だったようです」

高沢基樹という名に関する疑問が氷解した。元山は意図的に自分の上司の名を偽名として流用していたのだ。

顔も名前も変えた元山が、南アルプス市で逮捕された。

別件の捜査ということで南アルプス署から阿佐ヶ谷署への移送が命じられ、大柴と小坂がそれを担当した。そしてふたりは危険の渦中にいる。

長谷部のいうことがいちいち信憑性《しんぴょうせい》を帯びているような気がした。

「そこまでわかったのなら、どうして地検は具体的に行動しないいんですか。一連の事件の首謀者を突き止めて逮捕できるんじゃないですか」

「我々は〝スジ読み〟といいますが、今回の疑惑に関する捜査を始めて資料や証言を集めているところでした。途中まで警察庁は我々に協力的でした。いろいろな情報やデータを引き渡してくれた。それがあるとき、突然、しらを切るようになったんです。おそらく上からの圧力があったんでしょう」

「上から……」

「あなた方に元山の移送を依頼してきた警察上層部がそれです」

「警視庁の警備課だと聞きましたが」

「いや。首都圏警察である警視庁は、この件にはいっさい絡んでいません。今回の陰謀のもとは警察庁です」

「警察庁がなぜ？」

「上層部が一部の政治家と結びついているんです。それもかなり深く」

車窓の外が暗くなっていた。

ビルの合間にあった夕陽が沈み、今は残照が空を染めているだけだ。

高速道路の渋滞が次第に流れ始めていた。路肩に整然と並ぶ高圧ナトリウム灯が、断続的に前から後ろへと過ぎ去っていくのを、真鍋はじっと見つめている。

「その殺し屋グループのことを教えてもらってもいいですか」

彼はそう訊いた。

「〈キク〉と呼ばれる秘密公安組織だということは摑んでいます。警察庁官房長の直属に当たる組織で、構成人数はだいたい三十名ぐらい。ほとんどが警察や公安調査庁のOB、それに元自衛官で、射撃や格闘技のベテランぞろいだということです」

警察庁官房長といえば、有名人のスキャンダルつぶしで陰の黒幕といわれた陣内克二《じんないかつじ》だ。警察官僚の中でも、首相にいちばん近い人物と噂されている。

「最初に存在が判明したのは四年前です。内閣府参事官だった人物が、北アルプスで遭難死しました。台風が直撃しているさなか、登山道脇の川に落ちて三日後に水死体として発見されたんです。名前は田辺信男《たなべのぶお》。当時、特定治安維持法制定の実務担当でした」

真鍋は憶えていた。

その田辺という官僚はたしかに登山が趣味だった。しかし、わざわざ台風が来ているさなかに、どうして北アルプスに行ったのか。どうにも首を傾《かし》げるような事故だった。

「その〈キク〉という組織が、山岳事故に見せかけて田辺を殺したわけですか」

「我々はそう見ています」

長谷部はそういった。「実はずっと前から、まったく別件で田辺のことを内偵していたんですが、警察を名乗るグループにしばしば妨害されました。そこで警察庁内部に捜査の手を入れて、浮かび上がったのがその〈キク〉という組織でした。ただ、官房長の陣内のガードがあまりに固くて、それ以上の捜査が及ばなかったのが残念ですが」

「だったら大柴たちは今、〈キク〉という連中を相手にしているわけですか」

「移送の途中に事故を装って抹殺するつもりだったんでしょう。どうやら、一度ならず失敗しているようですが」

いつしか緊張に躰がカチカチに固まっていた。

ゆっくりと息をつき、なんとか自分を落ち着かせようと努力する。

「そんな恐ろしいことを、私にリークしてきた目的はなんですか」

「元山秀一をなんとか確保したいのです。そのためには、いっしょにいる大柴哲孝と小坂康彦という刑事について知りたいと思ったんです。敵の先回りをしなければ、まんまと彼らは殺されてしまいます。それは防ぎたい。現状、彼らと連絡の取り合いはしていますか?」

「向こうと連絡が取れなくなったんです。生きていればまた連絡してくると思いますが、そっちこそ南アルプス市に出向いたらどうです?　あなた方が元山秀一を確保してくるべきだ」

「さっきのように、我々の動きも彼らにマークされてます。今、ここでおおっぴらに動けば、我々の内偵を摑まれてしまう。だから、なるべく大きな動きは見せたくないのです」

そのとき、服の中でスマートフォンが震えた。

「失礼」

そういってスマートフォンを引っ張り出す。発信者は中西課長代理だった。

「真鍋です」

――いったい、どこをほっつき歩いてるんだ。小坂が遺体で見つかったぞ。

それを聞いた途端、真鍋は声を失った。

小坂が？

あの、小坂康彦が死んだのか。

――おい、聞いてんのか。

「どういう状況だったんですか」

――南アルプス市内で放置されていたバスの車内で殺人があった。運転手と小坂の遺体、それから身元不明の〝オロク〟だそうだ。

「シバさんたちは？」

――それが行方《ゆくえ》不明のようだ。山梨県警は依然としてふたりを手配して追跡中だ。

顔から血の気が引いたようだった。

「まさか、殺人の容疑がかかってるとか？」

――あちらにしてみれば、当然だろう。高沢らしい人物とともに、バスから逃げ出す大柴が警察官によって目撃されてるんだ。こっちはこっちで署をあげて右往左往のパニックだよ。いいから、早く帰ってこい。

「わかりました」

通話を切ると、ミラー越しに運転している大河内と目が合った。

愛想のいい長谷部とは対照的に、陰険な感じの眼《まなこ》だった。もっとも刑事の自分だって、同じような目をしているのかもしれない。

「真鍋さん。あなたとは連絡を密にしておきたい。我々は元山を確保する。あなたは大柴さんを救いたい。当面、目的は一致していると思います」

「そうですね。わかります」

長谷部は助手席から名刺を差し出してきた。

「自己紹介が遅れました。何かありましたら、こちらに連絡をください」

東京地方検察庁　特捜部　事務官　長谷部祐一

名刺にはそう書かれていた。

真鍋もポケットに手を入れ、名刺入れから一枚をとって差し出した。

9

高沢とふたり、ずいぶん走った。

背後に警察官の姿がないのを確認して、ようやく足を止め、膝に両手を突いてハアハアと喘《あえ》いだ。高沢も手錠をかけられた手を膝頭に当てて、肩を上下させている。

周囲は住宅地だった。

すでに日没が近く、辺りの景色は暗いモノトーンに彩られている。

近くの家からテレビの音が洩れていた。

耳の遠い老人の家なのか、かなり大きな音声だった。ニュースの男性キャスターの声で芸能人の麻薬スキャンダルの事件を伝えている。

「手錠を、外してくれ」

高沢がしゃがれた声でいった。

「ダメだ。あんたはあくまでも被疑者だぞ」

「これじゃ走れん」

見れば、手首の手錠が当たっているところが擦《こす》れたらしく、血が滲《にじ》んでいた。

「大丈夫だよ。逃げたりはしないから」

ようやく身を起こし、彼は周囲を見ていった。「それに手錠を隠す上着もない」

そうだった。バスの運転手にかけてきたのだった。

「仕方ない」

大柴はポケットから小さなキーを取り出し、手錠のそれぞれの鍵穴に差し込んで回し、それをポケットに落とした。それとなしに高沢の様子を見た。逃げようとしたら、容赦なく飛びかかるつもりでいた。

「悪いな。助かったよ」

高沢が傷だらけの手首をさすりながらいった。

「いいか。約束だぞ。絶対に逃げるな」

「今までだって、逃げようと思ったら逃げられたんだ」

かすかに笑みを浮かべていうので、大柴はムッとした。

「強がりをいうなよ」

「強がりだと思うのか、あんた？」

高沢は周囲を見てから、シャツをたくし上げ、ベルトに差し込んでいたものを抜き出してみせた。殺し屋から奪った拳銃。消音装置を付けたままなので、かなりゴツく見える。

大柴の視線がそこに向けられた。

高沢が銃把を前にして、それを差し出してきた。

それを摑み、大柴はズボンの後ろに差し込んだ。

そのとき、近くにある街灯が、ふいに瞬き、明かりを灯した。その光の中で、高沢のこめかみ辺りの白い傷がくっきりと浮き出して見える。

「なあ、あんた。仙台から、どうしてこんなところまで来たんだ」

すると高沢がかすかに目を細めた。

「俺の実家がこっちなんだ。両親は他界したが、妹がひとりで家を守ってる」

「会いに来たってわけか」

「今じゃ、たったひとりの親族なんだ」

彼は口を歪めて笑った。「こんなに変わり果てた顔じゃ、俺のこと、わかってくれないかもな」

「妹さんはあんたのこと、荻窪の家で亡くなったと思ってるんだろう?」

「だから、今さら会ってどうするって、何度も考えた」

ふいに顔を歪め、唇を引き結んで俯いた。「こっちに来てから、何度か実家の近くまで行ってみたんだ。だが、どうしてもそれ以上、行けなかった」

大柴は気の毒に思って彼の肩を軽く叩く。

「それでよかったんだ。あんたが下手《へた》に近づけば、妹さんをも危険に巻き込むことになる。事件が解決したら、きっと会える」

高沢は充血した目で彼を見た。「解決なんてするのか？」

「約束はできん。だが、努力はする。とにかく今は、奴らに捕まらずに逃げ延びることだ」

「どこまで逃げればいい？」

「うちの署なら安全なはずだ」

高沢は首を横に振った。

「奴らは警察そのものなんだ。まだ、わからないのか」

「だがな……」

ここに来ることになった阿佐ヶ谷署での出来事を思い出し、大柴は口をつぐんだ。

警視庁警備部から来たという三人の男たち。思えば、彼らそのものが、何だか怪しかった。南アルプス署に東原と名乗った偽刑事がいたことを思えば、あの三人もおそらく身分を詐称していたのだろう。

警察内部に暗殺グループがある。それもかなり上層部に。

今となっては大柴もそのことを実感していた。だったら、警察そのものが危険だという高沢の畏れも理解できる。警察はあくまでも組織である。上からの指示には絶対に逆らえない。たとえそれが公序良俗に反することでも、命令には従わなければならない。

「逃げるところなんてないじゃないか」

「だから妹に会いに来たんだ」

大柴は彼をじっと見つめた。

「死ぬつもりか」

高沢は何もいわなかった。つらそうな顔で視線を離している。

「やっぱり、俺はあんたを阿佐ヶ谷署につれてく」

大柴は苦しまぎれにいった。「それが俺の仕事だからな」

「わからないのか。もうすでに帰る場所なんてないんだよ」

「それでもあんたを連行する」

「頑固だな。なぜだ」

大柴は険しい顔で彼を見て、いった。

「落ちぶれても、俺は警察官だ」

高沢は肩をかすかに上下させた。そうして大柴を見た。

「莫迦野郎だな、あんたも」

そのとき、チャイムのような音がすぐ近くから聞こえて、大柴は飛び上がりそうになった。

見れば、道の向こうにある消防団詰め所のスピーカーから鳴っているのだった。

――こちらは防災南アルプスです。南アルプス警察署より通達です。本日の午後、市内において発砲事件を起こした容疑者二名が現在も逃走中です。この二名は別の場所で起こった三名の殺人事件にも関与の疑いがあり、銃を持っていて大変危険ですので、市民のみなさんは極力、外出をひかえ、また不審な人物を見かけたら、一一〇番通報するか、最寄りの交番、駐在所、南アルプス警察署まで通報をお願いします。

チャイムとともに、同じ放送が二度、くり返された。

やがて少し時間をずらし、どこか遠くのスピーカーから同じ放送が流れ始めた。

思わず大柴は高沢と目を合わせていた。

「三名って何だ。バスに残したとき、あいつは生きてたぞ」

足の銃創はたしかに重傷だったが、止血措置をしたはずだ。

「とにかく俺たちは市民の敵として手配されてるんだ。状況は最悪ということだな」

車の音が聞こえた。

振り返るふたりの目に、パトランプを赤く明滅させながら接近するパトカーの姿が飛び込んできた。大柴はとっさに高沢の袖を摑み、近くの生け垣の陰に飛び込んだ。

パトカーはふたりの目と鼻の先を、ゆっくりと通過していった。

10

大柴たちは見つからなかった。

静奈は南アルプス市内をさんざん走り回り、彼らの姿を求めた。しかしあれきりふたりの行方は杳《よう》としてしれなかった。

すでに日没が終わって夜が来ていた。

彼らはもう南アルプス市から出ているのかもしれない。

だから甲府駅を始めとするＪＲの各駅や、高速道路の料金所、バスの停留所などに、山梨県警は要員を配置し、ふたりの検索に血眼になっている。なのに、まったく引っかからない。県内の各タクシー会社にも連絡し、それらしい二名の情報を求めているが、やはり有力な情報はまったく入ってこない。

さらにあちこちの幹線道路に設置されたNシステムへのヒットもない。

すでに消されてしまったのではないか。

静奈はそんな不安に駆られていた。

相手が何者かはわからない。しかし、警察上層部に深く食い込んだ存在があって、警察組織を操りながら、大柴や被疑者の高沢を抹殺しようとしているに違いない。おそらくそいつらによって、警視庁も山梨県警も操り人形のように操作されている。

南アルプス署の駐車場にエクストレイルを入れると、エンジンを切り、静奈は運転席のシートにもたれて、しばし目を閉じた。

ゆっくりと目を開いた。

フロントガラス越しに、南アルプス署の建物を見つめる。

いくつかの窓に明かりが灯っている。

ふだんから通っている職場。いつも見馴れているはずのここが、今は奇妙に違和感を生じていた。これまでこんな気持ちで自分の勤務する警察署を見たことはない。たとえ白でも、上層部が黒だといえば、そうなってしまう。組織というのは、なんと脆《ぜい》弱《じゃく》な社会なのだろうか。

ふだん本署を離れて山の勤務地で働き、暮らしているため、静奈たちは警察官といっても比較的自由な思考で行動ができる。人の命を救う仕事に携わっているから、純粋な使命感で任務をまっとうできる。

それなのに――。

静奈は目を閉じ、歯嚙みをした。

悪法もまた法なりという言葉がある。どんなに道義的に間違った法律だとしても、警察官である以上、それを遵守しなければならない。しかし今、警察に食い込んでいる存在は悪法どころか〝悪〟そのものである。

それでも従う者が少なからずいる。それは人という個性を捨てて、思考停止となり、たんに組織という機械の歯車になっただけのことだ。そんなことが許されるはずがない。

スマートフォンが呼び出し音を鳴らしているのに気づいた。

取り出すと、星野夏実の名が表示されている。

受話モードにすると、夏実の焦った声が耳に飛び込んでくる。

――静奈さん。あれから、どうなりました？　発砲事件があったり、大柴さんは手配されてるし、もうわけがわかんなくて！

「大柴さんたちは私が見つけ出すわ。心配しないで」

――さっき署長から全署員に向けて、大柴さんたちの確保に全力で努めよという指示があったようです。私たちにも呼び出しがかかるって話でした。

「大柴さんたちじゃなくて、肝心の銃撃犯はどうなの？　彼らのステップワゴンは銃弾の孔だらけだし、乗り捨ててあった軽トラの車内には空薬莢がいっぱい落ちてる」

――それが……。

夏実が口ごもったのが気になった。

「何？」

――ステップワゴンも、静奈さんがいってた軽トラもなかったって。

「なかったってどういうこと？」

――署員があのあと、すぐに現場に向かったんですけど、どちらの車両もなかったって報告してきたんです。

驚いた。

しかしすぐに理由がわかった。

片付けられたのだろう。銃撃の証拠隠滅のために、誰かがそれぞれの車を運び去っていったにちがいない。静奈からの報告はもとより、居合わせた佐々木巡査からの報告も署に届いているはずなのに、おそらくそれらは黙殺されたのだ。

「夏美。悪いけど私、ちょっと職務から離れるわ。署に戻ったら課長にいっといてね」

——静奈さん？

「警察官としてよりも、ひとりの人間として行動したいの。そうでなきゃ、自分で納得できない」

そういって一方的に通話を切った。

「夏実、ごめんね」

ひとりつぶやくと、エクストレイルのエンジンをかける。

11

「ナベさん、内線二番に電話」

ふいに呼ばれて顔を上げた。

組対課の同僚、岡田光昭《おかだみつあき》巡査部長だ。小柄な躰でワイシャツのネクタイをゆるめ、デスクに座って子機を振っている。

真鍋はノートパソコンを広げ、南アルプス市の事件について調べていた。

「誰からだ」

「柴崎っていってるが？」

「柴崎……」

首を傾げながら、目の前の受話器を取り、二番の内線番号を指先で押した。

「もしもし、真鍋ですが」

――俺だよ、大柴だ。

驚いた真鍋は、思わず周囲を見た。

課員たちは三名、デスクの島の突端には中西課長代理が座っているが、書類仕事に専念しているようだ。誰もこちらに注視していないのを確認し、彼は受話器のマイクを掌で隠すようにしていった。

「おおっぴらにかけてこないでください。それも見え見えの偽名で」

――仕方ないんだ。こっちには携帯もないし、ようやく見つけた公衆電話なんだ。

「今、どこにいます？」

――どっかのバス停だ。時刻表がついた標識に、飯野っていう地名の表示が読める。

「それじゃわかりません」

らどうです」

「まだ、そんなところでうろうろしてるんですか。さっさとバスに乗ってそこを出た
――とにかくまだ南アルプス市内だ。

真鍋は苛立ちながらこういった。

――終バスはとっくに行ったようだし、だいいちバスはもうまっぴらだ。

「山梨県警がシバさんたちを発砲事件の重要参考人から殺人容疑に切り替えて、広域手配になったそうです。いったい何をやってんですか」

真鍋は小声でそういった。

――殺人なんて冗談じゃない。命を狙われてるのはこっちだ。小坂は殺されたんだ。おまけにあいつを撃った犯人も、バスの中で誰かに殺された。

「三人目は鋭利な刃物のようなもので喉を切り裂かれていたそうですけど」

――口封じだ。あいつらは自分の仲間も平気で殺す。

真鍋はふっと息を洩らした。

「ところでシバさんたちといっしょにいる高沢の正体がわかりました。例の汚職事件で公文書偽造を担当した財務省の官僚だったらしいんです」

――本人から聞いたよ。奴は理財局の事務官だった元山秀一だ。荻窪の現場で見つ

かった〝オロク〟は別人だ。あれも奴らが火付け強盗に偽装して、元山を殺そうとしたんだ。いったいどういう連中なんだ。

「警察庁官房長直下の秘密公安組織で〈キク〉とひそかに呼ばれているそうです。元自衛官とか公安警察官とか、いろんな連中がスカウトされてるって。現政権になって以来、二十名以上が殺されてるそうですよ」

——それに変装もどうやら〈ルパン三世〉なみだぜ。

「変装って何です」

——軽トラのジイサマやバスの乗客になりすまして、俺たちの命を狙ってきたんだ。何度も危うかった。

「逃げ続けても、いずれ捕まって殺されるだけですよ」

——警察署に出頭しても、被疑者の護送に見せかけて別の場所で始末されるんだろうな。どこかの山奥とか川の底で、身元不明の男性ふたりの遺体が発見なんてことになるわけだ。こうなると、もう二進《にっち》も三進《さっち》も行かん状態だ。進退きわまったよ。

「実は、いいニュースがひとつだけあります。今日、地検特捜部が俺に接近してきたんです。この件に関して内偵中だそうですよ」

——本当か。

大柴の声が変わった。

「さっき会って、いろいろと話をしました。奴らとは共闘できそうです。元山を彼らに引き渡せば、政治家トップの犯罪を立証できるかもしれません。もっとも元山には命がけで証言してもらう必要があると思いますが」

――少し光が見えてきた感じがするよ。

「しかしまだ証拠固めが終わってないから、おおっぴらには動けないらしいんです。だから、しばしの間、シバさんたちには何としても生き延びてもらうしかありません。こっちから出向けない以上、何とか東京に戻ってこられませんか」

――やってみるよ。他に方法がないようだし。

「とにかく連絡を絶やさないでください。携帯電話は手に入らないんですか」

――都会みたいにプリペイド式がぽんと手に入るわけじゃねえんだ。今みたいに公衆電話とか電話ボックスを探すのが精いっぱいだよ。なるべくひんぱんに連絡するようにするから、そっちの携帯の番号を教えておいてくれ。

「憶えてないんですか」

――当たり前だろ。スマホで指タッチしてただけだ、番号なんか記憶するか。

「たしかにそうですね」

真鍋は苦笑いし、自分の携帯の番号を彼に伝えた。

それからまた真顔に戻った。

「シバさん。死なないでください」

——しぶとさじゃ、ゴキブリに負けんよ。じゃあな。

電話が切られた。

ふっとまた吐息を洩らし、受話器を戻す。

遠くのデスクに座る中西課長代理が、じっとこっちらを見ているのに気づいた。

が、真鍋は知らん顔でまたパソコンの液晶画面に目を戻す。

マウスのホイールを操作して、インターネットの検索画面をスクロールさせる。が、さっきからまるでそれを見ていない自分に気づいた。

12

バス停の近くにある公衆電話だった。

大柴は受話器を置くと、釣り銭を取って財布に戻す。

扉を開けて外に出ると、風が冷たかった。さすがにワイシャツ姿では涼しすぎる。

と当たる。

高沢はバス停のベンチに座ったまま、うなだれて寝入っている。

大柴は彼の隣に座り、両手で自分の顔を撫でた。無精髭が針のように掌にチクチク

傍らの時刻表だと、バスの時間はもう終わっていた。

当分また歩きになりそうだ。

真鍋は東京に戻ってくるようにいった。

地検特捜部が本当に動き出したとすれば、たしかに希望はある。マスコミは腑抜《ふぬ》けにされ、ごく一部を除き、すっかり政権にすり寄っているし、司法すらもとりわけ上層部は奴らの息がかかった裁判官で固められ、今や権力の補完機関と揶揄《やゆ》されている。ゆいいつ期待できるのは地方検察局以外にない。

だが、東京に向かうとしても、どうすればいいのかわからない。ＪＲの駅や長距離バスの停留所には間違いなく山梨県警の警察官が目を光らせているだろう。国道二十号線などの幹線道路に出たら、トラックなどをヒッチハイクできるかもしれない。

しかしそうなると、いやでも警察の監視装置であるＮシステムが彼らを探知するだろう。

ふいに声がした。

「ともみ……」

うなだれて寝込んでいる高沢が寝言を洩らしたようだ。

女の名前。彼の妻の名ではなかった。

妹にひと目会いたいという願いをかなえてやりたかった。だが、現状ではむりだ。南アルプス署や山梨県警が知らなくても、〈キク〉とかいう秘密公安組織はおそらくそのことを摑んでいる。高沢がどうして南アルプス市にやってきたか、彼の個人情報をあさればすぐにわかることだ。

高沢――元山秀一の実家に向かうのは自殺行為だろう。

大柴はまた寝入っている彼の姿を見た。

もしも夢でしか妹に会えないとしたら、こんな悲しい話もない。

ズボンの後ろに差し込んだ拳銃がもどかしくて、抜き出した。消音装置をつけたままだから、衣服の中で突っ張っているのだ。

警察でも使っているセミオートマチックだった。SIG P230JPという名だと思い出した。阿佐ヶ谷署では見かけないが、合同捜査で出張ってくる警視庁のキャリアたちが、ホルスターに入れているのを見たことがある。

だが、一般の制式拳銃と違って、消音装置が付いているのは特殊仕様だ。少なくとも公式の警察採用拳銃が、こんなものを取り付けているという話を聞いたことがない。

銃身先端に付けられた円筒形の消音装置をねじってみると、数回、クルクルと回ってあっけなく外れた。銃身は消音装置を取り付けるネジ切り部分だけ、本体よりも少し余分に出ている。

銃把から弾倉を抜くと、三発の弾丸が入っていた。

薬莢の底に380ACPと刻まれている。薬室にも一発。併せて、あと四発。

——ちょっと、あんた方。

ふいに男の声がしてびっくりした。

あわてて拳銃と消音装置を後ろ手に隠した。

大柴が振り向くと、少し離れたところに白いミニバンが停まっていた。ダイハツのハイゼットカーゴらしい。運転席のウインドウが下りて、髪を短く刈り上げた中年男の丸顔が、街灯の明かりの下にはっきりと見えた。

——バス、とっくに終わってるだよ。そこでいつまで待っても来ねえずら？

一瞬、緊張した。

また市民に変装した殺し屋だったらと思ったからだ。無意識に躰の後ろで拳銃のグリップを握っていた。

が、車体の横に〈栗田《くりた》クリーニング店〉と書かれているのを見つけた。その下にユーモラスなマンガっぽいキャラクターが描かれていて、〈クリーニングはクリちゃんの店へ〉とあった。似ているところをみると、どうやらその本人らしい。

——あんたら、どこまで行くつもりけ。

「甲府に行くつもりだったんですが」

仕方なく、大柴はそういった。

——ああ、甲府は遠いだけんども、途中までなら送っていくだよ。乗ってけし。

男が車の方向をのんきに切り替えているうちに、大柴は躰の後ろに隠していた拳銃と消音装置をそれぞれズボンのポケットに入れた。

ミニバンがやってきた。

「すみません。お言葉に甘えさせてもらいます」

傍らの高沢を揺すって起こした。

虚ろな顔で目をしばたたいていた彼は、クリーニング屋の車を見て驚く。

「大丈夫だ。どうやら〝奴ら〟じゃないらしい」

そういって軽く肩を叩いた。

検問のひとつもあるかと覚悟していたが、予想外にすんなりと釜無川を渡り、南アルプス市を出た。そのまま県道を東に向かう。

運転している栗田は饒舌《じょうぜつ》だった。

南アルプス市のお得意様に洗濯物を届け、戻る途中だったという。

仕事の話から芸能人のスキャンダル。サッカーのヴァンフォーレ甲府をいかに愛しているかということから妻の悪口に至るまで、とにかく話題が途切れることがない。後部座席にひとりいる高沢は、車に乗った早々にまた寝入ってしまったが、助手席で会話に付き合う大柴はいささかげんなりしていた。

「そういや、最近はすっかり物騒だなあ」

ふいに話が変わって大柴は緊張した。

「さっきいた南アルプス市で殺人事件っつうこんでねえか。あんな田舎町でいったいなんだかなあ。どうりでそこらじゅうパトカーだらけだったよ」

「そんなことがあったんですか」

大柴はとぼけて、そう訊いてみた。

「さっきラジオのニュースで聴いたんだけんども、ふたりか三人、死んだっつうだな。それで大騒ぎになってるつうこんだ」

そういいながら栗田は笑った。「それにしても南アルプス市っていいづらい名前だなあ。なんか略す言葉がねえかと思ったら、地元民はやたら〝南《なん》ぷす〟って呼ぶんだよ。だども、〝南ぷす〟っつうたらダサいだろ。やっぱり略するなら〝南ア〟っていえばいいのになあ。それだと南アフリカになっちまうのかなあ」

どんどん話題がずれていく。

大柴はまた苦笑する。笑いながらも緊張は解けない。

車の周囲に目をやり、パトカーを探したり、検問がないかと注視する。自分が警察官なのに、いったいなんなのだろうと思いながら。追いかける立場が追われる立場になる。その逆転がなんとも皮肉に思える。

「ところであんたら、名前は？」

ふいに訊かれて一瞬、緊張した。

「柴崎です。後ろの彼は元山っていいます」

そういってすぐに後悔した。また足がつくような名前をいってしまった。

「あんたら、東京言葉だけんども、こっちで営業か何かかい」

「セールスですよ。ダメモトで田舎に追いやられたんです。どうせなら、のんびり温泉にでも浸かって帰るつもりだったんですが、宿をとりそこねまして。甲府あたりまで行けばなんとかなると思ったんですけど」

「なんなら、うちに泊まるかい？」

ふいにいわれて驚いた。

「いや、いくらなんでもさっきお会いしたばかりだし」

「なんだかな、このまま家に帰っても女房の皮肉や嫌味を聞かされるだけだし、ひとりで酒飲むのも癪《しゃく》だしなあ。あんた、酒はイケるほうかい」

「そりゃ、まあ」

「決まりだな」

「え」

「食事はありモンだし、ろくに干してもねえ、カビ臭い煎餅《せんべい》布団だがよ、甲府あたりで安宿に泊まるんなら同じようなもんだろ」

栗田はそういって豪快に笑い、だしぬけに大柴の肩を乱暴に叩いた。

13

車を停めてはあちこちで聞き込みをしたが、大柴たちの行方はまったくわからなかった。

午後八時を過ぎて、静奈は開国橋付近のコンビニにエクストレイルを入れ、サンドイッチをふたつ、缶コーヒーを買って車内で食べた。空腹は感じなかったが、少し腹を満たしておかないといざというときに力が出ないと思った。

が、そのいざというときが本当に来るのか。

常に不安がつきまとっていた。

途中、二度ばかり女子寮に電話を入れ、寮母からバロンの様子を聞いた。

静奈の救助犬は夏実の部屋で彼女の救助犬メイといっしょに寝入っているらしい。

シーズン中は山岳救助犬とハンドラーはペアで行動するが、オフシーズンは女子寮で日がな一日待っていることが多い。だから、バロンに関しては心配はない。

夏実はもう三十分前に南アルプス署に戻ったそうだ。

今夜はこれ以上走り回っても無意味かもしれない。明日に備えて、どこかで車中泊しておいたほうがいいのかも。

そんなことを考えながら、エクストレイルの車内でサンドイッチを頰張った。

ズボンのポケットでスマートフォンが振動した。

取り出してみると、登録したばかりの阿佐ヶ谷署の真鍋という刑事だった。

――少し前に本人が公衆電話からかけてきました。

「そう、連絡が取れたのね」

――何とか東京に戻ってくるようにいったんですが。

「そっちに戻ったって事態はむしろ悪くなるんじゃないですか」

――実は地検特捜部が動いてます。

「本当？」

――直《じか》に自分と会ったので間違いありません。今、証拠固めをしているところです。だから元山をこっちに連れ戻したい。

「だったら地検がこっちに来てくれたらいいのに」

――それが、現段階ではおおっぴらに動けないんだそうです。彼らもマークされているようですし、下手をすると証拠をすべて引っ込められてしまう。何としてでもシバさんたちには、自力で東京に戻ってきてもらいます。できれば神崎巡査にもサポートしてもらいたいんです。

「そういうことならわかりました。彼らの居場所はわかりましたか？」

――まだ、南アルプス市内だということです。バス停の標識に飯野という地名の表示が見えたそうですが。

「飯野のバス停ね。急行します」

――それから神崎巡査。相手は銃で武装していますし、かなりのプロぞろいのようです。

「いったいどんな奴らなの」

――警察庁官房長の直属で、〈キク〉と呼ばれる秘密公安組織だそうです。構成メンバーは三十人ぐらい。元自衛官や警察、公安調査庁のＯＢなど、銃や格闘技に長《た》けた奴らが集まっているようです。神崎巡査がいくら空手の使い手でも、かなり手強《てごわ》そうですね。

「〝サッチョウ〟の直属だとしたら、かなりの高給取りでしょうね、そいつら」

冗談のつもりでいうと、真鍋がこう答えた。

――そりゃ、間違いないです。けれども非合法だから税金泥棒みたいなもんですよ。

とにかく、気をつけてください。

通話を切り、静奈は溜息をついた。

本当に無事にはすみそうにない。

食べかけのサンドイッチをすべて頬張り、咀嚼《そしゃく》してから缶コーヒーをあおって飲み込んだ。

それからエクストレイルのエンジンをかけた。

それから十五分と経たずに、静奈は飯野のバス停に到着した。

しかし街灯の下にベンチがポツンとあるだけで、大柴たちの姿はなかった。

エクストレイルのエンジンをアイドリングさせながら、下ろした窓越しにベンチを見つめる。

バスの運行は終わっている。だとしたら、どうやって移動したか。そこらを歩いているのか、それとも――。

星ひとつない曇った夜空の下、湿っぽい空気の中、近くの草叢《くさむら》で、かすかに虫がすだいていた。

車窓を閉じて、ゆっくりと車を走らせた。

しばらく周囲を流してみたが、やはりそれらしい人の姿はない。車載の時計を見ると、すでに午後九時になろうとしていた。こんな田舎町は、この時間になればすっかり息を潜めてしまう。出歩く者すらいない。

14

栗田クリーニング店の店主は、栗田辰明《たつあき》という名だった。

自宅兼用の店は甲府の南、昭和町の工業団地近くだった。

四十五歳。父親の代からこの店をついで二十年だという。

店の二階と三階が自宅になっていて、居間は二階にある。八畳程度の広さで、古ぼけたテレビや家具調度が置かれた和室になっていた。真ん中に大きな座卓が置かれていて、そこに食事と酒が置かれ、栗田がだみ声で喋《しゃべ》り続けている。

夕食は御飯と味噌汁、納豆に焼き魚などだった。

小柄で丸顔の栗田の妻が、不機嫌な顔のまま配膳してくれた。せめて食後に洗い物を手伝うという大柴を制止し、栗田が酒を持ってきて宴会モードになった。

高沢はあまり飲めないらしく、ビールをコップ二杯飲んだだけで真っ赤になり、座卓に突っ伏してしまった。今は畳の上に仰向《あおむ》けになり、毛布がかけられている。

テレビは野球中継を放送していたが、誰も観てはいなかった。

「だけど、あんたらも大変だなあ。東京からこんな田舎町まで出張だなんてなあ」

ラクダの股引《ももひき》姿の栗田は日本酒党らしく、一升罎《びん》を傍らに、冷やのままコップに手酌で注いでは飲んでいる。飲み始めて三十分も経っていないのにとろんとした目で呂律が回っていない。

「それにしても、ふたりとも無精髭ぐらい剃ってなきゃ、セールスの仕事にならんずら？　何の商売か知らんけんども、そんなに忙しいんだかねえ」

大柴は頭を搔きながら恐縮し、グラスに酒を注いでもらった。

「そちらこそ、この不況のご時世ですからクリーニング業も大変でしょう」

大柴がいうと、今度は栗田が頭を搔いた。

「いんや。景気が良くても悪くても、服は汚れるっつうだよ。だもんだからお客は減らねえな。うちは大手の会社と違って個人営業のちっぽけな商売だども、親父の代から評判がいいんだ。おかげで、今日みたいに隣の市からも依頼が入ってくるな。だけんど、最近は洗剤が値上がりするし、光熱費も莫迦にならんなあ」

「奥様はおとなしい方なんですね」

「ひねくれとるだけだよ。人嫌いだし、とくに俺の客はどいつもこいつも気に食わんようだ」

「それはとんだところにお邪魔してしまって」

「いいんだよ。たまにはこうやって楽しくやらにゃ、人生なんもいいことねえだ」

そういってから、ふいに声をひそませた。「実はこっそり、離婚届を書いてんだ」

「え」

「今度、大喧嘩したときに、突きつけてやろうと思ってな」

「しかし相手もハンコを押したらどうするんです」

「そんときゃ、そんときだ。俺らの間には子供もいねえし、かわいがってたのは猫が二匹だけだよ。出て行くならとっとと出ていけしってな」

「そうでしたか」

ふいに離婚の危機を告白した小坂のことを思い出した。

女房とのトラブルも解決しないうちに、あの野郎、さっさと死んでしまった。

そう思ったとたん、目頭が熱くなった。

「あんた、泣いとるのけ」

顔を覗いて栗田がいった。

指先で涙をぬぐい、大柴は照れ笑いした。「すみません。泣き上戸なもんですから」

まだ、そんなに酔っているわけではないのに、どうしてなのだろうと思った。

今日一日でいろいろなことがありすぎた。

心身ともに疲れ果てていた。しかも目の前で相棒を殺されたショックもあった。何よりも、高沢基樹——元山秀一というこの男を、生き延びさせなければならない。それは警察官としての職務というより、ひとりの男の矜持ではないだろうか。自分が信じていた警察という組織に裏切られたような気がする。そんな中で誰かを信じるとしたら、やはり自分自身を信じて戦っていくしかない。

毛布を掛けられて寝入っている彼を見下ろした。

ふいに高沢がくぐもった寝言をいった。言葉になっていないが、苦しげだった。夢でも見ているに違いない。

この男も安心して眠れた日はなかったのだろう。

家族を殺され、自分も命を狙われ、逃げ場を失っていた。たったひとりの妹に会いたいという想い。それだけのために生きてきたのかもしれない。大柴が警察に裏切られたように、彼もまた自分の職場である財務省とそのトップである政府に裏切られた。

その絶望感は理解できる。

「あんた、女房はいるのけ？」

唐突に訊かれた。

しばし考えてから、いった。

「去年、別れました」

「そっか。あんたんところもか。だけんど、どうして別れたんだ」

「仕事が不規則で、ろくに家にも戻らなかったからです。向こうは向こうで家庭だけじゃなく、仕事のストレスも抱えてたみたいだし、だからといって相談に乗ってやることもできなかった」

「そりゃあ、つらかったろうなあ」

ふいに栗田が涙ぐんだ。目が真っ赤になっている。

「裁判沙汰になりかけたんですが、なんとかそこまでならずに落ち着きました」

「お子さんは？」

「できなかったんです」

「何だ、うちと同じでねえか」

大柴は笑った。

「でも、あなたのところはまだ別れたわけじゃないですし、まだまだやり直せますよ」

「そっかあ」

洟《はな》をすすりながら栗田がうなずく。「それにしても、あんたらのくたびれ方を見たら、相当、つらそうな仕事だなあ」

また、話題が元に戻っている。

「こんなハードなことはめったにないんですが、貧乏クジを引かされたもんです」

ふいに聞こえるテレビの音に耳を傾けた。

――南アルプス市内で発生した発砲殺人事件に関し、山梨県警は先ほど重要指定事件として広域捜査を決定しました。殺人容疑がかかっている二名のうち、大柴哲孝は警視庁阿佐ヶ谷警察署所属の警察官であることを重く見て、警視庁との合同捜査に入る模様です。

いつの間にか野球中継が終わり、ニュース番組となっていた。テレビに大きく映し出された大柴の顔写真に、彼はあわてた。

しかし栗田はまったく気づきもせずに、しゃべり続けている。

実をいうと、さっきから何とかテレビを消す方法を考えていたのだが、なかなか切り出せずにいたのだった。リモコンは座卓の反対側、栗田のすぐ近くの畳に転がっている。

「社畜なんて言葉があるつうだこんども、あんまりひでえ会社だったら、ガツンと上司ぶん殴って辞めてやりゃいいんだよ。ブラック企業にこき使われて、寿命をすり減らしたり、病気になっちもうなんて莫迦げてるだ。なあ、シバちゃん」

「シバちゃん？」

「あんた、柴崎っつう名だろ。だから、シバちゃんでええでねえの。俺はクリちゃんだからな。ほら、車のボディに書いてあったろ。クリーニングのクリちゃんって」

「はあ」

いきなりまた肩を掌で乱暴に叩かれた。

「そんなにかしこまっちもうて、もう。タメ口でいいんだよ、タメ口でさ」

そういってまた大柴の肩を掌ではたくと、栗田は片膝を立てて立ち上がった。

「ちと、トイレに行ってくるな」

そういって扉を開き、外に出ていった。

大柴はあわてて膝を突き、立とうとして、足が痺《しび》れているのに気づいた。それまでずっと厚手の座布団の上で正座していたのだった。ジンジンと感覚のない両足をかばい、這《は》うように座卓の向こうに回り込むと、リモコンを取って電源ボタンを押した。

テレビの画面が消えると、ホッとして自分の座布団に戻ってきた。

やれやれと座り直したとたん、だしぬけに扉が開いて驚いた。

栗田が戻ってきたのかと思えば、彼の妻だった。相変わらずむっつりとした顔で小皿や皿を重ね、空いたビール罎を取って盆に載せ、黙って出て行った。途中、二度ばかり大柴の顔をジロジロと見ていたのが気になった。

　廊下の足音が止まった。

——あんた、いいかげんに寝ときなさいよ。明日も早いんだから。

——わかってるよ。つべこべいうなっての。

　ガラリと扉が開き、栗田が戻ってきた。

「そろそろ寝ます。あんまり遅くまで引っ張るとご迷惑ですから」

　恐縮しながらいった大柴に彼は苦笑いを見せた。

「なに。まだ十時過ぎじゃねえだか。もうちょいとつきあってくれよ、せっかくだからさ」

　そういって乾き物のつまみ——柿ピーと裂きイカの袋を大柴の前に置いた。

　それから向かいの座布団に胡座《あぐら》をかき、手酌で一升罎からコップに注いで飲み始める。

「——で、何の話だっけ？」

　そういいながら、彼は柿ピーの袋を派手に破った。

　今度は大柴が苦笑いする番だった。彼は何も映っていないテレビをちらと見てから、傍らで寝息を立てている高沢の顔を見下ろした。

15

警察女子寮の駐車場にエクストレイルを入れる。

いつものように、夏実の愛車のハスラーの隣に停車させ、サイドブレーキを引いた。

ふっと眠気が寄せてきた。

車載のデジタル時計は午前一時を表示している。

けっきょく、あれだけ走り回って、彼らの姿どころか痕跡や手がかりひとつ摑めなかった。いったいどこへ行ったのか、それとも隠れているのか。最悪、敵の手に落ちてしまったことも考えられるが、彼のような男にかぎってと思い込む。

どこかだらしのない人間だったが、なぜか悪運だけには恵まれていそうだった。

大きく欠伸《あくび》をし、ホルダーから缶コーヒーを取って、残っていた中身を飲み干した。

車のドアを開けると、湿っぽい空気が熱気をともなって入ってくる。エクストレイルの外に立ち、静奈は星ひとつない空を見上げた。

明日は雨になりそうだ。山に生きる者は観天望気に長けている。

どこか遠くから、暴走族らしいバイクの爆音が重なって届いていた。

女子寮の階段を上り切ると、いちばん上の段にジャージ姿の星野夏実が座り込んでいた。驚いた静奈が顔を上げて、声をかけた。

「夏実……？」

膝を抱えたまま寝入っていたらしい。

ゆっくりと顔を上げ、夏実が寝ぼけ眼でいった。

「あ、静奈さん。お帰りなさい」

「こんな時間にこんなところで何やってんの」

「静奈さんがあんまり遅いから、心配で眠れなくて」

「電話のひとつもくれたらいいじゃないの」

「だって、多忙だったと思うし」

ふっと静奈が笑う。

まるでこの子は自分の小さな妹みたいだ。

「とにかく早く中に入ろうよ。こんなところで寝込んでたら風邪ひくじゃないの」

「あ、大丈夫です。山で寒いのに馴《な》れてますから」

「そりゃそうだけどさ」

夏実を立たせると、いっしょに歩いた。

「バロンは元気？」

「私の部屋でメイといっしょに眠ってます」

「ちょっと様子を見させて」

夏実の部屋のドアを開き、ふたりで中に入った。

ジャーマン・シェパードのバロンは、ボーダー・コリーのメイと背中をくっつけ合うように眠っていたが、ドアの開閉音で二頭とも飛び起きた。二頭の救助犬が、びっくりしたような顔でそれぞれのハンドラーを見つめるので、静奈たちは笑った。

「ごめんね。置き去りにして」

そういって静奈はバロンの太い首を抱きしめて、長いマズルの側面に自分の顔を押し当てた。シェパードが大きく尻尾を振った。

犬の独特の匂いに癒やしを感じるのはいつものことだ。

「静奈さん。寝る前に熱いココアでもどうですか」

夏実がいったので、頷いた。「いただくわ」

「テレビでも観ててください」

そういって夏実は壁際の小さな液晶テレビのスイッチを入れた。

彼女がキッチンに行くと、静奈はカーペットの上に座ってバロンの背中に手をかけ、ぼんやりとテレビのコマーシャルを観ていた。やがてCMが終わってニュース番組に切り替わった。

南アルプス市で発生した発砲殺人事件の報道だった。

現場となった銀行の駐車場にカメラが入っていた。まだ、夕刻の撮影らしく、警察が張った黄色い規制線の前に大勢の野次馬がたかっている。その前にリポーターの男性が立って、真剣な表情で現場の様子を報道している。

銃撃で死亡したのはバスの運転手と、警視庁阿佐ヶ谷署の刑事、小坂康彦。もうひとり身元不明の男性が喉を切り裂かれた状態で発見されている。警察官の目撃で現場から逃走したのは二名。窃盗容疑で南アルプス署に勾留されていた高沢基樹と、彼の移送のために小坂刑事とともに来ていた阿佐ヶ谷署の大柴哲孝。

画面にはふたりの顔写真が映し出されている。

静奈はそれをじっと見つめていた。

ふいに胸の奥から何かこみ上げてくるものがあって、静奈は無意識に拳を握っていた。

政治家の犯罪の証拠隠滅のため、事故や自殺に見せかけて他人を殺す秘密公安組織。

そんな連中がよもやいるとは思わなかったが、今となっては信じるしかない。そいつらは警察権力を内側から操り、犠牲者を犯罪者に仕立てて追いつめ、都合よく始末しようとしている。

それに巻き込まれた大柴。

今、ふたりが無実を実証し、生き延びることができるとしたら、地検特捜部の捜査の是非にかかっている。だとしたら、何としても高沢と名乗っているあの男を彼らのところに無事に引き渡すしかない。

もしもふたりが警察に確保されたら、おそらく公判前に殺されるだろう。移送中の事故や拘置所でのトラブルなどに見せかけてふたりを始末するのは可能なはずだ。相手はプロの殺人集団だし、何しろ権力がバックにあり、法を超越した行動がとれるのだ。

やはり彼らを見つけ、東京まで連れて行こう。

ぐずぐずしてはいられない。

静奈はバロンの躰から手を離し、立ち上がった。

「夏実。悪いけど、もう行くわ」

キッチンから彼女が顔を覗かせる。「え？　マジですか」

静奈は頷いた。

「でも……ちょっとぐらい眠ったほうがいいですよ」

「いいの。今夜は車中泊するつもり」

あるいは徹夜になるかもしれないと、静奈は思った。

傍らに伏臥するジャーマン・シェパードが、大きな長い舌を垂らし、彼女を見上げている。

今度はバロンを連れて行く。

相棒がいれば百人力だ。怖いものなどない。

ACT—Ⅲ

1

突然、大柴は夢の中から引きずり出された。

誰かが肩に手をかけて揺さぶっていた。

無理やり目を開けると、薄闇の中に栗田の顔が浮かんでいた。パジャマ姿だった。

驚いて飛び起きる。

「あんた——」

そういわれて、緊張した。

枕元にズボンやワイシャツをたたんでいた。その中にあの拳銃がある。いざというときのために、手が届く場所に置いたつもりだった。

「早く逃げたほうがええだよ」

そういわれて、また驚く。彼の顔を見つめた。

「どういうことですか」

そのとたん、視界の端を赤い光が明滅しながらかすめた。

見れば、パトランプの明かりらしいものが、障子を透かして見えた。サイレンは聞こえない。おそらく通報か何かで駆けつけてきたのだろう。

「女房がテレビであんたらのことを観て、通報したんだ。早いとこ、逃げたほうがええだ」

「しかし……」

「なんもいわんでええ。俺にはちゃんとわかってるって。あんたらはそんな悪いことをするような奴らじゃねえよ。だから、捕まらねえうちに逃げるこんだ」

そういった栗田の顔をまじまじと見て、大柴は唇を噛み締めた。

「栗田さん。すみません！」

「だからよ。クリちゃんでええつうとるこんだ」

そういって笑う彼の笑顔に、障子越しのパトランプの明かりが明滅して見えた。

すぐに下着のまま布団から這《は》い出し、隣の敷布団に寝ている高沢を揺さぶって起こした。

「おい。警察に囲まれたらしい。逃げるぞ」

寝ぼけ眼《まなこ》の彼にそういった。

高沢はあわてて掛け布団を跳ねて起きた。たたんで置いてあるズボンやシャツを手にした。大柴も急いで着替えることにした。

シャツを取ったとたん、ズボンとの間に挟んで横たえていた黒い拳銃があった。

栗田はさすがにうろたえた表情だったが、黙っていた。

「早くしろし。二階の裏の窓から出たら、隣の空き家の屋根に降りられる。そのまま、屋根伝いに行けるからよ」

「わかりました」

大柴はうなずき、高沢とともに栗田に続いた。

寝室を出ると、廊下の途中にあるアルミサッシの窓が開かれていた。

そこから見える空が、少し白んでいる。腕時計を見ると、午前五時を過ぎていた。

「玄関からあんたらの靴を持ってきた。ここから出たら逃げられるだども、俺が案内してやるさ」

そういってふたりの靴を渡された。

「すみません」

そういうと、また乱暴に肩を叩かれた。

「だからぁ、タメ口でええつうとるだ。とにかく俺についてこい」

そういって自分はパジャマ姿で裸足《はだし》のまま、窓枠に足を載せて庇《ひさし》に下りた。高沢が先に靴を履いたので行かせた。それから大柴が後を追った。

隣の空き家の屋根がトタン張りだったため、ジャンプして飛び移ったとたん、ガタッとかなり大きな音を立てた。

大柴は緊張したが、そこらにいる警察官に動きはないようだった。

気づかれなかったらしい。

「こっちだ」

栗田が屋根の上から手招きする。

高沢と大柴が続いた。

錆《さ》び付いたトタン屋根を移動し、雨樋《あまどい》を伝って地上に下りる。ブロック塀を乗り越えて、道路に立った。少し離れた場所にパトカーが数台、何台かは覆面だった。それぞれのルーフ上で明滅するパトランプが眩《まぶ》しい。

大柴たちは栗田を先導に走った。

栗田は裸足のまま、平気でアスファルトの上を駆けている。

角を曲がると、あの白いダイハツのミニバンが置いてあるので驚く。〈クリーニングはクリちゃんの店へ〉という言葉と、クリちゃんのイラストが描いてある。

「乗ってけし」

彼にいわれて、また驚いた。

「本当にいいんですか。お店の車ですよね」

「保険かけてんだ。盗難でなくしたっていやぁ、たんまりもらえるだよ」

「ですが、あなたは逃亡幇助《ほうじょ》罪で捕まります」

すると栗田は左腕を出して見せた。パジャマの長袖が破れて血が滲《にじ》んでいた。

切り傷のようだ。

「さっき、この車を出すために最初に窓から外に出たとき、トタン屋根の角でザックリやっちまったんだ。あんたらに抵抗して、切りつけられたとでもいっとくよ」

そういって栗田が笑う。

大柴はこみあげてくるものを堪《こら》えた。

「ほら。泣いとるひまがあったら、とっとと行けし。車はどっか、山ん中にでも乗り捨ててくれや」

「なんてお礼をいったら……」

「いいから早く」

大柴が運転席に、高沢が助手席に乗った。

窓を下ろすと、栗田にいった。

「無罪を立証できたら、必ずお礼に来ます」

「いいんだって。あんたと飲めて良かった。こちとら悩みばっかりの人生だったからなあ。こっちこそ、恩に着る。ありがとうよ」

そういって鼻の下を拳《こぶし》で擦《こす》った。「じゃあ、達者でな」

大柴と高沢は頭を下げた。

エンジンをかけ、ミニバンをゆっくりと走らせる。

ルームミラーの中でパジャマ姿の栗田が、だんだんと小さくなってゆく。

さいわいパトカーも覆面車も、追いかけてくる様子がない。大柴はホッとして、少しずつ車を加速させた。

ふと助手席に目をやると、高沢が泣いている。

「なんであんたが泣くんだよ」

彼は真っ赤に泣きはらした目で大柴を見た。

「酷《ひど》い人生だったけどな。今はいろんな人間に助けられてる。あんたと、それにあの人にも」

さっきの栗田の言葉によく似ていた。

大柴は笑った。

「出会いって奴があるから、人生は面白いんじゃねえのか」

そういってから、彼は神崎静奈の顔を思い浮かべていた。

2

ミニバンは快調に走った。ガソリンは満タン近くあって、ガス欠の心配はなかった。

重大事件の被疑者の逃亡幇助は重罪になる。栗田の証言が通用することを祈った。

それにしてもと、大柴は思う。

ゆうべ、しこたま酒を飲まされたから、その酔いが残っていた。

これで二日続けて酒気帯び運転をしていることになる。しかも、今回はあらぬ殺人容疑までかけられている。もっとも逮捕だけではすまないだろうが。

最初に見つけたコンビニに寄り、パンや飲み物、それから県内の道路地図と白のラッカースプレーを購入する。

人けのない細道に入り、大柴は車外に出ると、車体横とリアゲートに描かれたクリーニング店のイラストとコピーに塗料を吹き付け、ていねいに消した。

これでちょっと見た目では、栗田の車だとはわからないはずだ。

助手席の高沢はうとうとと舟をこいでいた。疲れが取れていないのだろう。

大柴も睡眠不足だった。立て続けに生欠伸《なまあくび》が出る。

昭和通りを東に向かって走り、やがて中央道の高架下を抜けた。高速道路に乗れば、すみやかに首都圏に行けるだろうが、インターには間違いなく山梨県警が目を光らせている。だから、下の道を通るしかない。

郊外を走れば目立つため、敢えて車の多い都市部を走った。

国道二十号線――甲州街道に入ると、東京方面に向かう。

この道路は主要幹線道路だから、たくさんの車を停めて検問することはまずないと大柴は思った。しかし、パトカーは何度か見かけた。警察は盗まれた車のナンバーの情報が現時点で行き届いていなかったのか、あるいはまたボディのクリーニング店のイラストと文字を消したために、チェックされることはなかったようだ。

午前七時を過ぎていた。

満天を分厚い雲が覆っていて、太陽はまったく見えない。それどころか今にも雨が降りそうな案配だ。

「携帯電話、ついでに預かればよかったな」

助手席から声がした。高沢が目を覚ましていた。

「さすがにそこまでするのは図々しい」

そういって大柴は笑う。

が、たしかに真鍋と連絡をとるために手許に電話がほしかった。都市部だから、もちろん公衆電話はあるが、いちいち車を停めていたら、警戒中のパトカーに発見される畏れがあった。それでなくても、交番や駐在所の前を通過するときは緊張していた。

「プリペイド式が買える店があるんじゃないか」

「家電店が開店するまで、まだだいぶある。待っている時間があれば、とっとと山梨を出られるさ」

大柴がそう答えた。

「次の信号を左の枝道に行けば、大菩薩ラインと合流するようだ。そのまま青梅街道に繋《つな》がるらしい」

助手席の高沢がコンビニで買った道路地図を広げている。

大柴も頭の中で地図を描いてみた。青梅街道なら首都圏に向かえる。しかし、かなり遠回りになるだろう。国道二十号線をまっすぐ行けば、東京にもっとも近いルートだ。

ふいに前方を走っていた灰色のマイクロバスのブレーキランプが光った。

大柴もブレーキを踏んで車を停める。

前方に見える信号が黄色から赤になっていた。〈南野呂千米寺〉と交差点の名が読めた。

片側二車線の国道二十号線、右隣の車線にも一台、停まった。

黒いワンボックス車。ハイエースだった。運転席にサングラスをかけた男性が見える。やがて後ろから青いダンプカーが近づいてきた。

大柴がミラー越しに見ていると、彼らの真後ろにピッタリとくっつくような距離で停まった。

鈍いアイドリングの音が続いている。

ふと真横に並ぶハイエースを見た。

助手席側の窓から、運転手がこちらを見ているのに気づいた。サングラス越しに視線を感じた。向こうはなにげなく前を向いたが、大柴は緊張した。

真後ろにいるダンプカーをミラーで確認する。

あまりに密着するように停まっているため、運転席はおろか、ナンバーすらも見えない。

前方には灰色のマイクロバス。品川ナンバーだった。リアウインドウにはカーテンがかかり、車内は見えない。

「どうした。妙にこわばった顔をして」と、高沢が訊いてきた。

「嫌な予感がする」

「どういうことだ？」

高沢がいったとき、信号が青に変わった。

マイクロバスがゆっくりと走り始める。大柴もアクセルを踏んだ。並走している黒いハイエースも同時に発進する。背後の青いダンプカーもやや遅れて走り始めたようだ。

三台に囲まれたかたちでの走行だ。

ところが交差点を突っ切る直前、ふいに前方のマイクロバスのブレーキランプがまた光った。大柴はあわててハイゼットカーゴを急停止させる。

驚いたことに真横にいた黒いハイエースも停止した。背後のダンプが追いついてくる。

交差点の真ん中で、彼らは三台の車に囲まれたまま停まっていた。

どこか近くからクラクションの音が聞こえた。

「どうなってんだ、これは？」

高沢の焦り声を聞きながら、大柴はステアリングを左に切りながらアクセルを踏む。

包囲から脱出するには、左に行くしかなかった。

そのまま左斜めに真っ直《ま》ぐ《す》延びる枝道に入った。

高沢が大菩薩ラインに合流する道といっていたコースだ。

葡萄《ぶどう》畑に挟まれた二車線の道路だった。

ミラーを見ると、あの黒いハイエースが五十メートルぐらい距離を空けてついてきているのが見える。ダンプカーとマイクロバスの姿はなかった。一台だけだ。

「大柴さん……」

高沢の不安そうな声。「また、奴らは何かをしかけてくるんじゃ？」

「わからん」

汗ばんだ手でステアリングを握りながら、大柴が答えた。

「さっきの三台は間違いなくあいつらだったよな」

大柴は頷《うなず》いた。

そのうちの一台が今も尾行している。

「クリーニング店から俺たちが逃げたことは、警察の情報でわかっていたはずだ。おそらくこの車のナンバーの情報が伝わり、捕捉されたんだろう」

奴らが警察の一組織である以上、それは大いにあり得ることだった。

「どこかで枝道に入って、二十号線に戻ったほうがよかないか」

「いや。いつまでも二十号を走ってたら、きっとそのうち警察に見つかる。勝沼の市街地を出た辺りなら、検問も張れるだろう。もっともこっちの道路だって、それは同じことだと思うが」

また、ミラーを見た。黒いハイエースはさっきよりも小さくなって見えた。

わざと距離を空けているのだ。

高沢がそれに気づいたらしい。何度も後ろを振り向き、いった。

「どうしてだ。奴ら、あきらめたりするはずないのに」

大柴もそのことを考えていた。

積極的に追い上げてこないところを見ると、前方のどこかに罠があるのではないか。最初の十字路、〈南野呂〉と書かれた信号を過ぎた。

ミラーの中で、後続のハイエースが右にウインカーを出しているのに気づいた。見ているうちに、十字路を右に曲がって消えてしまった。

「行っちまったぜ。奴ら、何を考えてるんだ」

高沢が不安そうにいった。

「俺たちは誘導されたんだ」

ふいに大柴はつぶやいた。

「誘導？」

「そう。この道に誘い込まれたんだ」

道の左右には相変わらず葡萄畑が多いが、宅地もポツポツとあった。

「その辺の枝道に入ったらどうだ？」

「そんなことをしても東京には戻れんよ。いつまでもここらをグルグル回ってるだけだ」

道路は突然、一車線になって狭くなったかと思うと、少し行けばまた白い破線のセンターラインが復活したりする。対向車は意外に少ない。

前方を大きなコンテナを搭載したトラックが走っていた。

時速四十キロ程度のかなり低速だった。

あのトラックも敵かもしれない。

考えすぎだと思ったが、今は何かにつけ、最悪を想定しておくべきだ。

次の大きな十字路には〈等々力〉と標識があった。そこを過ぎると、道路の中央ラインが黄色になった。二十号ではなく別の国道と合流したようだ。ここからが〈大菩薩ライン〉になるのだろう。

前方には山があった。

灰色に垂れ込めた雲の下に、青い山塊が連なっている。

歩道橋の下を抜けた。その橋の中央に青い標識があって、まっすぐ行けば奥多摩や塩山に向かうことがわかった。この道を伝っていけば東京方面に行けることはわかった。もしも無事に敵を振り切ることができたらの話だ。

3

エクストレイルの車内。

昭和通り沿いのパチンコ店。まだ、開店前の駐車場に車は一台もなかった。

そこで静奈はシートを倒して二十分ばかり仮眠した。

ジャーマン・シェパードのバロンはいつものリアスペースのケージではなく、助手席に座っている。長い舌を垂らして涎《よだれ》を落としているが、運転席の静奈は気にしない。やはり相棒は隣にいるべきだと実感している。

女子寮から出発するとき、静奈はハンディタイプの警察無線のリグを自室から持ち出し、受信状態にしてコンソールのスペースに置いていた。さっきからひっきりなしに、県内系の交信が飛び込んできていた。

午前六時頃から、にわかに無線が騒がしくなった。

――手配中の大柴及び高沢容疑者は、昭和町築地《ついじ》新田の栗田クリーニング店に潜伏ののち、店主に怪我を負わせて逃走。クリーニング店の商用車ダイハツカーゴを奪って甲府方面に向かったとのこと。車の色は白、ナンバーは……。

南アルプス市から昭和町に移動していたということは、そのまま東京に向かうルートだと見ていい。地検特捜部が動いているという情報を信じて、彼らはやはり首都圏に向かうのだろうか。

いちばん手っ取り早いのは中央自動車道に乗ることだが、各インターには警察が目を光らせている。大柴も警察官だから、それぐらいの予察はできるはず。だとすれば、甲州街道——国道二十号線を使っていくか。あるいは、別の山越えのルートか。

カーナビの画面を拡大させながら、静奈はあれこれと考えた。

それとは別に、大柴たちを追いかける連中の視点になって推理する必要もある。どうすれば効率的に彼らと接触し、目的を遂行できるか。人目につく場所で公然と殺すことはできない。だとすれば、やはり都市部を離れた場所しかない。

強引に拉致すると目立ってしまうから、それとなしに誘導する手を考えるだろう。

カーナビを広域モードにして、静奈は画面を見ながら考えた。

——山梨本部から各移動。本日未明、昭和町のコンビニエンスストア〈Sマート昭和町店〉で買い物をした男性客二名が、店内のビデオカメラから逃走中の〝マル被〟と判明。白のラッカースプレーを購入していたため、該当車両の店名およびイラストを塗りつぶしたと思われる。各移動は引き続き検索に努めよ。なお、〝マル被〟は拳銃を所持しているため、〝マル問〟および確保に当たっては厳重注意。以上、山梨本部。

コンソールに置いた無線機から男の声がする。

助手席に座るバロンが、大きな耳を立てて、それを聞いていた。

時刻は午前八時を過ぎようとしている。そろそろ通勤の渋滞が始まる頃だった。

カーナビの画面を操作しながら、甲府の中心部から東へと地図を移動させた。

国道二十号線を伝っているとしたら、勝沼の市街地を出て山間部に至る付近で県警は検問をしているだろう。地の利に暗い大柴がそれを見切るとは思えないが、いつまでも大きな幹線道路を辿《たど》っていけば、いつかは警察に見つかることぐらい予察できるだろう。

勝沼市街地のどこかで国道から外れるルートを辿ることも考えられる。南へ向かえば、じきに山岳地帯になるが、首都圏方面に抜ける道がない。

だとすれば北へ向かうか——。

国道四一一号線を伝えば、やがて青梅街道となり、丹波山から奥多摩湖を過ぎて東京へと行ける。二十号線を使わないとすれば、そのルートしかないだろう。しかし大柴たちを追いつめようとする連中にとっても、人目につかない山岳地帯は彼らの仕事にもってこいの場所となる。

静奈は液晶の地図を凝視した。

大柴たちがそちらに行ったような気がしてならなかった。

山岳救助、とりわけ道迷い遭難では、本人の日頃の動向や性格などから要救助者の足取りを推測して遭難地点を探る。もちろん救助する側は山そのものを知悉《ちしつ》していなければならないが、ときには勘に頼ることもある。

静奈は自分の勘を信じることにした。

「行くよ、バロン」

エクストレイルのエンジンをかけた。

ゆっくりとバックさせ、切り返してから、昭和通りへと出た。

4

大柴はステアリングを握ったまま、左手で上着の内ポケットから拳銃を抜いた。いつでも使えるように太腿《ふともも》の間に挟んでおこうと思ったのだが、あいにくとこのミニバンはマニュアルシフトだった。両足に何かを挟めばクラッチ操作ができなくなる。

「悪いが持っててくれ」

助手席の高沢が驚いた顔で受け取る。

「俺はこんなものを使ったことないぞ」

「ふつう誰だってそうだ」

大柴が笑う。

「だったら――」

「いいか。よく憶《おぼ》えておけ。握ったとき、拇指《おやゆび》が当たる場所に小さなレバーがあるだろう。それがセフティだ。上げたら、スライドの下の白いマークが赤に変わる。引鉄《ひきがね》を引けば撃てる」

「素人《しろうと》の俺が撃ったたって当たるものか」

「こっちだって似たようなものだ。警察の射撃訓練じゃ、いつも最低の得点だった」

高沢はぎこちない手つきで拳銃を握り、それをじっと見つめている。

「しかし、重たいな」

「玩具《おもちゃ》じゃねえんだ。いいか、撃つときまで、引鉄に指をかけるなよ」

「わ、わかった」

高沢の声が少し震えた。


それから三十分。道路は北東に向かってひたすらまっすぐ延びて、前方にそびえる山を目指していた。

相変わらず周囲に怪しげな車は見えない。

それだけに不気味だった。監視の目がないのに、居場所を察知されているのはなぜか。奴らは衛星からの監視システムでも持っていて、何万キロもの上空からこちらを見張っているのではないか。そんな莫迦《ばか》な想像までしてしまう。

いずれにしろ、自分たちに選択権はないような気がした。ただ、釈迦の手の上で遊ばれているのではないだろうか。

最初はこんな男の運命に巻き込まれて、自分までが貧乏クジを引いた思いがあった。だが、今となってはこいつといっしょに生き死にの難局を乗り越えている。そんな奇妙な同志的感覚が芽生えてきていた。

それは相棒であった小坂の死を目《ま》の当たりにしたためかもしれない。

悔しさ。辛《つら》さ。哀しみと絶望。

それらを超越した開き直りのような感覚が、大柴の脳裡《のうり》にあった。

勝沼を出て塩山に入り、ふたつ目の信号が赤になった。

大柴が車を停めていると、十字路の交差点を渡る横断歩道の手前に、白い手ぬぐいをかぶった老婆が立っていた。左手にスマートフォンを持って耳に当て、陰険な目でじっと大柴たちの車を見ている。

目が合ったとたん、わざとらしく老婆は視線を外し、猫背気味に歩道を歩き出した。

信号が青になって、大柴はアクセルを踏み込む。

少し走ってミラーで見ると、さっきの老婆がまた歩道の途中に立ち止まり、肩越しにこちらを見ている。その姿がだんだん小さくなる。

「やはり見張られてるな」

大柴はつぶやいた。

「まさか、今のが？」高沢が振り向き、いった。

「間違いない」

次の十字路を通過すると、左に桃畑、右にホームセンターがあった。

その店の広い駐車場に黒塗りの普通車が停まっている。トヨタ・センチュリーだった。その傍《そば》にスーツ姿の男たちが立っていて、やはりスマートフォンを耳に当てながらこっちを見ていた。

彼らは大柴たちのミニバンから視線を離さない。

緊張したままアクセルを踏み続ける。

市街地を離れるにつれ、沿道の家々がポツリポツリと点在するようになった。葡萄と桃畑が広がる田園地帯である。道路は少し狭くなったようだ。

「妙だな」

大柴がまたつぶやくと、高沢が振り向く。「どうした」

「パトカーが一台もいないのが気になる」

「いいことじゃないのか」

「ここは国道だし、山梨から首都圏に向かうルートのひとつだ。検問が張られていたり、警戒中のパトカーと出会って当たり前のはずだ」

「どうしてだろう」

「上からの圧力かもな。奴らが都合よく〝仕事〟をするために」

バックミラーにバイクが小さく映っているのに気づいた。

ライダーは黒い革のツナギにフルフェイスのヘルメットだ。加速しているのか、だんだんと後ろから接近してくる。

「前にもいるぞ」

高沢がいったとおり、前方、五十メートルばかり先をバイクが走っている。

そっちも似たような姿のライダーだった。

「挟まれたな」

汗ばんだ掌《てのひら》を左右片側ずつ膝になすりつけ、大柴がいった。「いざとなったら拳銃を使え。遠慮しなくてもいいぞ。殺すつもりで撃て」

「しかし……」

「相手はこっちを殺しにかかってくるんだ。そのことを忘れるな」

「わかった」

高沢が青白い顔で頷いた。そして、右手に握った拳銃を見つめている。

前方の山を見ると、稜線付近が鉛色の雲に呑み込まれているのに気づいた。

そのとたん、フロントガラスにポツリと雨滴が落ちた。それがだんだんとガラスに当たるようになって、大柴はワイパーのスイッチを入れた。

やがて道路はゆるやかな上り坂となり、しだいに山路の様相を呈してきた。

雨は大粒となってフロントガラスを叩いている。大柴はワイパーを弱から中に切り替えた。

たまに民家が沿線にあるが、右側は田んぼや竹林。左側には山が迫っていた。

ふいに急坂になったかと思うと、道は大きくS字のカーブを描く。大柴が速度を落とさずにそれをクリアしたとき、背後のバイクが急速に迫ってきた。

「仕掛けてくるぞ」と、大柴が叫んだ。

野太い排気音が近づいてきた。

車体を斜めに倒して、大きくうねるようにカーブしながら右車線を追い上げてくる。

前方にいたバイクも減速したようだ。その姿がどんどん大きくなる。

後ろから追い上げてきたバイクが急接近した。ライダーの左手に回転式拳銃が見えた。

「伏せろ！」

大柴の声とほぼ同時に銃声がした。

リアウインドウが砕けて、ガラス片が車内に散った。

思い切りアクセルを踏みつけるが、軽自動車ゆえに急坂で加速できない。これが奴らの狙いだったかと悟った。

背後からのバイクが併走状態になった。右側にぴったりついている。

左はガードレール。その向こうは切れ落ちた崖だった。

「高沢、何やってる。撃て！」大柴が怒鳴った。

「反対側だからダメだ！　狙えないんだ！」

助手席から彼が叫んだ。

フルフェイスのライダーがこちらに銃を向けた。小さな銃口が間近に見えた。そのシリンダーが回転する。

「頭を下げろ！」

大柴はブレーキを踏みつけると同時に、思い切り伏せた。銃声とともに運転席のサイドウインドウが割れた。頭のすぐ上を銃弾が唸《うな》りながらかすめた。車内のどこかにめり込む音がした。

「くそったれ！」

大柴はステアリングを切って、車体をバイクにぶつけた。

ガツンと音がして、バイクが蛇行した。フルフェイスで表情が見えないが、ライダーのあわてぶりはわかった。必死に車体の安定を立て直し、大柴たちのミニバンと入れ違いに左車線に入る。

前方のバイクがすぐ近くを走っていた。その左手に同じ回転式拳銃。

奴らに左右を挟まれたらおしまいだ。

ミニバンの左に最初のバイクがぴったりとついた。左手の拳銃を躰《からだ》の前でクロスするかたちでかまえ、銃口をこちらに向けた。

だが、大柴は落ち着いていた。

「悪いな。勝負はもらった」

そういいながらステアリングを急に左に切った。

ガツンと衝撃があって、バイクが左に倒れた。そのまま白いガードレールに激しくぶつかった。降りしきる雨の中に青白い火花が散る。

ライダーがバイクの車体から投げ出され、ガードレールを越えて向こうに見えなくなった。悲鳴のような声が背後に聞こえた。

あと一台。

バイクがまた右側に併走状態になった。

ライダーがグローブをはめた手で拳銃をかまえた。

ハンドルを切ってぶつけようとしたが、バイクが減速して体当たりをかわされてしまう。

大柴はアクセルを踏み込んだ。

また右の急カーブ。それをクリアした。

排気音が近づいてきた。ミラーの中でバイクとライダーがどんどん大きくなる。

その拳銃が下を向いているのに気づいた。タイヤを狙っているのだ。

「高沢、拳銃を貸せ！」

SIG P230JPを左手で受け取った。

右手に持ち替えると、拇指でセフティを外し、拳銃をいったん口にくわえた。穴の空いたサイドウインドウをめいっぱいに下げた。そして銃を右手に持つ。撃鉄を起こした。

ちょうど真正面にバイクが来ていた。

ライダーがこちらを見た。

そのフルフェイスのヘルメットに銃口を向け、引鉄を引いた。

耳をつんざく轟音《ごうおん》とともに、反動が利《き》き手を突き上げる。狙いは外れ、右肩の辺りに鮮血が散った。ライダーは背後にのけぞりながらバイクから転落し、濡れたアスファルトの上に落下して、二度、三度と回転し、道路の真ん中で俯《うつぶ》せになって動かなくなった。

ライダーを失ったバイクが蛇行し、そのままガードレールにぶつかって停まった。

大柴はブレーキを踏まなかった。

こわばった表情のまま、左手でステアリングを握り、アクセルを踏み続ける。右手に拳銃を持ったままだ。

車内に火薬の燃焼臭がこもっていた。銃声のせいで、耳鳴りが酷い。

拳銃にセフティをかけるべきだと気づき、拇指で操作した。その手が震えている。

顔を狙ったが、肩に着弾した。

自分の腕の悪さゆえだが、たまたまとはいえ、相手を殺さずにすんだことに少しばかり安堵した。

躰全体がこわばっていた。顔がびっしょりと濡れているのに気づいて、大柴は左手でそれを拭《ぬぐ》った。汗ではなかった。

下ろした車窓から雨が吹き込んでくるのに気づいた。

ハンドルを回し、窓を上げた。しかし、銃弾に穿《うが》たれた穴から雨は入ってくる。

道路はふたたびS字の急カーブとなった。

雨はさらに激しさを増した。温泉の看板を過ぎて、道路はどんどん山奥へと向かう。

渓谷を跨《また》ぐ橋を何度も渡り、トンネルをいくつか抜けた。

しばしの間、ふたりに会話はなかった。

5

——山梨本部から各局、各移動。

静奈の無線機に県内系の通信が入った。

——国道四一一号線大菩薩ラインの山間部で、降雨により崖崩れ事故が発生した模様。丹波山方面への国道四一一号線は、沿道の崖崩れ再発の可能性があり、甲州市塩山上小田原地区付近にて道路封鎖。日下部《くさかべ》警察署管内を警戒中の各移動は、勝沼から塩山付近を重点的に検索に当たれ。以上、山梨本部。

二度目の通達だった。

最初は二十分ばかり前に入電している。

塩山のショッピングモールの駐車場に停めたエクストレイルの車内で、静奈はカーナビの液晶画面を見つめていた。

どうもおかしい。

少し前から、国道四一一号線沿いのエリアは、パトカーによる警戒が解除されている。

青梅街道に続くこの道は、東京に抜ける重要なルートにもかかわらず、である。本来ならば、重点的に警戒すべき場所のひとつだ。

もしかしたら、上からの圧力があったのかもしれない。大柴たちがその辺にいて、彼らが追跡しているとしたら、一般の警察車両が邪魔になるからだ。

考えているうちに、それはだんだんと確信になりつつあった。

静奈はスマートフォンを取り出し、グーグルで甲州市役所の代表番号を検索する。

腕時計を見ると、午前八時半を回っている。役所はもう開いているはずだ。

番号をプッシュしてかけると、すぐに向こうが出た。

「すみません。崖崩れに関する情報なんですが、どちらの課でしょうか?」

——建設課に回します。少しお待ちください。

内線が繋がり、担当者の男性が出た。

——建設課の熊井《くまい》です。

「これから国道四一一号線で奥多摩方面に抜ける予定なんですが、途中の山岳部で崖崩れがあったという情報が入ったそうですが」

しばし間があった。

——いいえ。うちのほうでは聞いておりませんが?

「おかしいわね。上小田原地区で道路封鎖されているって警察からの情報があったんです」

——そんなはずはありません。崖崩れの情報なら真っ先にうちに来るはずです。警察がそれを届けてこないなんてあり得ないですね。

「そう。ありがとう」

静奈は電話を切った。

スマートフォンをしまい、腕組みをした。

隣の席で長い舌を垂らすバロンを見る。

「やっぱり怪しいよね」

そういうと、シェパードが口角を吊り上げた。ニヤリと笑ったように見えた。

6

雨はさらに強さを増した。

大きな音を立ててフロントガラスを叩いてくる。それをワイパーがせわしなく拭う。ワイパーのゴムが古いせいか、いちいちキュッキュッと耳障りな音を立てている。

その音を聞きながら、大柴はミニバンの助手席でウトウトとしていた。

十五分ばかり前に、高沢と運転を代わった。寝不足と緊張で疲労困憊《こんぱい》だった。昨夜の酒もまだ残っていた。少し眠ろうと思ったのだが、本格的に眠れないのは、頭が興奮しているせいだろう。

顔を擦った。無精髭《ぶしょうひげ》が掌でざらついた。

道路地図を見ると、柳沢峠が近い。しかし沿道には家もなければ店もない。ただの辺鄙《へんぴ》な二車線の山路が続いている。たまにあるのは道路工事や治山工事のためのプレハブの現場事務所ぐらいだが、いずれも人もいなければ車もなかった。

うたた寝で夢を見ていたような気がするが、思い出せなかった。

いろいろ考えているうちに高沢が寝言でつぶやいた名を思い出した。

「妹さん……ともみさんっていうのか」

ステアリングを握る高沢が驚いた顔で振り向いた。

「なんで知ってる」

「ちょっと前、寝言で聞いたんだ」

高沢が前を向いた。

「友達の友に美しいって書く。十歳離れてる」

「三十八か」

「出戻りなんだ。子供には恵まれなかった」

「そうか」

「登山が好きでな。ひとりで南アルプスとかによく登ってるらしい」

「奇遇だな、それは」

高沢がまた振り向く。「奇遇？」

「知り合いがいるんだ。あんたが留置されてた南アルプス署の地域課で山岳救助隊をやってる。冬場はおまわりだが、シーズン中は山に入って遭難救助をしているそうだ」

「さぞかし屈強な男なんだろうな」

大柴が吹き出した。

それを奇異な顔で高沢が見る。

「女なんだよ。それもモデルみたいにすらっとしたとびきりの美女でさ、空手の有段者なんだ」

「そいつは驚いた」

「それがさ、自分の体重の二倍もある要救助者を背負って救助してるってんだ」

「ひょっとしてその娘が好きなんじゃないか」

「なんだって」

図星を指されて大柴がうろたえる。

「柄にもなく顔がニヤケてるぞ」

「俺が？」

少し伸び上がって、ルームミラーに自分の顔を映した。

そのとき、背後に迫る車がミラーに映ってみえた。

普通車だった。

さっきホームセンターの駐車場で見かけた黒いトヨタ・センチュリーだ。

ついさっきまでいなかったのに、二度、三度とカーブを曲がるうちに追いついてきたらしい。

ふと気づいた。さっきから、一台の車ともすれ違わないのだ。

「奴ら、ついに本腰を入れてきたな」

視線を前方に戻して大柴がいう。高沢も背後を見た。

「マジか」

「他の車とまったくすれ違わないだろう」

「そういえば……」

「お得意の通行止め作戦らしい。俺たちをこの道路で仕留めるつもりだ」

上着のポケットから拳銃を抜き出した。

背後の排気音が高まった。センチュリーが急速に追い上げてくる。

「アクセルを踏み込め！」と、大柴が怒鳴った。

「めいっぱい踏んでる。これが限界だ」

高沢がクラッチを踏み込み、シフトを一段落とした。とたんにエンジン音が高まるが、やはり速度は上がらない。背後を見ると、センチュリーの漆黒の車体がグングンと迫ってきた。

ハンドルを回してサイドウインドウを下ろした。雨が激しく吹き込んでくる。

右手の拳銃のセフティを外す。

弾丸はあと三発。無駄弾は撃てない。

大柴は車窓上のアシストハンドルを左手で握ると、上半身をねじるようにして、窓から身を乗り出した。

「高沢。車をセンターに寄せろ！」

怒鳴ったとたん、ミニバンが少し道路の中央に寄った。

背後から猛追してくるセンチュリーの助手席からも、黒いスーツの男が身を乗り出しているのが見えた。銃口がこちらのタイヤを狙っているのがわかる。ひとつでもタイヤがバーストすればそれで終わりだ。

大柴は焦って撃鉄を起こさず、そのまま引鉄を絞り込んで撃った。

発砲とともに拳銃が跳ね上がった。

運転席を狙ったつもりが、センチュリーのフロントグリル付近に火花が散った。

術科センターの射撃教官に怒鳴られたのを思い出す。引鉄をガク引きするから、標的の下に弾丸が当たるのだと。

今度は向こうが発砲した。

弾丸が路面を砕いて跳ねた。

タイヤに当たらなかったのは、突然、急カーブになったからだ。おかげで車窓から身を乗り出した大柴が振り落とされそうになった。必死に姿勢を立て直す。

弾丸はあと二発。

近づいてきたセンチュリーの運転席付近に狙点を定める。

ゆっくりと引鉄を絞る。

耳をつんざく炸裂音《さくれつおん》がして、反動が拳銃を跳ね上げた。

フロントガラスに小さな孔《あな》が穿たれたセンチュリーが急激に蛇行し始めた。そのまどんどん後方に遠ざかっていく。山側の法面《のりめん》を固めたコンクリ壁にぶつかったようだ。

大柴は歯を食いしばったまま、それを見ていたが、やっと気づいたように車内に躰を戻した。シートに背中を預けて、ウインドウを上げた。

「やったな」

ステアリングを握りしめて、高沢がそういった。

拳銃のデコッキングレバーを操作し、撃鉄をハーフコックの位置まで戻すと、セフティをかけた。

気を落ち着かせるため、目を閉じた。雨でびしょ濡れになった顔を拭きもしない。

7

静奈はエクストレイルを飛ばし、国道四一一号線をひた走った。

途中、右側に大菩薩峠に行く枝道があったが、そのまままっすぐ走り続ける。やがて道路が坂道となり、山に分け入るところで、左側に立て看板があった。

《崖崩れのため通行止》

そう読めた。ペンキで描かれた手書きのような看板だった。

それがまた前方に見えた。さらにふたつ同じ立て看板をやり過ごすと、前方――大きなカーブの手前にゲートが見えてきた。

単管を組んで作られていて、真ん中に赤丸にバツ印の〈通行止〉標識が取り付けられている。それが道路を完全に塞《ふさ》いでいる。

同じ立て看板もふたつばかり並んでいた。

右の路肩に、角張った車体で古めいて見える日産キャラバンが停まっていて、その近くにヘルメットに青い作業服の男がふたり、どちらも誘導棒を振りながら静奈に合図してきた。

エクストレイルをふたりの前に停めて、静奈は雨の中に下り立った。

「すみません。この先、崖崩れで全面通行止めになってます。引き返してください」

ヘルメットの男のひとりがいった。大柄で顎《あご》がガッシリとしていて、ヤクザめいた顔だった。もうひとりは痩《や》せた躰に細面《ほそおもて》で鼻筋が通っているが、同様に陰険な顔つきだった。双方、雨が降っているのに雨具をつけておらず、びしょ濡れになっている。

「南アルプス署地域課の神崎といいます。崖崩れの詳細情報を知りたいのですが」

静奈がいったとたん、顎のでかい男の視線がわずかに泳いだ。

答えがないので、静奈はまたいった。「あなたたちはどちらの関係者？」

「土木事務所の者ですが」

痩せたほうの男がいう。

静奈がふっと笑った。

「山梨県ではね、土木事務所じゃなく建設事務所っていうのよ。あなたたち、本物？」

大柄な男が鼻腔を膨らませた。憤怒の形相《ぎょうそう》である。

「つべこべいわずに、とっとと引き返しな。ねえちゃん。後悔することになるぜ」

「どうかしら？」

静奈は冷ややかな顔でそういった。

大柄な男が足を踏み出してきた。誘導棒を投げ捨てて、その手で静奈のシャツの襟元をグイッと摑《つか》んだ。もちろん、わざと摑ませたのである。

「なめやがって」

そういった男の利き手を左手で摑むと、静奈は右手の肘《ひじ》を素早く回して相手の横顔に猿臂《えんぴ》（肘打ち）を叩き込んだ。大柄な男が横様にすっ飛び、路面の泥水を派手に散らして倒れた。

「このクソアマが！」

男は怒鳴りながら立ち上がる。顔の左頰《ひだりほお》が青くなり、見る見る腫れてきた。拳をかざし、歯を剝《む》き出してかかってきた。静奈は半身になってパンチをかわし、同時に相手の膝裏を蹴飛ばした。

男がバランスを崩し、また飛沫《しぶき》を散らしてすっ転んだ。

直後に立ち上がろうとしたのを、痩せた男が片手で止めた。

「お前じゃむりだ。こいつは空手を使うらしい」
そういって彼はヘルメットの顎紐を外して脱ぎ、傍《かたわ》らに投げ捨てた。
首をゆっくりと回して筋を鳴らしてから、両手に軽く拳を握った。その間、冷やや
かな目で静奈を見据えている。
ひと目見て、もうひとりの男が何か格闘技をやっているという気がしたが、やはり
そうらしい。猫背気味のかまえ方からしてボクシングか。それとも足技も使うのだろ
うか。
静奈は躰の力を抜いたまま、右がまえになった。
男が摺《す》り足を使い、ほとんど上下動なしに急接近してきた。素早く右フックが来た。
それをのけぞってかわす。同時に相手の脇を狙って右回し蹴りを放った。が、男の腕
がそれを止めた。激しく飛沫が飛び散る。
ふたたび男の右フック。静奈の手刀受けがそれを弾《はじ》いた。
やはりボクシングらしい。かなりパンチが速い。しかもリーチが長いので圧倒的に
向こうが有利に思える。
いったん両者が離れたが、すぐに男が踏み込んできた。左、右とワンツーが来た。
魔法のように伸びてくるパンチ。それを見切り、頭を振ってかわす。ポニーテイルの

髪が大きく揺れる。さらに続けて拳が飛んでくる。静奈は後退《あとずさ》る。
背後はコンクリートの法面。垂直に近い壁だった。そこに背中がくっつかんばかりだ。
「どうした、もう逃げ場はないぞ」
男がニヤリと笑った。
わざと上半身を揺すりながら、右、左と牽制してくる。
彼我《ひが》の距離がギリギリまで近づいていた。
「逃げたわけじゃないのよ」
静奈が微笑《ほほえ》んだ。「そっちを誘い込んだだけ」
とたんに男が真顔になる。怒りが突き上げたようだ。
血走った目で右の拳を放ってきた。静奈は外受けで逸《そ》らす。弾かれた男の拳が背後
のコンクリにぶつかる。鈍い音がして、男が目を剝いた。
間髪容《い》れず、戻す手を裏拳にして男の顎に叩き込んだ。
骨と骨がぶつかる音。
前髪から飛沫を散らして、男がのけぞり、路上に倒れた。
静奈は爪先立ちの足をトントンと弾ませ、得意のバウンスステップを刻み、男が起

き上がるのを待った。

案の定、男は我を忘れてかかってきた。

相手が女だからとなめきっていた。思わぬカウンターを食らって逆上するのはよくあるケースだ。こうなるともう完全に静奈の手中である。

勢いはあるものの、素人のような狙いが定まっていないパンチ。それを二度ばかりかわして、静奈は素早く横蹴りを飛ばす。水平に向けた靴の側面が、男の鳩尾《みぞおち》にめり込んだ。

「ぐっ」

躰を折り曲げて苦悶の表情を浮かべる相手。静奈は踏み込みざま、容赦のない内回し蹴りを放ち、男の横顔にヒットさせた。男が吹っ飛ぶように真横に倒れた。

そのまま雨の中に突っ伏した。

静奈はリズミカルにステップを続けながら、倒れた男を見た。起き上がる様子はない。

「貴様ぁぁッ！」

背後から声がして、最初の男がかかってきた。

静奈は振り向く力を利用して、素早い後ろ回し蹴りを大柄な男の頭に直撃させる。

甲高《かんだか》い音とともにヘルメットの顎紐が切れて、すっ飛んでいった。

脳震盪《のうしんとう》を起こしたらしく、うつろな表情で硬直していた男が、ガックリと膝を落とし、そのまま前のめりに倒れた。

ザアザア降りの雨の中に気絶した男たちをしばし見ながら拳をかまえていたが、静奈はふっとそれを解いた。

男たちの衣服を手早くまさぐる。身分証などはいっさいなかった。

静奈はがっかりしながらふたりを見下ろした。

このまま雨に打たせておくと低体温症になって、最悪、死に至る。

仕方がないので、ひとりずつ路肩まで引っ張っていき、キャラバンのリアゲートドアを開いて、車内に引きずり込んだ。

車内を探したが、やはり彼らの正体を探る手がかりになるようなものはない。

ドアを乱暴に閉めてから、運転席のドアを開き、差し込まれていたままのキイを抜いて、遠くの草叢《くさむら》に放り投げた。

単管で作ったゲートを路肩に引っ張っていき、側溝に蹴り倒す。それから〈崖崩れのため通行止〉と書かれた立て看板二枚を蹴飛ばして、それぞれ真っぷたつにへし折った。

8

「そこで車を停めてくれ」

大柴がいったので、高沢が驚いて振り向く。「どうした」

「いいから」

前方五十メートルばかりのところの路肩に退避帯があった。高沢はブレーキを踏んでミニバンを減速させ、ゼブラゾーンの上で車を停めた。

シフトレバーをニュートラルにして、エンジンをアイドリング状態にする。

「なんでこんなところで？」

大柴はフロントガラス越しに前方を指差した。

道路の左に小さな水色の粗末な建物があった。道路工事の建設業者が運んできたプレハブの事務所だ。

それまでも同じような工事現場のプレハブ事務所が道々にあった。

事務所の屋根の上には工務店の名前を記した旗があり、雨に濡れて萎《しお》れていた。

近くの切り通しの法面工事をやっているらしく、いくつか並んだ三角錐のパイロンが道路の左側をさえぎっていた。自動切り替え式の簡易信号が立っていて、今は赤を表示している。近くには重機やパワーショベルが置きっぱなしになって、雨に濡れている。やはり休工中らしく車両が一台も見えない。

「奴らはすぐにまた追いついてくる。今度も撃退できるという保証はない」

大柴はけだるいアイドリングの音の中でいった。「あんたは、あの事務所の中に隠れていてくれ。きっと鍵がかかってるだろうから、石を拾って窓を割ればいい」

高沢は険しい表情で大柴を見つめた。

「何いってんだ。俺たち、いっしょにやってきたろ？」

「これまで生き延びられたのは運が良かっただけだ。この先、どうなるかわからん。だから、俺が囮《おとり》になって、奴らをなるべく遠くまで引っ張っていってやる。もしも通行止めが解除になって、バスかトラック、なんでもいいが、走ってきたらヒッチハイクをして乗せてもらえ」

あっけにとられた顔で見る高沢に、彼はいった。

「東京に行ったら、阿佐ヶ谷署の組織犯罪対策課に真鍋裕之って刑事がいるから訪ねるんだ。あいつなら、お前の味方になってくれる」

「あんた、死ぬつもりじゃないだろうな」

彼は高沢の腕を摑んだ。

「大丈夫だ。俺は石にかじりついてでも生き延びる」

助手席のドアを開いて、外に出た。車の前から回り込み、運転席のドアを開ける。

高沢が降りてきた。つらそうな顔で雨に濡れている。

「なぜだ」

彼は泣きそうになっていった。「どうしてそこまで俺を？」

「俺は昔から組織になじまない跳ねっ返りなんだ。だからきっと、上層部は俺をこの任務に選んだんだろう。どこかでのたれ死にしたって泣く人間もいねえ、天涯孤独の身だしな。だが、ゴキブリみたいに靴底で踏みつけられて殺されるなんてまっぴらだ。こっちにも意地ってもんがある。どこぞのマスコミや役人みたいに権力に媚《こ》びて、情けない忖度《そんたく》を選ぶなんてしたくねえ。何としても奴らの鼻を明かしてやりたい。それだけだ」

高沢を押しのけるようにして、彼は運転席に乗り込んだ。

乱暴にドアを閉める。その勢いで、ひび割れていたサイドウインドウがほとんど落ちてしまった。ポッカリと空いた窓を悲しげに見つめた大柴は、車外に立っている高沢に目を戻した。

「早いとこ、隠れるんだ。奴らはすぐに来るぞ」

そういってクラッチペダルを踏み込み、ギアをローに入れた。サイドブレーキを外し、ミニバンを発車させた。

バックミラーの中、雨の中に佇《たたず》む高沢の姿がどんどん小さくなっていく。

後悔がないはずがない。

出会ったばかりの男だ。そんな他人の犠牲になることに、なんの意味があるのか。

だがむりにでもこれでよかったのだと、自分にいいきかせる。

自分は何よりも警察官だ。組織がどれほど腐っていても、自分だけは社会正義を貫く。それが自分自身の矜持《きょうじ》であり、アイデンティティだからだ。

歯を食いしばり、アクセルを踏み込んだ。

それから五分もしないうちに、ルームミラーに黒い車が映った。

あのトヨタ・センチュリーだ。

高沢が隠れている工事の事務所を通過してきたらしい。これでいい。なるべく遠くまで奴らを引っ張っていく。いざとなったら車をぶつけて、いっしょにガードレールを破って落ちるぐらいのつもりでいた。

自分の悪運の強さを信じるだけだ。

助手席に置いた拳銃を見た。弾丸はあと一発しかない。いざというときまでその一発をとっておくべきだと思った。

「いざってときって、どんなときだよ」

大柴は独りごちて笑った。無理やりに歯を剝き出し、笑みを浮かべた。

底力のある排気音が背後から迫ってきた。ミラーの中、センチュリーの車体が大きくなってくる。

大柴はミニバンのアクセルをめいっぱい踏みつけるが、上り坂ゆえに時速五十キロがせいぜいだ。ぐんぐん迫ってくるセンチュリーのフロントガラスの運転席付近に、大柴が撃った銃痕がくっきりと見えた。車内にふたり。幸か不幸か相手に命中はしなかったようだ。

また急カーブ。

おかげで背後のセンチュリーが少しだけ遅れた。

ふたたびヘアピンカーブをクリアする。雨に濡れた路面で一瞬、タイヤが滑って車体が対向車線に出てヒヤッとした。もっとも敵が通行止めにしているせいか、反対車線を向かってくる車は皆無だ。

コンビニで買った山梨県の道路地図を何度かパラパラとめくったぐらいだが、この大菩薩ラインの道のりは何となく記憶に残っていた。この先の峠を越えると下り道となり、丹波川という渓流に沿っていけば丹波山村だ。

大菩薩ラインを道路封鎖するには、入口と出口の二カ所にバリケードを張らなければならない。だとすれば、東京方面のどこかにも封鎖ゲートが作られているはず。

このまま奴らをそこまで引き連れていくわけにもいかず、途中で何とか逆襲しなければならない。しかしその手段はまったく思い浮かばなかった。

背後に轟然と排気音がした。

センチュリーがまた追い上げにかかってきた。

〈柳沢峠〉という看板を通り越したとたん、道路が下りになった。大柴はアクセルを踏み込んだが、後ろの車は猛然と追撃にかかってきた。

ゆるいカーブを右に左にと曲がるが、センチュリーは執拗に真後ろに食いついてくる。

その助手席から、またスーツの男が上半身を乗り出しているのがミラーに映った。左手に拳銃が握られている。

タイヤを撃たれたらアウトだ。

助手席の拳銃を摑んだ。拇指でセフティを解除。

小さな撃鉄を起こした。

ガラスのほとんどなくなった運転席側のウインドウから、右手の拳銃を出し、後ろに向けた。むりな姿勢なので、必然的に銃が水平がまえになってしまうが仕方ない。

右車線に入って追い上げにかかったセンチュリー。

大柴は引鉄を絞った。

耳をつんざく銃声。

命中しなかった。貴重な最後の一発が、虚空に消えた。

舌打ちをし、スライドが後退したまま止まったＳＩＧ Ｐ２３０ＪＰを助手席に放り投げた。

ここぞとばかりにセンチュリーが真後ろに入り、追い上げてきた。

大柴はブレーキを踏んだ。急制動がかかり、ステアリングに胸をぶつけそうになる。シートベルトのおかげでそうならなかったが、直後にセンチュリーが追突して、ミニバンの車体が衝撃に揺れた。蛇行しそうになるのを、ステアリングを切り返して何とか防いだ。

バックミラーの中でセンチュリーが一瞬、車体を振って斜めになったのが見えた。

助手席の男が振られて拳銃を取り落とした。

大柴は歯を剝き出して笑う。

が、すぐ前にまたカーブが現れた。

そのカーブの途中に何かがいた。

明るい茶色の体軀《たいく》に長い首。野生のシカのようだった。

それが二頭、ちょうどセンターラインを挟んで道路の真ん中にたたずみ、つぶらな瞳でこちらを見ている。頭に角がないことから、牝か、あるいは角が脱落した牡だろう。

焦ってブレーキを踏んだとたん、タイヤが滑った。

シカたちはそれをかわした。ミニバンが二頭の間を抜けたと思うと、反時計回りに回転を始める。

こうなると制御が利かない。あっという間に車体が側面からガードレールに激しくぶつかり、それをひん曲げて乗り越えたのがわかった。

大柴はステアリングにしがみついて、衝撃に備えた。

ミニバンが横転した。立ち木に何度かぶつかり、へし折りながら急斜面を転落していく。

視界がグルグルといつまでも回転している。

突如、車体が大きな岩か何かにぶつかってバウンドし、空中に飛び出した。

悲鳴を放つ余裕すらなかった。

大柴は身を縮ませた。

直後、すさまじい音がして、車がどこかに落ちた。ショックでシートベルトの金具が外れた。躰がバウンドした。運転席のドアが大きく開き、大柴は車外に転げ出た。

何度か躰が回転した。俯せのかたちで止まった。

意識が急速に暗転していく。

9

降りしきる雨の中、静奈のエクストレイルは大菩薩ラインの上り坂を走り続ける。

思った通り、どこまで行っても対向車が来ない。さっきの場所だけでなく、東京方面でも通行止めのゲートが置かれているのだろう。

トンネルをいくつかくぐり、橋を何度も渡った。

坂道はどこまでも続くが、民家の一軒もなければドライブインのような店もない。

陰鬱《いんうつ》な雨に打たれながら、山路が曲がりくねっているばかりだ。

途中途中に工事中のオレンジの看板が立てられ、道路補修工事のプレハブ事務所があるぐらいだった。が、いずれも人けがない。誰かがいたら情報を聴けるのだがと思いながら、静奈は車を飛ばす。

前方にまた工事現場のプレハブ事務所が見えてきた。

その前に人が立っているのに気づいて、静奈はブレーキを踏んで車を減速させる。

白いシャツにスラックス姿の男性が、道の途中まで出て手を挙げている。

その前にエクストレイルを停めた。ドアを開いて雨の中に出た。

「あなた、まさか……」

男も驚いた顔で彼女を見つめる。

雨に濡れて髪も衣服もびしょ濡れだった。

「元山秀一……さん？」

今度は男が驚いた。「どうして俺の名を？」

「南アルプス署地域課の者です」

それを聞いて男がたじろいだ。

自分が勾留されていた警察署だったからだろう。静奈はあわてていった。

「大丈夫。阿佐ヶ谷署の知り合いからうかがってるの」

「じゃあ、君は山岳救助をしているっていう——」

静奈はフッと笑った。大柴から聞いたのだろう。だから頷いた。

「南アルプス山岳救助隊の神崎静奈です」

男が安堵《あんど》に表情を崩した。今にもその場にくずおれそうに見えた。

「大柴さんは？」

「彼は行ってしまった。追いかけてきた敵をひとりで引きつけて、俺から離すためだったんだ。今頃、もしかして……」

静奈は息を呑んだ。

「あいつ。ひとりで無茶なことを」

ふっと我に返り、彼を見た。小刻みに震えているのは低体温症の兆候だ。

「車に予備の服があるわ。あなたに合うかどうかわからないけど、急いで着替えてもらえるかしら」

彼が頷いた。

プレハブの事務所はガラスが破られた痕があった。強引に入って隠れていたのだろう。

静奈はエクストレイルのカーゴルームから急いで持ち出した登山服を彼に渡す。現場事務所の中で彼は着替えてから出てきた。

登山シャツとズボン、それにアウターウェア。色は黄色だ。

助手席にはバロンがいる。それを見て彼が驚いた。

「大丈夫。私の救助犬よ。ハンドラーをやってるの」

静奈が後部ドアを開いた。「悪いけど、こっちに乗ってシートベルトを締めて」

彼が頷き、車内に入る。静奈も運転席に飛び込む。

車をダッシュさせた。

タイヤが悲鳴を上げ、雨の中をまた走り出す。

「道路封鎖されているって話だったけど、どうやって?」

そういってから彼が気づいたらしい。「そういえば空手の達人だって聞いたけど」

「あいつ、何でもあなたにしゃべってるのね」

静奈が少し肩をすぼめて笑う。「封鎖ゲートのところに二名いたわ」

「ふたりもやっつけたのか」

静奈は頷いた。

「あなただって、とんだことに巻き込まれたのね。元山さんって呼んでいいかしら」

彼は少し考えてから、こういった。

「いや、高沢って呼んでほしい。今じゃ、そっちのほうがしっくりくるし、誰にも迷惑がかからないから」

「オーケイ。わかったわ」

ふいに真顔に戻り、いった。「で、あなたたちの相手は？」

「センチュリーに乗った男たちだった。それだけじゃない、バイクで襲ってきた二名のライダーもいたが、あいつが排除した」

「たいしたもんだわ」

「あんたって本当に婦人警官なのか」

「今は女性警察官っていうの。ただし、私は特殊。山岳救助隊員だし、昔から武闘派っていわれてるわ」

「驚いたな」

柳沢峠を越えて、道が下りになる。

急カーブが何度も続く。静奈は時速六十キロを維持する。カーブでセンターラインオーバーになってしまうが、対向車は相変わらずない。助手席の高沢はウインドウの上のアシストハンドルを力いっぱい握って、車の旋回に振られないようにしている。

次のカーブを曲がったとたん、前方百メートルぐらい先に黒い車が見えた。

こちらに尾部を向けたまま、右車線のガードレールにピッタリと寄せて停車している。

「奴らだ」

助手席の高沢がいった。顔が緊張にこわばっている。

静奈はブレーキを踏んでエクストレイルを停める。そのままエンジンをアイドリングさせながら様子をうかがう。

向こうからは見えるはずなのに、センチュリーに動きがない。

少し後ろのガードレールが、大きく歪《ゆが》んでいることに気づいた。何かがぶつかった形跡のようだ。

静奈はゆっくりと車を出した。

エクストレイルが近づいても、黒いセンチュリーはそのままだ。

その少し後ろ、ガードレールが歪んだ手前に静奈は停めて、サイドブレーキを引いた。

ドアを開けて車外に出た。

慎重にセンチュリーに接近し、少し離れたところから観察した。

側面や前面がかなりへこんでいるのに気づいた。フロントガラスに明らかに銃弾による弾痕があり、ひび割れている。

サイドウインドウから車内を覗く。

運転席と助手席、後部座席にも人の姿がない。

あらためて車を離れ、ガードレールが大きくたわんだところに行き、下を見た。

立ち木が何本か裂けたり、倒れたりしていて、下草も荒れている。

車が転落した痕跡に間違いなかった。

「大柴さん……」

静奈が無意識に眉間《みけん》に皺《しわ》を刻んだ。

振り向くと、エクストレイルの助手席のドアが開き、高沢が外に出ようとしていた。

「車の中にいて」

静奈は声をかけて向き直る。

それから、ガードレールをひらりと跳び越えた。

細い立ち木を摑んで滑落をしないように気をつけながら、急斜面を慎重に下りてゆく。

10

――いいかげんに目を覚ましやがれ。

男の声とともに痛撃が来た。

二度、三度と脇腹を蹴られた。それも硬い靴先らしい。

肋骨が折れそうな気がして、思わず身をよじり、片手でかばった。目を開くと、男がふたり、見下ろしている。ザアザアと音を立てて降る雨が、容赦なく顔を叩いている。

とっさに起き上がろうとしたが、力が入らない。

大柴を見下ろすふたりもずぶ濡れだが、気にしていないようだ。

元自衛官などがいると真鍋がいっていたのを思い出した。特殊部隊だとか、その類《たぐ》いの人間だったら、こんな雨など平気だろう。

だしぬけに胸ぐらを摑まれ、引き起こされた。

間近に男の顔がある。眉が薄く、切れ長の目。鼻の下に薄く髭をたくわえていた。

「さっさと白状しろよ。あいつをどこで降ろしたんだ」

「あいつって誰だ」

そういったとたん、頬を拳で殴られた。

ガツンと骨が鳴って、意識の中に火花が散った。鼻腔の奥に熱いものがあふれ、ダラッと流れ落ちて顎先から滴《したた》った。

「元山秀一の居場所をいえ」

「いやだよ」

そういって、口の中の血混じりの唾液を相手に飛ばした。

男の形相が憤怒に歪んだ。

「お前はここで死ぬ。だが、ただじゃ殺さねえ」

そういってから、もうひとりの男を手招きした。

耳が大きな三角顔の中年男だ。色白でマネキン人形みたいに表情がなかった。

「こいつは陸自出身だが、部隊でも煙たがられてたほどのとびきりのサディストなんだ。こないだの〝仕事〟でも、若い女の鼻と耳をナイフで削《そ》ぎ落として、子供みたいに喜んでいたぜ。そういうのが心底、好きなんだよ」

そういった男が立ち上がり、代わりに三角顔の男が身をかがめて大柴を見た。

「俺の耳を撃ちやがって」

ねちっこい湿った声だった。さっきの運転手だったと気づいた。

「てめえが白状するまで、爪をひとつずつ剝《は》ぎ取って、指をぜんぶ折ってやる。それから、目を片側ずつえぐり出す。それを口に押し込んで食わせてやる」

ふいに大柴が笑った。肩を揺らして哄笑《こうしょう》した。

「何を笑ってやがる」

「あんたのその顔を見てると、カマキリを思い出したんだ。子供の頃、うちの庭先の葉っぱにとまっててな、交尾したあとのオスを美味《うま》そうにむしゃむしゃと食べてた」

三角顔の男が口の端を歪めた。

いつの間にか右手にフォールディングナイフを握っていた。そのブレードを拇指だけで開いた。細身で刃渡りの長いナイフだった。

「まず、鼻を削いでやる」

冷ややかな刃先が大柴の鼻梁《びりょう》にあてがわれた。

ぬかるんだ泥の中にあった右手が、硬いものをつかんだ。

石だった。硬式野球のボールぐらいの大きさだ。

それを三角顔の男の側頭部に叩きつけた。男が目を剝いて倒れた。

大柴はとっさに起き上がり、膝をついてからなんとか立った。石を投げ捨て、走ろうとした。ところが意識と相反して足が動かなかった。悪夢のように前に進めない。

視界がぐにゃりと歪んで見えた。

目に見えない大きな渦巻きに呑まれたように、大柴はぐるぐると回転する視界の中でまた倒れ込んだ。

襟を摑まれて、また引き起こされた。

最前の髭の男だった。

「てめえ、なめやがって」

二度、三度と顔を殴られた。ガツンと骨が音を立てるたび、視界がぶれたり、歪んだりした。

——俺にやらせろ。

しゃがれた声がして、三角顔の男が大柴の髪の毛を摑んだ。

男の顔は血にまみれていた。左目から頰にかけて、ザックリと切れた傷から、生々しく流血している。それでも大きく目を剝き、歓喜の表情を浮かべ、大柴を無造作に俯せにし、泥の中に押し付けた。

後ろ手に両手を取られ、膝で押さえられた。

それからまた髪の毛を摑まれ、顔を起こされる。男は大柴の喉元《のどもと》に手を回し、ナイフのブレードを押し付けてきた。

――あっさり殺すな。元山の居場所を聞き出すんだ。

もうひとりの男の声。

「まだ殺しゃしない。こいつの喉をかっさばくのは、最後の楽しみだ」

そういいながら、背後から大柴の頬にナイフのブレードを当ててすっと動かした。

よほど研ぎ澄まされているらしく、傷口がパックリと開くのがわかった。たちまち血があふれて滴り落ちる。

「耳をふたつ削ぎ落とす」

その声とともに、冷たい感触が右耳にあてがわれた。

大柴は覚悟した。もう、どうにもならない。

地獄の苦痛の中であいつの居場所を白状することになるのか。

そして無残な死だ――。

俯せのスタイルで上体だけを仰《の》け反らされた恰好で、大柴は目を閉じた。

――久しぶりにやっとお目にかかれたと思ったら、なんともザマのない姿ね。

女の声がして、大柴は目を開いた。

目の前に彼女が立っていた。

苦痛がもたらす幻影かと思った。

まったく予期せぬことだったし、あまりに唐突な出現だったが、どうもリアルな本人らしい。登山服姿。ポニーテイルの髪型で、スラリとした体型。降りしきる雨の中で、軽く拳を握り、半身立ちでかまえていた。

大柴はむせた。

ふいにこみ上げてくるものがあって、こらえきれなかったのだ。

「何だ、この女は」

髭の男がそういって、彼女の前に立ちはだかる。

「その女に向かって、なめた口をきかんことだ。痛い目にあうぞ」

大柴がそういった。

それから笑った。自然に笑いがこみ上げてきた。

「何をいってやがるんだ。いいかげんにしないと――」

男の言葉の最中、静奈が動いた。

朦朧《もうろう》とした大柴の目には、ただ彼女の姿がぶれたとしか見えなかった。

ポニーテイルの髪が揺れるとともに、真っすぐ伸びた右の縦拳が、男の顔の真ん中にめり込んでいた。

11

軸足で大地を蹴って、思い切り突き込んだストレートリードの縦拳。

髭の男がのけぞって倒れる。その背中がぬかるんだ地面に落ちる前に、静奈はもうひとりの男のこめかみを回し蹴りで叩いた。

男が持っていたナイフを飛ばしながら、横倒しになった。

しかし打撃が不充分だったせいで、すぐに相手が起き上がった。懐に右手を入れたため、静奈は男の股間を真下から蹴り上げた。カマキリのような三角顔の男が眉根を寄せ、寄り目になった。自分の股間を押さえながら内股の姿で後ろに倒れ込んだ。

その鳩尾に静奈は容赦なく踵《かかと》を落とした。

一瞬、躰をくの字にしてから、男は大きく口を開け、苦悶の表情を作りながら気絶した。

泥の中に俯せになっていた大柴が、何とか体勢を変えてその場に胡座《あぐら》をかいた。呆《あき》れたような表情で静奈を見上げる。

「相変わらず、凄いな。あんたは」

静奈はフッと笑った。

「こいつらは素人だったから。さっきのふたりより簡単だった」

「さっきのって、他にも倒したのか」

なおも呆れた顔でいう大柴の左頬が血で真っ赤になっている。

「酷い傷。ちょっと見せて」

静奈は濡れた地面に膝を突き、ハンカチで彼の頬を拭いた。三角顔の男のナイフで切られたらしい。傷は浅いが痕が残るかもしれない。

「車の中にファーストエイドキットが入ってるから、あとで治療してあげる。とにかくこれからいっしょに道路まで登るよ」

そういいながら、静奈は倒れた男たちの衣服を探った。このふたりも身分証のようなものは持っていない。三角顔の男は黒い革製のショルダーホルスターにオートマチックの拳銃を差し込んでいた。

さっき、抜こうとしたものだろう。

静奈はそれを抜き取った。SIG P230JP。警察の制式採用拳銃だ。

次の襲撃に備えていただいておくかと思ったが、やめた。

飛び道具は自分には合わない。

銃把《じゅうは》から弾倉を抜いて、思い切り投げた。それはクルクル回りながら、藪《やぶ》の向こうに消えた。それからスライドを操作して薬室の一発を排出させ、それも遠くへ投げる。最後に拳銃を逆方向に飛ばした。

向き直ると、大柴が険しい顔でいった。「実は途中に高沢を置いてきたんだ」

「彼なら拾ったわ。今は車で待ってる」

「そうだったのか」

安堵の表情になった大柴を立ち上がらせ、左手を取って自分の首の後ろに回した。

雨と泥と血にまみれた大柴が、大きく口を開けながら上を見る。

「あんな高いところまで登るのか？」

「ここまで落ちてきたんだから仕方ないでしょ。よく骨のひとつも折れずに無事だったわね」

「悪運だけは強いんだ」

「それは認めるわ」

静奈が笑った。「行きましょ」

ひん曲がったガードレールを乗り越えて、静奈と大柴が這い上がってくるのを見て、高沢はエクストレイルの後部ドアを開いて雨の中に出てきた。

「あんた……てっきり死んだかと思ったよ」

大柴は静奈にフォローされながらつらそうな顔で笑った。

「助けが入らなければ確実に死んでた」

「とにかく車の中に入って。半死半生のまま雨に打たれて、低体温症にならないのが不思議なぐらいよ。着替えもあるから」

「助かる」

大柴が後部座席に入ると、静奈はリアゲートに回って、そこからカーゴスペースに入った。ナイフの切り傷をペットボトルのミネラルウォーターでよく洗い流し、ウエットティッシュでよく拭いてから、止血を確認した。それから抗生剤入りのワセリン軟膏を傷口に塗り込んでから、救急絆創膏を貼り付ける。

プラボックスの蓋《ふた》を開いて、着替えの登山服を取り出した。

「サイズ、合わないかもしれないけど」

頷いた彼が濡れた服を脱ぎ始めると、静奈は運転席に戻る。

助手席にいるバロンの首に手をかけてから、エンジンを復活させた。

この先に危険が待っていることはわかっている。

車が一台も通らないところを見ると、道路封鎖は相変わらずのようだし、東京方面からの車が来ないということは、そちら方面でもバリケードが作られているということだ。そして敵はきっとそこで待ちかまえている。

静奈はカーナビの地図を見ながら、それが丹波山村の手前だと推測した。いくら何でも、ひとつの村をまるまる封鎖するわけにはいかないからだ。

「この道を辿れば、奴らが待ちかまえてるのは間違いないわね」

エンジンのアイドリングの音の中で、静奈がつぶやく。

「俺も同じことを考えていた。知らずにこのまま行ったら、〈ボニー＆クライド〉みたいにハチの巣にされるのがオチだ」

「だからといって、引き返すわけにもいかんだろう」

大柴の隣から高沢がそういう。

静奈はしばし、広域モードにしていたカーナビの表示を見つめていた。

「山を越える」

彼女の言葉に後部シートのふたりが驚く。

「今、何ていった」と、大柴。

「車で東京に行くにはこの幹線道路しかない。回り道もない。だとすれば歩いて山越えするしかないわ」

「山馴《な》れしたあんたはいいだろうが、俺たちはどうするんだ。登山なんてやったこともないし、おまけにこの酷い雨ん中だぞ」

「他に方法はないの。やるしかない」

そういって静奈はシフトをドライブに入れ、アクセルを踏み込んだ。


大菩薩ラインが花魁淵《おいらんぶち》手前でヘアピンカーブになっている。

〈一ノ瀬高原入口〉

そう書かれた看板が目立っている。

そこから北に向かって枝道が延びていた。一ノ瀬林道と呼ばれる狭い道路である。切れ込んだ峡谷を流れる一之瀬川。それに沿ってクネクネとうねりながらどこまでも続く道路を、静奈のエクストレイルは走った。

右手、眼下に見下ろせる渓流は、本降りの雨のためにすでに増水を始めていた。茶色く濁った水が岩を嚙み、飛沫《しぶき》を散らして轟々と流れている。

道路もところどころで、山側から流れる泥水で冠水している場所があった。静奈は速度を落とさず、水飛沫を立ててそこを抜ける。

ステアリングを握りながら、もう一方の手でスマートフォンを引っ張り出した。電源を入れたが、圏外の表示を見て舌打ちをする。今のうちに阿佐ヶ谷署の真鍋に自分たちの予定を伝えておきたかったが、どこか民家辺りで電話を借りるしかなさそうだ。

橋を渡ると渓流は左を流れるようになった。

少し行くと、左手にキャンプ場やバンガローが見え始めた。

細道は相変わらず右に左に何度もカーブしたが、やがて木立に埋もれるように民宿が見えてきた。

静奈は駐車スペースに車を停めると、運転席のドアを開いて車外に出た。さいわい雨はかなり小粒になっていて、垂れ込めていた雲もだいぶ高く見えた。そのうちに止《や》むかもしれない。

腕時計のプロトレックを見る。

時刻は午後一時を回っている。

助手席に回ってドアを開くと、彼女の「ダウン」の指示で待ちかまえていたバロンが降りた。何度か胴震いしてからお座りの姿勢で指示を待つ。この辺りなら大丈夫だろうと判断して、近くの草叢《くさむら》を指差し、「ピー（おしっこ）」といった。

バロンが駆けていき、片足を上げる。

大柴と高沢がおそるおそるといった様子で車外に出てきた。

「ここは？」と、高沢。

「将監峠《しょうげん》への直登《ちょくとう》コースの登山口なの」

「将監峠？」

静奈はスマートフォンを取り出し、山岳地図アプリを立ち上げた。これはGPSとの連動なので、携帯の圏外でも使用できるツールだ。

広域図からだんだんと拡大していく。

「奥秩父連山のひとつよ。山梨県から始まり、埼玉県との県境に沿っていくつも山が連なってる。ここから登り始めて稜線まで到達したら、尾根伝いに東に向かう。飛龍山を過ぎれば、その先に東京都との境界にある雲取山があるわ」

静奈が指差す地図を、大柴と高沢が食い入るように見ている。

「えらい距離じゃないか。何日かかるんだ」

大柴が絶望的な表情で訊いた。

「一般の登山者の足なら一泊二日のコースよ。健脚者で十から十二時間ぐらい。私だったらたぶん五時間以内で行ける」

こともなげにいう静奈の顔を、大柴と高沢があっけにとられた表情で見つめる。

「ちょっと待ってて。そこの民宿に行って駐車料金を払ってくる。ついでに阿佐ヶ谷署の真鍋さんに連絡をとるから」

「俺も行くよ」

大柴がいい、けっきょく、三人と一頭で近くにある民宿に向かった。

ACT―Ⅳ

1

――ナベさん。内線三番に電話。

少し離れたデスクにいる石橋《いしばし》という刑事の声。

「誰から？」

――若い女性だ。神崎っていってる。

組対課のフロアにいた何人かの同僚が顔を上げたので、真鍋はわざとらしく咳《せき》払いをした。端末子機の受話器をとって内線ボタンを押す。

「真鍋です」

――神崎です。今、大柴さんと高沢さんといっしょです。

「合流できたんですね。よかった。場所は？」

——国道四一一号線の大菩薩ラインを走っていたんですが。

「あ、そのまま行けば青梅街道ですよ。都内にストレートで来られます」

——ところが奴らの襲撃を受けて、今、三ノ瀬というところにいます。携帯の電波が入らないので、民宿の公衆電話を借りてるんです。

「ちょっと待ってください」

真鍋は受話器を伏せておき、デスクの抽斗《ひきだし》を次々と開き、やっと道路地図を見つけて引っ張り出した。それを開いて慌ただしくページをめくり、奥多摩方面のページを出した。

指先で青梅街道に沿ってたどっていく。

「花魁淵から入って一ノ瀬林道を詰めたところですね。こんなところに？」

——おそらく青梅街道に入る前に、奴らがバリケードを作っていると予想したんです。大菩薩ラインそのものが封鎖されていたから。それで仕方なく。

「しかし、そんな山奥に入って、かえって逃げ場を失うのでは？」

——車をここに置いて山越えします。

真鍋は一瞬、言葉を失った。

しかし考えてみると、神崎という巡査は南アルプスで山岳救助をしているベテランだという。なるほど理にかなった判断だと思った直後、あることに気づいた。

「大柴の奴は、そもそも山なんかやらんですよ。もしかしたら高沢のほうも？」

――むりは承知なんです。それでも行かなきゃ。他に手段がないから。

デスクに片手をついたまま、彼は窓を見た。

風に乗った雨が窓を叩いていた。

「こんな天気なのに」

――予報だと、少しずつ回復に向かっているそうです。ちゃんと装備もありますから。

「そうですか」

――ここから林道伝いに将監峠まで登ります。そこから先、宿泊する小屋がしばらくないため、将監小屋に泊まって朝一に出発し、飛龍山経由で雲取山まで行きます。

彼女がいうルートを、真鍋は指先でたどった。

「そこまで到達できれば東京都ですね。こっちまで戻ってこられたら地検も動けると思いますから」

――下山ルートは七ツ石山を通って鴨沢登山口です。尾根筋に出たら、携帯も通じると思います。逐一、連絡します。

「じゃ、明日。そこでお待ちしてます」

――それから、大柴さんが話したいそうです。

しばし間があって、彼の声がした。

――そっちはどうだ。

「どうもこうもない。今朝からぜんぜん連絡が取れなかったから、ずっとイライラして待ってたんですよ」

――手配中だぞ。山梨県警やら秘密公安組織やらの目を逃れて逃避行だ。しかも連中に追いかけられてハリウッド映画真っ青のカーチェイスだよ。

真鍋は周囲を見てから、声をひそめた。

「頼むから、あまり暴れないでくださいよ」

――生き延びて戻れたら、査問委員会ぐらいは覚悟してる。そのときは味方になって証言ぐらいしてくれよ。

真鍋は苦笑いし、額に掌《てのひら》を当てた。

「ところでシバさん、山になんか登れるんですか?」

――やってみなきゃわからん。自信はないがな、他に逃げ場がないんだ。

「元山……高沢のほうは？」

——まあ、似たようなものだろう。

真鍋は神妙な顔で地図を見つめた。

登山ルートを見ているうちに、何故か額に脂汗《あぶらあせ》が滲《にじ》んできた。

「とにかく、気をつけてください」

——わかった。

「いいか。生きて戻ってきてくださいよ」

——努力するよ。

電話が切れた。

真鍋はしばし受話器を耳に当てたまま、信号音を聞いていた。

やがてそれを戻し、組対課のフロアを見渡した。ほとんどの課員たちは事務仕事に没頭しているが、ゆいいつ中西課長代理だけが、真鍋のほうを見ていた。

視線が合ったとたん、彼はこともなげに書類に目を戻した。

しばしどうしようかと迷ってから、真鍋は立ち上がった。

「どこへ行く？　もうすぐ会議だぞ」

中西に問われて、彼は振り向いた。「ちょっとトイレです」

通路に出てから、男子用トイレに入る。

個室にも誰もいないのを見て、スマートフォンを取り出した。

登録していた番号をタップする。

呼び出し音二回で相手が出た。低く落ち着いた男の声。

——長谷部です。

真鍋は乾いた唇を舌先で舐《な》めてから、いった。

「阿佐ヶ谷署の真鍋です。彼らの動向がようやくわかりました」

2

民宿で電話を借りたあと、空腹を思い出して手打ち蕎麦《そば》を注文し、食後にテーブルで茶をすすっているうちに、三人とも極度の疲労のために、そろってうたた寝をしていた。

女主人が見るに見かねて、「少し休んでいったら?」と、ロビーの長椅子を貸してくれたものだからまずかった。

そのまま、二時間以上も眠ってしまったのである。

バロンまで、静奈の足許《あしもと》で体を丸めて寝入っていた。

最初に目を覚ましたのが静奈で、ふたりの男を文字通り叩き起こした。

すでに午後四時を回っていた。

民宿を出ると、空は依然として曇っていたが、雨はすっかり上がっていた。

エクストレイルの中から山道具を引っ張り出し、静奈は登山の準備をした。ザックは四十リットル。ドライフードを中心とした食料や非常用のツェルトなどが入っている。飲み水は民宿でたっぷりといただいた。

ふたりの男たちは彼女が貸した山着姿だが、どうにも躰《からだ》に合っていない。大柴は寸足らずだし、高沢は逆にダブダブだった。それでも仕方ないと苦笑いする。

静奈が先頭を歩き、傍《かたわ》らにバロンが従う。

続いて高沢。しんがりが大柴である。ふたりとも荷物のない空身《からみ》であった。

〈将監登山道入口〉と書かれた白い看板が石垣のところにあった。

その横を通って登山道に足を踏み入れる。

車が通行できる林道なので、道幅は広く、フラットである。坂道の斜度もあまりないため、登山初心者の男ふたりはくつろいで歩行していた。

やがて道に〈バイク進入禁止〉と書かれた黄色い看板の横に鎖が差し渡され、簡易な車止めゲートになっていた。その先も轍《わだち》が続いているため、関係者の車は出入りができるのだろう。

時刻が午後五時に近づくと、少しずつ周囲の森が色あせ始める。

鳥の声がよく聞こえていた。

キビタキやミソサザイの美しい声だった。

「登山道っていうから、えらいルートを想像してたが、これならなんてことはないな」

あるきながら大柴がいうが、しかし息が上がっている。

高沢のほうが、まだしもふつうだった。

「地図によると将監峠までは林道歩きだから、ずっとこんな調子だと思うわ」

「あんた、ここに来たことは？」

大柴にいわれ、彼女は答えた。「このルートは初めてなの。だけど七年ぐらい前に、瑞牆山《みずがきやま》から入って雁坂峠を抜けるところまで縦走したわ」

「任務でか」

「趣味だけど」

「本当に山が好きなんだな」

「好きだから、この仕事を続けてる」

「やりがいがあるって奴か」

静奈がふいに足を止め、バロンも従った。

後ろにいた高沢と大柴が驚いた。

「おととい、この背中で人がひとり亡くなったの」

静奈はそういって、背負っているザックを軽く叩いた。「見つけたときは元気だったのに、担ぎ下ろしているうちにだんだんと容態が悪くなって、もがき苦しんで、身をよじって、あげくに大声で叫んで息を引き取った」

そんな静奈を、ふたりが見つめていた。

「あのときの重さを私は忘れない。この先、ずっと一生かかえていく」

大柴がしょげていた。

「悪かった。おちょくったりして」

静奈はまた向き直り、林道を歩き出した。

男たちがうなだれながらあとに続いた。

三十分ばかり歩いたところで、分岐点があった。

林道から左に入る枝道がある。

静奈はスマートフォンを出して、地図アプリを立ち上げる。七ツ石尾根という登山道で牛王院平という尾根筋のポイントに向かうルートだ。しかし静奈たちはこのまま林道を伝っていくことにする。

相変わらず平易な広い道が続き、似たようなカラマツ林ばかりが広がっている。

道には二本の轍があって、ずっと続いていた。

さらに一時間が過ぎると、木の間越しに見える空が少し昏《くら》くなってきたような気がした。鳥の声が聞こえなくなっていた。

一度、山からの水が林道を流れる場所を渡るが、降雨の増水や濁りはもう取れて、きれいな水になっていた。

静奈はもちろん健脚だが、ふたりの男の素人《しろうと》歩調に合わせて歩く。

高沢は意外にも平気な顔をしているが、しんがりの大柴がかなりつらそうな顔をしていた。だいぶ遅れていたので静奈は足を止めて、高沢といっしょに待った。

追いついてきた大柴は疲労困憊《こんぱい》といった顔だ。静奈に渡されたナルゲンの水筒をあおって水をずいぶんと飲んだ。

「東京の刑事はもっと足を使うと思ってたわ」

「あいにくと、いつも車だからな」

ハンカチで額の汗を拭きながら、大柴がいった。「まだ、だいぶ登るのか？」

「あと三十分ぐらいよ。そこに小屋があるから、今夜はそこで宿泊するつもり」

「きっとオアシスみたいに見えるんだろうな」

大柴がつらそうにいう言葉に、静奈は黙って笑うしかなかった。


やがて林道が終わって、前方に小屋が見えてきた。

なだらかな屋根とストーブの煙突が目立っている。平屋造りで、側面は青く塗装された波板でできていて、屋根も青い。小屋の周囲には木材や薪にする丸太などが乱雑に積まれていた。

平らな幕営地にはテントがふた張り。赤と黄色で、どちらもひとり用のソロテントだ。時刻がすでに午後六時を過ぎていたため、登山者たちは夕食を終えてテントの中にいるようだ。

静奈は背負っていたザックを小屋の前で下ろすと、バロンをその場で停座させ、横開きの扉を開けて中に入った。

だだっ広い小屋の中には登山客はおろか、小屋番の姿もない。

入口脇に料金箱があったので、静奈は三人分の素泊まりの料金を入れた。

大柴たちと客間に入ると、ガランとしただだっ広い部屋がひとつ。窓の上に色褪《いろあ》せた写真がいくつも並べて飾ってある。部屋の隅に布団が重ねてあった。

小屋の宿泊客は誰もおらず、静奈たち三名だけのようだ。

小屋の向かいにある小さな四阿《あずまや》が自炊場になっているので、静奈はそこで湯を沸かし、ドライフードでの簡易な食事をふたりに出した。傍らで待っていたバロンには持参したドッグフードを与える。

木造りの長椅子に座った大柴は、コッヘルを持ってノロノロとパスタを口に入れていたが、疲労のあまりに目が半眼になっている。

高沢は黙々とドライカレーをスプーンですくっては口に運んでいる。その間、ずっと食器のチタン製コッヘルがカリカリと音を立てていた。

静奈は湯を沸かし直し、インスタントラーメンを茹《ゆ》でた。

七月とはいえ、空気がだいぶ冷え込んできた。

どこか遠くの森から、フクロウの憂鬱《ゆううつ》そうな声が途切れることなく聞こえてくる。

テーブルの上に置いた小さなガスランタンの光の中で、高沢の顔の横にある白い傷跡が目立ってみえた。大柴の話だと整形手術の痕だという。

「訊《き》きたいことがあるんだけど」

静奈がいったので、高沢がスプーンを止めた。

黙って彼女を見ている。

「南アルプス市に来たのは、あなたの実家があって、妹さんがそこにいるからって。そんなことを大柴さんがさっきいってた。もし、妹さんに会えたとして、それからあなたはどうするつもりだったの？」

高沢は答えず、しばし静奈を見ていた。

ふっと視線を逸《そ》らした。

「どうするつもりだったんだろうな。実はわからないんだ」

「そう」

静奈はガスストーブの火を止めて、インスタントラーメンに粉スープを入れた。それをかき回してから、箸で麵をすくい、スープをすすった。

「奴らに追いつめられてて、もう生きていられないって覚悟してた。だから、最後にあいつに会いたかったんだと思う。それだけなんだ」

静奈が箸を止めて、高沢を見る。

「妹さん、山登りがお好きなんですってね」

「北岳にも何度か登ったらしい。俺もずいぶんと誘われたけど、ついに行けなかった」

「まだ、チャンスがあるかも」

高沢は自分の顔の傷を掌《てのひら》でそっとさすった。

「だいいち、ここまで顔を変えて、あいつが俺のことをわかるかどうか」

ふっと静奈が笑う。

「そんなにくっきりと傷が残るんだから、あまり腕のいい医者じゃなかったみたいね」

「本当はもっと時間をかけるべきだったんだが、むりをいった。あいつはそのあとで殺されてしまった」

静奈は湯気を上げるインスタントラーメンをじっと見つめる。

そこから足がついて、組織が彼を見つけたのだと、大柴はいっていた。

ただ、逃げ惑うだけの人生。

そこに何の意味があるのだろうか。

ふと、思い出して静奈はいった。

「三年前ね、北岳のバットレスで事故に遭った登山者を仲間と救助したの。ザイルが切れてフォールして、両足骨折。でも、命は助かったわ。その人、懸命にリハビリやって、何とか歩行器で歩けるまでに回復してね。去年、無事に職場に復帰したって手紙が届いたの。その人も、たまたま美容整形外科の医師だったわ」

「凄《すご》いんだな」

静奈は頷《うなず》いた。

「あきらめない。そこが基本」

「あきらめない……か」

「大柴さんも私も、戦ってきたんだからね。あなたもきっとできる」

そういってから、静奈はまたラーメンをすすった。

ほつれた髪を片手で後ろに流し、ゆっくりと時間をかけて食べた。

うとうとと船を漕いでいた大柴が、寝息を立てていた。

バロンも静奈の足許で伏臥したまま眠っている。

3

翌朝、小屋の外にエンジン音がして、静奈は布団をはね退《の》けて起きた。

夜明け前に起きるつもりがうっかり寝過ごしていたようだ。腕時計を見ると、午前六時になろうとしていて、小屋の周囲はすっかり明るくなっている。

大柴たちはまだ布団にくるまって寝息を立てていた。

窓際に寄って外を見ると、白い軽トラが登ってきたところだった。

しかし安心はできない。軽トラの運転手になりすました殺し屋の話を、大柴から聞いていたからだ。

窓ガラスに身を寄せてうかがっていると、軽トラのドアが開き、青いキャップをかぶり、長靴を履いた中年男性が降りてきた。荷台に積んでいたダンボール箱をふたつばかり抱えて下ろし、それから小屋の入口扉を開いて入ってきた。

「おはようございます」

男はキャップを脱いで、静奈に挨拶をしてきた。

日焼けした真っ黒な顔に屈託のない笑み。

「おはようございます。お世話になってます」

静奈もお辞儀をした。

「管理人の石岡《いしおか》といいます。表につないでるシェパードは？」

「私の犬です」

「夜通し外じゃ、可哀相だ。中に入れてあげればよかったのに」

石岡にいわれて、静奈が笑う。「ご迷惑かと思いました」

彼はキャップをかぶった。軽トラのところに戻り、ダンボール箱を運び始める。

静奈が外に出た。

「お手伝いしましょうか」

「いいんですよ。あなたたちは朝ごはんや出発の準備があるでしょう」

そういってバロンの頭をなでてから、ふたつ目のダンボール箱を抱えて隣の建物に入っていった。

静奈はふうっと吐息を洩《も》らし、ふと澄みきった朝の空気に気づいて深呼吸した。

幕営地にあったふた振りのテントが消えていた。夜明け前に撤収して去ったようだ。

近くの森から鳥たちの声が喧《かまびす》しいばかりに聞こえている。

空は抜けるように青く、雲ひとつない。

しかし飛行機雲が長い筋を曳いて斜交《はすか》いに横切っているのが気になる。

朝食を食べている間に、管理人はまた軽トラで下っていってしまった。挨拶もできなかったが仕方ない。

静奈はそれぞれの食器を拭いてしまい込み、ザックに入れた。バロンの糞も密閉パックに入れて収納する。ふたりの男は空身なので支度はない。食事のあとで顔を洗ってトイレをすませたぐらいだ。

水場でたっぷりとナルゲンやプラティパスの水筒に補給した静奈が、ザックを背負って出発しようとしたとき、またエンジン音がしてびっくりした。

見れば、さっきの軽トラがまた登ってくる。

小屋の前に停まって運転席のドアが開き、管理人の石岡が出てきた。

「どうしたんですか?」と、静奈が訊《たず》ねる。

「下の林道に車が三台、入ってて先頭車が泥濘《ぬかるみ》で動けなくなってんです。携帯も通じないから、小屋の無線で役所に報《しら》せてやろうと思ってね」

「車が……三台?」

「どれも品川ナンバーの黒っぽいSUVでした。一般車は進入禁止だっていうのに、鎖を外してむりに入って来たんでしょうね。まったく困ったもんだ」

「どんな人たちでしたか?」

「人相の悪い男どもだ。挨拶しても返事もしなかったよ」

そういって石岡は小屋の中に入っていった。

大柴たちと視線が合った。

「まさか?」と高沢がいう。

静奈は頷いた。

「奴らだと思う。わざわざこんなところに入ってくるんだから、間違いないわ」

「どうして俺たちがここにいることを知ったんだ」

大柴が納得できぬといった様子で洩らす。

「わからないけど、とにかく早く出発しましょう」

小屋前に繋《つな》いでいたバロンのところに行き、静奈はリードのナスカンを自分のハーネスに繋ぎ直した。彼女たちを先頭にして、高沢、大柴と続いた。

クマ笹の間を抜ける急登《きゅうとう》を、三人と一頭が黙々と登った。

すぐに将監峠との分岐点に到達する。

高沢は汗をかいているものの平気な顔だが、大柴はすでにバテてつらそうな表情で水筒の水を飲んでいる。日が高くなるにつれ、気温が上昇してきた。日差しに、登山シャツから覗く首筋が焼けそうだ。

やがてトレイルは斜面を横切るトラバース道となる。

相変わらず下生えのクマ笹が濃く、道はところどころで岩がゴツゴツしたガレ場となる。

すでにこのあたりは標高二〇〇〇メートルの尾根線だ。静奈はときおりスマートフォンを取り出し、地図アプリで現在位置を確かめる。

携帯電話のアンテナマークは相変わらず圏外である。

南を見ると、木の間越しに富士山がくっきりと見えている。

竜喰山《りゅうばみやま》の南斜面をへつりながら続く道をゆくと最初の橋が現れた。

スチール製の頑丈そうな桟道である。

そこを渡ると、やがてふたつ目の橋にぶつかる。

今度は屹《き》り立った崖にかかっていて、最初の橋よりもかなり幅が狭い。

眼下の谷底から白いガスが湧いて、傾斜地を這い昇ってくる。静奈は北岳などで見馴れているが、山を知らないふたりにとってはかなり不気味な光景に違いない。

静奈はバロンとともに橋を渡り、立ち止まって振り向く。

高沢は少し緊張した顔ながら、狭い場所をトントンと渡ってきた。ところが大柴はまったく腰が引けている。

「そんな姿勢じゃ、かえって危なっかしいわ。もっと背筋を伸ばして」

静奈の声も耳に入らぬらしく、ヨタヨタとした足取りで何とか橋を渡り終える。命拾いしたという表情で額の汗を拭っている。

似たような桟道が何カ所か、さらに露岩帯を抉《えぐ》るように道が狭くなった場所もあって、ことに大柴は腰を抜かしそうになりながら、そこをクリアする。

ルートの斜度はあまりないのだが、足場が悪い場所が多く、緊張のためだろう、大柴はとくにバテ気味だった。何度も休みながら水を飲む。

三つ目の橋も狭かったが、今度は危なげな大柴を先頭に行かせて、静奈たちはそのあとから渡った。

足場がほとんど崩落した箇所もあり、静奈はふたりの手を引いてそこをクリアしなければならなかった。

右手には、いつしかなだらかに左右に稜線を落とす山が見えていた。

静奈はまた立ち止まり、地図アプリとコンパスで確認する。間違いなく、あの山が最初の到達点である飛龍山だ。

トレイル周辺がしだいになだらかになり、クマ笹の原野のような場所となった。

地図上に大ダルと記載された場所で休憩を取った。

周囲はシラビソやダケカンバの森。木立の間を白い霧が流れている。だんだんとガスが出てきたようだ。

静奈はザックを下ろし、カロリーメイトなどの行動食をふたりに差し出した。

大柴と高沢はそれぞれ岩に腰を下ろし、黙々とそれを口に入れては咀嚼《そしゃく》している。

静奈はバロンにたっぷりと水を与えた。

どこか遠くでヘリの音がしている。山小屋の荷揚げか、あるいは事故でもあったのだろうか。そういえばこれまでのルートで他の登山者にはまったく遭わなかった。さほど人気の登山道でもなさそうだし、ウイークデイだからなおさらなのだろう。

地図アプリをまた見る。

ここからルートは南へ向かい、北への折り返し地点である禿岩まであと少しだ。

荷物をしまっていると、近くの木立から澄み切ったクマ鈴の音が聞こえてきた。

見るとザックを背負った登山者が三名、一列になってガスが流れる笹原を歩いてくる。全員が中年女性のようだった。

「おはようございます」

ストックをふたつ持っている先頭の女性が、にこやかに挨拶してきた。

静奈も同じ言葉を返した。

「ここから将監峠までどれぐらいでしょうか」

「およそ二時間ですね」

自分たちがたどって来たルートなので、静奈はそう答えた。

「あら。大きなワンちゃん。お利口さんねえ」

もうひとりの女性が、近くに停座しているバロンのところに行った。しきりに写真を撮影しているのが少し気になった。おそらく犬が好きなのだろう。

静奈はともかく、ふたりの男がザックを背負ってないのは妙に思えるはずだが、彼女たちはそのことに気づかなかったようだ。

あるいはどこかに荷物をデポ（残置）していると思ったのかもしれない。

高沢はともかく、大柴はナイフでえぐられた片側の頬を見られないように、必死に顔を背けている。それを見て静奈はクスッと笑った。

女性たちが将監峠方面に出発するのを見送ってから、静奈は荷物を背負った。

全員で歩き出す。

4

午前九時過ぎになって、静奈たちは出発した。

大ダルを越えてから登山路の斜度が少しずつ増してきた。クマ笹の藪《やぶ》が少なくなる代わりに、シラビソの林になり、足許は苔むしていて滑りやすい。大柴も高沢も何度か尻餅をついた。

空は相変わらず晴れているが、低い場所にはガスがわだかまっていて、周囲の山々がだんだんと霞んできている。

どこかでまたヘリの音が聞こえていた。

ローターブレードが空気を切り裂くスラップ音がはっきりと耳に届く。気圧が下がると遠い場所の音が間近に聞こえるものだ。

やがて急登にさしかかった。

上から下りてくる、カップルらしい若い男女のハイカーとすれ違い、挨拶をする。

高沢はともかく、大柴はすっかりバテていて、他人に挨拶をするどころではない。

〈禿岩〉と書かれた白い標識を過ぎると、周囲にシャクナゲが目立つようになった。

花の盛期は終わっているようだが、まだピンク色の花弁がところどころで美しく咲き乱れていて、いい香りが漂っていた。しかしそんな風情を楽しむ余裕もなく、静奈たちは黙々と歩き続けた。

ようやく飛龍山の山頂に向かうルートとの分岐にさしかかる。もちろん山頂には向かわず、このまま縦走路を雲取山めざして進むことになる。

すぐ近くに小さな祠《ほこら》がまつってあって、〈飛龍権現〉と地図アプリに記してあった。

そこからV字に登山道は折り返して北に向かう。

少し行くと、シラビソ林の中に少しだけ開けた平らなところがあった。

ここでまた小休止を決めた。

高沢はずっとトイレを我慢していたらしく、静奈から小さな折りたたみ式のスコップとロールペーパーを借り、近くの藪の中に分け入っていった。葉擦れの音が遠ざかっていく。

静奈はバロンを停座させ、ザックの雨蓋《あまぶた》にあるジッパーのポケットから行動食を出し、ナルゲンの水筒といっしょに大柴に渡す。

だいぶ山馴《な》れしてきたのか、彼は以前よりも表情が穏やかだった。顔色もよく、食欲もあるようでカロリーメイトやミックスナッツなどを食べている。

「調子よさそうね」

静奈が声をかけると、無精髭《ぶしょうひげ》に囲まれた口から歯を見せて、大柴が笑った。

「考えてみると、ゆうべ一滴も飲まなかったからな。久々の休肝日だった」

静奈は呆《あき》れて肩をすぼめた。「バテの原因はそんなことだったの?」

「いや。それだけじゃないが、いい空気を吸ってハードな運動をしているうちに、躰の細胞がすっかり入れ替わったみたいだ」

「昔、会ったときに、北岳に来てみたいっていってたわね。這《は》ってでもいくって」

「憶《おぼ》えてたのか」

静奈は頷いた。

「あれな。本気でいったんだよ」

静奈が大柴の顔を見つめた。「本気?」

「冗談で女を口説《くど》けるかよ」

とたんに静奈が吹き出したので、大柴がムッとなった。

「ここは笑うところじゃねえだろうが」

「そんな野蛮な無精髭と傷だらけの汚い顔でコクられても、困るし」

「え」

とぼけた顔をして、大柴が自分の頰に貼られた絆創膏や口周りの無精髭を撫《な》でた。

「悪いけどね。私、好きな人がいるの」

静奈の言葉を聞いた大柴が一瞬、ポカンと口を開いた。「本当か」

彼女は頷いた。「本当よ」

「どこのどいつだよ、それ」

「秘密」

静奈がいったとき、また近くの林からクマ鈴の音が聞こえてきた。

見れば、男性ばかりの四人組のハイカーが雲取山方面からやってくる。健脚ぞろいらしく、足取りが速かった。いずれも体格がいい。

ふいにバロンが唸《うな》った。

静奈が驚き、シェパードを見下ろし、またハイカーたちに目を戻した。

「どうした？」

大柴が訊いたが静奈は答えなかった。

バロンは前方から近づく男たちを見据え、なおも唸っている。やがてその声が咆吼《ほうこう》になった。大きく口を開き、シェパードが野太い声で吼《ほ》え始めた。

「まさか……」

大柴がつぶやく。

「てっきり追手だけだと思ったのに、まさか前から来るとは」

静奈がそういいながら、腰のストラップからバロンのリードを外した。

「悪いけど、バロンを頼むわ」

「な、何だよ」

狼狽《うろた》えてリードをつかんだ大柴。

バロンはまだ吼え続けている。

ハイカー四人は目の前にやってきて、それぞれ立ち止まった。

いずれも険相である。山登りを楽しんでいるという風情ではない。大柴たちを襲ったあの男たちと同じ、独特の危険な気配をまとっていた。それがカラフルな登山服とあまりにミスマッチだった。

男たちのひとりが荷物を下ろし、中から拳銃を抜き出した。

円筒形の長い消音装置を装着したＳＩＧ Ｐ２３０ＪＰだった。他の三人よりも一歩前に出てきた。

「元山はどこだ？」

男がそう訊いた。「なぜ、いっしょにいない？」

彼はまだ藪の中にいる。長便所がさいわいだった。

「少し前に、はぐれたのよ」

そういって静奈が唇の端を吊り上げた。

「嘘をつくな」

拳銃をかまえる男の隣にいるひとりが怒鳴った。

そのとき、彼らの真横の藪が揺れて、高沢がひょっこりと姿を現した。片手に白いロールペーパーと小さなスコップを持っている。目の前の光景を見て、何が起こっているか、理解できていないようだ。あっけにとられた表情で固まっていた。

男たちが驚いて、いっせいに振り返った。

手前に立っている男の右手。その消音装置の銃口がわずかに逸《そ》れている。

静奈は走った。

一気に距離を詰めた。

気づいて振り向いた男が銃口をふたたび向ける前に、静奈が地を蹴って飛んだ。空中で反転しながらの後ろ回し蹴りが、男の側頭部を捉えた。

バツンと鈍い銃声がしたが、銃弾は逸れ、土塊《つちくれ》を飛ばして地面にめり込む。

仰向《あおむ》けに倒れた男の顔面に容赦なく踵《かかと》を落とした。

鼻がひしゃげる感触が登山靴から伝わってくる。

ふたり目。

拳《こぶし》を振ってかかってきたのを、身をかがめてかわし、利き手の脇の下に猿臂《えんぴ》を叩き込んだ。肋《あばら》が折れる音がし、「ぐっ」とうめいて男が前のめりに大地に沈んだ。

三人目が真後ろに来たので、向き直りざまの右回し蹴り。

スウェイでからくも避けられたため、回転の勢いのまま左のローキックで相手の脹《ふく》ら脛《はぎ》を叩く。たまらず男が仰向けに転んだところに飛び上がりざま、踏み下ろしの一撃を鳩尾《みぞおち》に入れる。

男は一瞬、顔を歪《ゆが》め、口から血混じりの唾を飛ばして白目を剝《む》いた。

四人目――。

目の前に銃口があった。

やはり遅かった。彼女が三人と戦っている間、荷物の中から拳銃を引っ張り出していたのだ。

「死ね。クソアマ！」

銃をグイッと突き出して、静奈の額を撃ち抜こうとした瞬間、背後から押し殺された銃声が聞こえて、男の登山シャツの利き腕の肘辺りがパッと赤く裂けた。

銃を放り出すようにして、男は倒れ込み、横倒しになった。岩に頭をぶつける、ゴツンという鈍い音がした。

静奈は振り向く。

大柴だった。

バロンの横で、両手で消音装置付きの拳銃をかまえている。青白い硝煙を洩らす銃口が、かすかに震えていた。最初のひとりが持っていた拳銃を拾って撃ったのだとわかった。

静奈はゆっくりと息を吸い込み、吐いた。

唇を嚙《か》みしめてから、大柴にいった。

「ありがとう。おかげで助かった」

大柴はまだ硬直して動けなかった。青ざめた顔。無精髭の中で唇が痙攣《けいれん》していた。

静奈は大柴に近づき、その手を取って指をひとつずつ引きはがし、拳銃を取った。

もう一挺の拳銃も拾い上げた。消音装置を外して投げ捨てると、ふたつとも登山ズボンのポケットに入れた。ズボンが膨らんで重くなったが仕方ない。

大柴に右肘を撃たれた男は横向きに身を縮めたまま、気絶している。

高沢がよろよろと歩いてきた。

まだ、片手にロールペーパーとスコップを持っていた。

「これはいったい……」

「先回りされたようね」

「しかし、どうやって？　向こう側から登ってきても、こんなに早くここまで来られるわけないはずだ」

高沢がいうので、静奈は小さくかぶりを振る。

「さっきから何度か、ヘリの音がしていたでしょ」

そのとたん、高沢がハッと目を大きくした。

「相手は得体の知れない組織だし、バックには巨大な権力がついてることを忘れないで。あなたを始末するためなら、この山全域を封鎖しかねないわ」

大柴は、まださっきのままの恰好で硬直していた。

静奈はその頬を軽く叩いた。

「さっさと出発するわよ。今日のうちに山を下りなきゃ」
二、三度、目をしばたたき、ようやく大柴が我に返った。

5

鉄製の橋が何カ所か続いた。

それを三人と一頭が渡る。みんな無言のままだった。

途中で足を止めて振り返ると、彼らが伝って来た尾根が見下ろせた。白いガスが綿《わた》埃《ほこり》のように斜面に纏《まと》わりついている。そのガスの合間、笹藪の中を縫ってうねる細い登山道を、何人かがこっちに向かっているのが確認できた。

静奈はザックを下ろして、ツァイスの小型双眼鏡を取り出し、目に当てた。

数えると、六人いた。

カラフルな登山服で、いかにもといったハイカー姿だが、やけに足が速い。トレイルランナーかと思ったが、それにしては荷物が大きい。そのパーティの二百メートルばかり後ろに、さらに数名の姿が見える。同じような感じでこちらに向かっていた。

将監峠下でスタックしていたというＳＵＶの連中に違いない。

もう追いついてきたのだ。

「どうした」と、大柴が訊いた。

「追手が来るわ。十人以上。かなり足が速い」

そう答えた静奈は、双眼鏡をストラップで首から吊すと、素早くザックを背負った。

「急ぎましょう」

ストラップを締め付け、バロンとともに歩き出す。大柴たちが追った。


〈北天のタル〉と標識に書かれた分岐点に到達する。

右のルートを選べば三条の湯という山小屋を経由し、後山林道伝いに南へ下り、奥多摩湖の上流に出る。静奈はスマートフォンに表示した地図を見ながら考える。

しかしこの様子なら、奴らはほとんどの登山口に要員を配置しているはずだ。

やはりむりにでも雲取山を越えて鴨沢登山口まで行くしかない。そこで阿佐ヶ谷署の真鍋と合流できるはず。彼は地検特捜部にも連絡をしているはずだから、奴らがおいそれと手出しをすることはできないだろう。

分岐点を越えてさらに北東に延びる尾根を辿った。

たびたび背後を見る。双眼鏡で見ると、追手の姿がかなり近づいていた。森の合間をカラフルな服がいくつか動いている。さっきの半分ぐらいまで距離を縮められている。

静奈ひとりなら容易に振り切れるが、大柴たちがいると不可能だ。いくら急がせてもじきに追いつかれるだろうし、むりをすれば事故だって起こりかねない。


次に現れた橋はかなり長かった。

しかも急傾斜に落ちた草付きの斜面に差し渡されている。十数メートル下は谷底だ。

静奈はその手前で足を止めた。バロンが真横にしゃんと停座する。

「ふたりとも、先に行ってて」

「どうするんだ」

そう、高沢が訊いてきた。

「ここで奴らを食い止める。そうしなきゃ、すぐに追いつかれるわ」

「無茶だ」

大柴が彼女を見つめていう。「いくらあんたが強くたって、相手は武装したプロだ」

「考えがあるの」

静奈はむりに笑ってみせた。「この先に狼平っていう場所がある。標識が立っているはずだから、そこで待ってて。私以外の登山者が来たら、隠れてやり過ごすのよ」

「しかしな――」

静奈は大柴の口を押さえた。

「つべこべいってる時間はないの。これ、持っていって」

奴らから奪ったふたつの拳銃のうち、一挺を大柴に渡した。

「いざとなったら遠慮なく使うのよ」

途惑った顔でそれを受け取る大柴に、笑っていった。「あなた、意外にいい腕してる」

「俺が？」

静奈はうなずいた。


ふたりが危なげに長い橋を渡り終えると、静奈とバロンは彼らのあとを追った。

橋の反対側に到達すると、犬を待たせ、ザックからザイルを引っ張り出した。

少し離れた登山路からふたりがまだこちらを見ているので、「早く行け」と手で合図をする。彼らの姿が木立の向こうに消えたのを確認し、束ねていたザイルをほどいた。

傍らの岩壁のクラックにカムデバイスを差し込んで固定し、アンカーを三カ所ほど構築する。それぞれにカラビナをかけ、ザイルをクリップする。自分のハーネスにクイックドローなどのラペリングツールを装着し、クリップしてから、ザイルの末端を橋の上から崖下に落とした。

一連の作業を、バロンが長い舌を垂らして見ている。

静奈は草付きの急斜面を懸垂下降した。橋のすぐ下まで降りると、岩場を見つけてビレイポイント（確保点）を築く。それから腰のベルトにつけていたホルダーから、レザーマンのマルチツールを取り出す。ナイフやノコギリといろいろついているが、本体を左右に開くとペンチになる。

橋の基礎部分は工事現場でよく見る単管で作られている。それがいくつかのクランプで組み合わされている。そのクランプのネジをペンチでゆるめてゆく。

ひとつの橋桁をゆるめ終えると、水平移動してまた確保し、次の橋桁の分解に移る。

四ヶ所ばかり支柱のクランプを外したとき、突然、橋本体が落ちそうになって焦った。

それを何とか力任せに戻し、外れかかった単管をクランプにはめ込んでおく。

崖下に落としていたザイルを引っ張りながら束ねていき、突端を摑《つか》んで橋脚のひとつに頑丈に括《くく》りつけた。

作業が終わると、レザーマンのツールをたたみ、ホルダーに戻した。

両手の指や甲は岩に擦《こす》れたり、金具で切ったりして、すでに傷だらけである。左の掌《てのひら》は岩角でザックリと切って、まだ出血が続いているが、仕方がない。

橋の下に構築していたビレイ（自己確保）をひとつずつ解除する。橋そのものに触れないようにすべてを回収すると、慎重にザイルを摑み、斜面を伝って登った。

回収したザイルをトレイルの脇に生えるクマ笹の繁みに隠しながら延ばしてゆく。

そのとき、足音が聞こえて、静奈はハッと顔を上げた。

大きくカーブする笹藪の登山路の向こうから、男たちがやってくるのが見えた。

静奈はすっくと立ち上がった。

向こうもこちらの姿を認めたらしく、そろって足が速くなる。

双眼鏡で確認したとおり、全部で六人。いずれも屈強な躰をしているのがわかる。

大きなザックを背負い、かなり俊足で走ってくる。その足音が重なって聞こえた。

——あそこにいるぞ！

男の声が聞こえた。

バロンが吼えた。

一回。二回。

その声に反応するように、男たちがさらに足早になって向かってくる。

崖に渡された橋にさしかかった。スチール製の踏み板を登山靴で鳴らしながら、どんどんとこちらに近づいてくる。何人かがすでに手に拳銃を握っているのが見えた。

六人全員が橋を渡り、中央付近にさしかかった。

静奈は素早く身をかがめ、足許のザイルを両手で摑んだ。中腰になって、それを力いっぱい引いた。ザイルがピンと一直線に張った。

先頭の男が立ち止まった。

静奈の意図に気づいたらしい。驚愕《きょうがく》に目を見開いている。後続の男たちも、そこで足を止めた。

「悪いわね」

静奈は微笑《ほほえ》みながらいった。「あなたたちのルートはここが終点よ」

さらにザイルを強く引っ張る。

グラッと橋がたわんだ。男たちがあわてて逃げ戻ろうとする。

しかし橋脚がいっせいにずれて、橋の本体が谷に向かって傾斜した。

まずふたりが落ちた。

続いて三名。

急斜面を転げ落ちながら、谷底に向かって転落していく。

かろうじて踏みとどまっていた最後のひとり。

真っ青な顔をして静奈を見つめている。

「貴様——！」

怒鳴り声が聞こえた。

右手に握った拳銃を静奈に向けようとしたとき、足場が崩壊した。

男は虚空に投げ出された。

魂消る表情を顔に張り付かせ、奈落の底へと落ちてゆく。


静奈はようやくザイルを離した。

その場に膝を落とし、両手を突いた。

橋は完全に崩落している。あとに続いていた数名も、この難所を越えることはできないだろう。大きく回り込むとしても、かなりの時間のロスになるはずだ。

それにしても——。

静奈は彼らが落ちていった急斜面を見下ろす。

十数メートル下の谷底で、男たちが苦しげにうごめいていた。おそらく全員が骨折などの重傷だろう。

人の命を助ける救助隊員が、いくら身を守るためとはいえ何ということを。

そう思って静奈は歯を食いしばった。

胸の奥から何かが強烈にこみ上げてきた。

しかし、彼らをここで止めなければ、大柴と高沢の命はない。そして自分も。

これも人を守るということではないのか。

ゆっくりと顔を上げた。

バロンが心配そうな顔をして彼女を見つめている。

静奈は思わずその首に手を回し、バロンの顔に頬を押しつけていた。

6

狼平はだだっ広く開けた場所だった。

笹原の合間にスギゴケがびっしりと群生している。湿地帯のように見えるがそうではない。周囲をダケカンバの林が取り巻いている。白っぽい幹の間を、ガスが幽霊のように蠢きながらゆっくりと流れている。

大柴は標識柱の近くに高沢といっしょに立っていた。

彼女以外の人間が来たらやり過ごせと静奈にいわれたが、こんなに開けた場所だとは思わなかった。これでは隠れるもなにもない。

頭上の空は一面の灰色だった。

雲ではなく霧である。山ではガスと呼ぶらしい。

ときおりそれが流れて青空が覗く。日差しが洩れて草叢《くさむら》にスポットライトのように光が当たることもあるが、すぐにまた空が灰色に閉ざされてしまう。

大柴はそんな山の神秘に見とれていた。

「彼女、来ないな」

傍らに立っている高沢がかすれた声でいった。

自分たちがたどってきた道を見つめる。さっきから、何度、そこを見ているだろう。

「きっと来るよ。だから待ってる」

追手は十人以上いると静奈はいった。

それをひとりで相手にできるわけがない。いくら空手の達人でも。相手もプロだし、銃器を所持しているのだから。きっと自分を捨て駒にして、俺たちを逃してくれたのだ。

そう思っても、心のどこかで信じたかった。

「行こう。ここにいたら、俺たちはどんどん不利になるだけだ」

「しかしな……」

つぶやきながら大柴は見た。

開けた草叢の上をガスが流れている。

そのガスの中に黒い影が見えた気がして、彼はぎょっとした。

奴らが追いついてきたのか。

だとしたら、神崎静奈の死は確実ということになる。

「おい」

高沢の声。

大柴も気づいた。

ガスの中から、チェックの登山服姿の女性がザックを背負って出現した。

傍らにいる焦茶色のジャーマン・シェパード。

豁然《かつぜん》と犬が吼えた。

二度、三度、吼えてから走ってきた。笹藪の中を突っ切り、大柴のところまでやってきた。大きく尻尾《しっぽ》を振っているのを思わず抱きしめた。熱く湿った舌で顔を舐められたがかまわなかった。

静奈が走ってきた。

「ステイ！」

鋭い声符でバロンがさっと停座した。

犬の涎《よだれ》で濡れた顔を手で拭いながら、大柴は彼女を見つめた。

「まさか……あいつらをやっつけたのか？」

高沢がそう訊いた。

静奈がうなずく。

さすがに疲れ切った表情だったが、凜《りん》とした雰囲気はいささかも変わらない。

「橋を落としたの。だから後続の奴らは当分、追いつけない。でも、急がないと」

大柴はガスが這っていく草原を見た。

「わかった」

静奈がトレイルを歩き出す。バロンが続く。

大柴は高沢の顔を見てから、ふたりで彼女のあとを追いかけた。

7

木立の間を白いガスが紗幕となって流れていた。しかし頭上は青空が覗いていて、日差しは眩《まぶ》しいぐらいだ。

静奈とバロンを先頭にふたりの男たちが黙々と歩く。

ふいにどこか近くから、短い口笛のような声がした。

背後の大柴が緊張した顔で足を止めた。

静奈が向き直る。

「大丈夫。あれはシカよ」

前方を指差し教えた。シラビソの木立の合間を、三頭のシカが駆けていた。

北岳を始めとする南アルプス一帯では、シカによる高山植物などの食害が問題視されているが、こうして霧の中を走るシカたちを見ていると、実に幻想的な光景に思える。

「不吉だな」

後ろにいる大柴がいうので、静奈はまた振り向いた。

「どうして？」

「奴らに車で追われているとき、道路を横断中のシカにぶつかりそうになったんだ。それで、あの崖から転落した」

「そうだったの」

「どうも、シカとは相性が悪いような気がする」

大柴のその声に重なって、遠く、かすかに重低音が聞こえた。

静奈は緊張して、音のほうに目をやる。

ヘリの爆音だった。

麓《ふもと》から立ち昇ってくるガスで視界は閉ざされている。それなのに、ヘリの音はだんだんとこちらに近づいているようだ。

しかし音の来る方角がわからない。

開けた原野だからだろうか。それとも濃密なガスが音を拡散してしまうのか。

「さっき前から来た刺客たちはヘリでやってきた。たしか、あんたはそういったよな」

大柴の声が緊張の色を帯びていた。静奈はうなずいた。

ヘリの爆音が急に高まった。三人がいっせいに振り向く。

「あそこだ！」

高沢が指さした。

ガスの切れ間から黒っぽい機体がぬっと姿を現した。

木立の向こうに真下から上昇してきたヘリコプターが、機体側面をこちらに向けて空中静止していた。

アグスタA109。各地の県警ヘリや防災ヘリで使われている機種だが、この機体は真っ黒に塗られていた。高沢たちを執拗《しつよう》に追跡していた黒塗りの車を思い出す。

側面のドアがスライドで全開放されているのに、静奈は気づいた。

迷彩服の男が銃座に固定した機関銃をかまえていた。

その瞬間、すべてがスローモーションになったように思えた。

「逃げるのよ！」

静奈の絶叫。

直後に銃声が轟《とどろ》いた。間近に落雷したような、すさまじい音とともに、静奈のすぐ左の地面が爆発した。銃弾は雨のように降ってきて、彼らのすぐ足許の地面をえぐり、土塊《つちくれ》を撒《ま》き散らし、岩石を砕いた。

飛び散った石塊が静奈の右頬を切り裂いた。

バロンが底力のある声で吼えた。

全員が走った。すぐ右手にあるダケカンバの林を目指した。

ふたたび銃撃が来た。

ヘリ側面のキャビンに青白い銃火が瞬き、大きな空薬莢《からやっきょう》が空中に散乱している。

林に飛び込んだとたん、すぐ右の梢《こずえ》が砕け散り、葉叢が千々に粉砕された。太い幹に銃弾がめり込む異様な音が続き、細い立木は薙《な》ぎ払われて次々と倒れてゆく。

苔むした斜面に岩がいくつか重なっている場所を見つけた。静奈が指差すと、大柴が走る方向を変えて、そこを目指す。続いて高沢。静奈とバロンが追った。

銃撃の死角になったらしく、ヘリがゆっくりと機体を旋回させていた。ふたたび彼らのほうに側面を向けたとたん、大口径の機関銃がフルオートマチックの連続射撃音を放った。

銃弾が嵐のように押し寄せてきたが、静奈たちは一瞬早く、岩陰に身を伏せていた。

大きな岩塊が無数の銃弾にえぐられて鋭い異音を発した。

苔むしたところに必死に伏せる静奈たちの頭上を、不気味な唸りを上げて跳弾が飛んでいった。

それきり銃声が途絶えた。

不気味なヘリのローター音だけが近くに聞こえる。

大柴も高沢も、真っ青な顔をしている。

静奈の傍らではバロンが目を剝《む》いて、耳を伏せていた。その頭に手をかけて、静奈はゆっくりとさすった。バロンは長い舌を垂らし、ハッハッと息をしながら、横目でハンドラーの静奈を見た。

気高いシェパードのバロンも、さすがに怖いのだ。

しかし怖さをハンドラーに向かって訴えられない。そこがバロンらしいと静奈は思う。

「大丈夫。私があなたを守る」

そういって彼女はまたバロンの耳の後ろを撫でた。

相棒が目を細めた。

大柴が右手に拳銃を握っているのに気づいた。

神妙な顔で木立の向こうをにらんでいる。

「それ、どうするつもり？」

彼はちらと静奈を見てからいった。「やられっぱなしはいやだからな」

「そんなちっぽけな拳銃でヘリを落とせるはずないわ」

「後ろのプロペラを狙えばバランスを失って落ちる。映画で観たことがある」

静奈が顔をしかめた。

「いくらなんでも拳銃弾じゃむり。だいいち、当てる自信があるの？」

大柴が顔を歪《ゆが》め、片手で無精髭を撫でた。

「いや……ない」

そのとき、ふいに風が吹き、ガスが流れた。

木立の間を真っ白なカーテンが漂いながら移動していく。

見ればさっきまでヘリが滞空していた辺りが、ホワイトアウトのように真っ白な闇に閉ざされていた。それどころか、周囲三百六十度、すべてがガスに閉ざされていた。

色が抜けたように白い空間に立木のシルエットだけが滲むように並んでいる。

「神崎巡査」

大柴が隣から声をかけた。「これなら、奴らから俺たちが見えないよな？」

静奈がうなずく。

それどころか、飛行そのものが危なくなる。

ガスに視界が閉ざされたら、稜線や山腹付近に機体を近づけるような滞空飛行は自殺行為だ。本来ならば、こんな気象状況で山にヘリで接近すること自体、危険な行為だった。すみやかに高空に離脱しなければならない。

ヘリの爆音とブレードスラップ音は、遠からぬ場所から聞こえるが、さすがに接近してくる気配がない。

「今のうちに移動しましょう」

そういって静奈は身を起こした。

バロンの背中を軽く叩き、全員で立ち上がる。

濃密なガスの中、木立を縫うようにみんなで走った。

8

狼平から延びる稜線を伝って、三条ダルミと呼ばれる場所まで三人と一頭は一気に走った。ガスはどんどん濃くなっていったが、さいわい静奈のスマートフォンにはＧＰＳ機能がついていて、アプリの山岳地図と連動している。

ただし電話のアンテナマークは相変わらず圏外だ。

視界はホワイトアウトのように閉ざされている。しかしスマートフォンで自分の位置特定をして、どの方角に行けばいいかは容易にわかった。

トレイルは広い尾根を這うように伝い、どこまでも延びていた。濃密なガスの中に、カラマツやダケカンバの木立がおぼろげな青いシルエットになっている。

ヘリの音は聞こえなくなっていた。

重苦しいほどの静寂が、山を包み込んでいる。

それなのに稜線のトレースを踏み続ける静奈の耳には、最前の銃撃の音が耳鳴りをともなって残っていた。いつまた襲撃されるかという恐怖。おそらくこの先、ずっとトラウマのように心に残るだろうと思う。

静奈の腰のハーネスと繋がったバロンのリードが一直線に伸びている。

今や彼女のシェパードが先導である。

地鼻を使って匂いを嗅《か》ぎ、濃密な霧の中で登山道を正確に察知して、静奈たちを誘導してくれる。この能力こそは、まさに山岳救助犬の真骨頂といえる。

後続のふたりも順調に歩いている。

まさに山馴れしたのだと思った。あるいは襲撃に次ぐ襲撃で、アドレナリンが増幅されているのかもしれない。

少し行くと、左に逸れる分岐点があった。しかし、そっちはロープが渡され、立入禁止の標識があった。もともと雲取山方面に近道するための旧道らしいが、何かの理由で廃道になったのだろう。

バロンもまっすぐに行くよう静奈を引っ張っている。

そこから先は笹に覆われた尾根となり、道も急峻になってきた。

やがて前方のザレ場の先に、赤い屋根が見えてくる。

雲取山頂避難小屋だ。

山頂直下にポツンという感じで立っている。その小屋の背後に彼らはいた。

周囲は相変わらず濃密なガスだが、レンガ色の屋根だけはくっきりと浮き出すように見える。

静奈が立ち止まり、振り向いた。

「ここからはもう東京都よ。あとは下山するだけ」

彼女の声に大柴と高沢がホッとした表情になる。

腕時計を見る。すでに午後三時近くになっている。ここまで来るのに、えらく時間がかかってしまったが仕方ない。何よりも全員の無事が大事だった。

「ここから麓までどれぐらいの時間だ?」

大柴に訊かれ、静奈はスマートフォンをポケットから出し、地図を表示する。

「一般の脚力なら三時間半ぐらいかな」

「まだ、そんなにかかるのか」

大柴がガッカリしたようにいった。

「あなたたちなら、もうちょっとかかるわね」

そういって静奈が笑う。

「だが、下りだから登りよりは楽だろうな」

そういったのは高沢だった。「早足で下りれば時間が稼げるんじゃないか」

「いいえ。登山は下りのほうが危ないの。事故はたいてい下山中に発生するのよ」

静奈はスマートフォンをポケットにしまった。「とにかく、ゆっくりでいいから慎重に。ヘッドランプもあるから、日が暮れても大丈夫だからね」


避難小屋に向かった。

本当はすぐにでも下山にかかりたかったが、わずかでも休憩時間がほしかったし、阿佐ヶ谷署の真鍋に連絡を入れる必要があった。ここなら携帯の電波もバッチリ入る。

小屋の正面に彼らは回り込んだ。

丸太を組んで造られた小さな小屋だった。入口の軒が深く、その奥に扉が見える。

静奈がふと立ち止まる。

「おい。まさか?」

横並びになって大柴が小声でいう。

「気をつけたほうがいいわ。刺客はまだいるかも」

「追手の道はあんたが断ち切ったし、前から来たさっきの四人だって――」

「さっきのヘリで運ばれたとしたら、四人ではすまない。あのアグスタの機体は八名ほど収容できるの」

「八名……」

大柴が言葉を失った。

「でも、大丈夫みたいね」そういって静奈が笑う。「バロンが反応しないから」

「あんときも思ったが、どうして犬にわかるんだ」

「犬がみんなってわけじゃない。でも、ある種の犬には殺気みたいなものが嗅ぎ取れるんだと思う」

もちろん、そんなことをバロンに仕込んだことはない。

しかしふつうに庭先で飼われている犬が、猟師が通りかかったら、突然、吼え始めることがある。他の人間には吼えないのに、犬は何かを嗅ぎ分けるのである。

「行きましょう」

そういって静奈は歩き出す。彼女のシェパードが続く。

大柴は高沢と目を合わせたが、黙って続いた。

入口に立つと、扉に手をかけた。慎重にそれを開く。

バロンとともに小屋の中に入ると、土間があって、その左は板張りの大きな床になっていた。土間に登山靴がふたりぶん。大型ザックがふたつ転がっている。

板張りの床に男がふたり、座り込んでいる。彼ら以外に登山者はいなかった。

肩越しに振り向き、外にいる大柴たちにいった。

「大丈夫そうだけど、中に入る？」

ふたりは出入口の軒下、壁際に造られたベンチに、すでに並んで座っていた。

「いいよ。俺たちはここで休んでるから」

疲れ切った表情で高沢がそういった。大柴も無精髭の顔をしきりと掌で擦っている。

「そう」

向き直った静奈は、慎重に土間に足を踏み入れる。

床に座るふたりに「こんにちは」と声をかけた。彼らも座ったまま振り向き、挨拶を返してきた。

どちらも四十代ぐらい。ひとりはチェックの登山シャツ。眼鏡をかけていて七三分け。もうひとりは水色の速乾ウェアで、濃い髭を生やし、黄色のバンダナを頭に巻いている。

静奈の隣にいる大きなシェパードを見て驚いていたが、犬がおとなしいことにすぐ気づいたようだ。

「こちらにお泊まりですか?」

静奈が訊くと、眼鏡の男がまた顔を向ける。

「今日は下の奥多摩小屋で宿泊して、明日の下山予定だったんです。ところが、今年の三月で閉鎖になっていて、もうじき取り壊しになるって看板がかかってたから、仕方なく、ここまで戻ってきたんですよ。おまけに途中で相棒が足をくじいちゃってね。踏んだり蹴ったりです」

髭の男が左足をさすっているのに気づいた。

静奈はバロンに「ステイ」の声符をかけ、ザックを土間に下ろし、板張りの床に上がり込んだ。

「ちょっと拝見」

男の踝《くるぶし》辺りを触ってみた。靴下の中で、少し腫れているようだ。

「捻挫《ねんざ》されてますね」

「そうですか」

髭面の男が悲しげな顔になった。

「明日になって、これ以上、腫れていなかったら自力歩行ができると思うから、ゆっくりとおふたりで下山してください」

　そういいながらザックの中からスタッフサックを出し、湿布を取り出して男の腫れた足に貼り付けた。残りの湿布を渡した。

「これ、使ってくださいね」

「ありがとうございます」

　髭面の男が頭を掻《か》きながらそれを受け取り、礼をいう。

「ところでさっき、西側のほうから銃声みたいなものが聞こえたんですが、ハンターでも入ってるんですかね」

　眼鏡の男性が少し不安そうな顔でいった。

　静奈は窓の外を見た。依然として小屋の周囲はガスに覆われ、視界不良だ。

　あのヘリコプターがまた襲撃してこないともかぎらないが、このガスならさすがに大丈夫だろうと思った。

「今は猟期じゃないけど、市町村の依頼で猟友会が駆除でもやってるのかもしれませんね」

「そうですか」

　男がホッとした顔になった。

大柴と高沢は入口脇にあるベンチに座っていた。どちらもうとうとしているようだ。

「真鍋さんに連絡をとってみる。大柴さんは？」

彼が薄目を開けた。

「俺はいいよ。しばらくここで休んでる。ナベさんによろしく伝えてくれ」

静奈はうなずき、小屋から少し離れた場所でスマートフォンをまた取り出した。

登録していた真鍋の携帯番号にかけた。

9

ポケットの中でスマートフォンが震えた。

真鍋はあわててそれを取り出す。液晶に《神崎静奈》の名を見つけた。

すぐに耳に当てた。

「もしもし、真鍋です」

――こちら神崎。今、雲取山です。

「みなさん、ご無事ですか」

――満身創痍《そうい》だけど、何とか生きてるって感じです。

「ついさっき、雲取山付近の山腹に所属不明のヘリコプターが墜落したという連絡がありました。たまたま近くにいた登山者が見て、無線を経由して地元警察に通報が入ったそうです」

――そう。それは助かったわ。

「助かったって……まさか？」

――ヘリから銃撃されたばかりなの。ガスにまぎれて逃げられたんだけど、きっと奴らのヘリパイが山の飛行に不馴れだったのね。

真鍋はあっけにとられながら、静奈の話を聞いていた。

――ところで真鍋さん。私たちの行動を他の誰かに？

だしぬけにいわれて、少し狼狽えた。

「あ。えっと……地検特捜部のほうには伝えましたが」

――地検の他には誰にもいってない？

「もちろんです」

しばし、沈黙があった。

「どうしました」

——いいの。予定通り、これから七ツ石山経由で鴨沢まで下ります。よろしく。

プッツリと通話が切れた。

真鍋はしばしスマートフォンの液晶を見つめていたが、仕方なくそれをしまった。

「どうでしたか？」

車の助手席から長谷部が振り向いた。

後部座席に座る真鍋は気まずい顔をしたが、むりに作り笑いを浮かべた。

「いや。何でもないんです。あちらはすべて順調のようです」

「それは良かった」

長谷部がまた前を向いた。

運転席にいる大河内がウインドウをわずかに下ろした。都会の熱気が排ガスの臭《にお》いとともに、窓の隙間《すきま》からスカイラインの車内に入ってきた。

「今日は暑すぎるな」

そうつぶやくと、大河内はウインドウを閉め、カーエアコンを少し強めた。

彼らは青梅街道を西に向かっていた。

地検特捜部の車は三台。他にトヨタ・レクサスと日産シーマが一台ずつ。どちらも地味な灰色のボディだ。

保谷から田無に入ったばかりである。二車線の下り道路は渋滞していて、車がびっしりと詰まっていた。

フロントガラスの向こうにはブレーキランプを赤く光らせた車列が、ずっと向こうまで続いている。

「この調子じゃ、奥多摩湖の先の登山口まで行くのに二時間は必要ですね」

助手席の長谷部の声が少し苛立《いらだ》っていた。

「彼らが麓に下りてくるまで、もっとかかるから大丈夫ですよ」

そういってから、真鍋はふっと得体の知れない不安に駆られた。

10

避難小屋を出て、静奈たちは下山路を歩いた。

ガスは相変わらず濃いが、ときおり風が尾根を抜けて、白い奔流が目の前を右から左へとすさまじい速さで移動する。そうかと思えば、ふっといたずらに頭上のガスが切れて、つかの間の青空が覗くこともあった。

カラマツ林がザワザワと不吉な音を立てて、いっせいに揺れている。

およそ二十分で小雲取山のピークに到着した。

ここは雲取山の肩にあたる場所で、ダケカンバの林に囲まれてところどころが笹藪になっている。道標はあるがベンチなどの休憩場所もないため、静奈たちはそのまま通過する。

ふたたび歩き出してから、敵はおろか、他の登山者にはまったく出会わなかった。午後遅くなったこの時間、本来ならほとんどのハイカーがすでに目的地に着いたり、下山をすませている時刻だからだろう。

しかし静奈は気を抜かない。

いつどこから刺客が現れるかわからないため、常に周囲に目を配る。

敵から奪った拳銃はズボンのポケットにある。できればこんなものを使いたくないが、相手が武装している以上、仕方ないと思う。

大柴たちは疲れ切っていたが、やはり下りなのでバテはない。

荷物もない空身なので、膝に来ることもなさそうだ。

背後からふたりの会話が聞こえていた。

「地検にあんたの身柄を引き渡せたら、俺の仕事は終わりだ。だが、そっちはまだまだこれからだな」

「うまくことが運ぶとは思ってないよ。何しろ相手が相手だけに、地検も慎重なはずだからな」

「証人としてのあんたの保護には努めてくれるはずだ」

「ならいいが」

しばし間を置いてから、高沢がいった。

「本当はまだ迷ってる。やっぱりむりにでも妹に会っておくべきだったかもしれない。どうせ同じ命を落とすなら、せめてひと目でもいいからあいつを見たかった」

「抜かすんじゃないよ。これまでしぶとく生きてきたんじゃないか」

高沢は答えなかった。

静奈の背後から、ふたりの足音だけが聞こえている。


道がなだらかになり、しばらく続く。

ふいに右手の木立の下に、レンガ色のトタン屋根が見えた。そこから突き出した細い煙突から煙がたなびいている。

奥多摩小屋だった。

静奈はいったん足を止め、地図アプリでそれを確認する。

「ここで小休止するわ。真鍋さんにもまた連絡を入れなきゃ」

そういってバロンとともに小屋に向かう。

大柴たちが続く。

粗末な木造平屋造りの小屋で、窓のような開口部がほとんどない。中はさぞかし暗いだろうと思われた。

入口付近に青いドラム缶がいくつか置かれ、そのうちのひとつに四十リットルぐらいのザックが立てかけてあった。

ふと静奈が足を止めた。

大柴が彼女の背中にぶつかりそうになる。

「どうした？」

静奈は眉根を寄せて、その小屋を凝視していた。

「さっき、避難小屋で遭ったふたり組のひとりがいってたの。この小屋は取り壊しが決まって、今年の三月で閉鎖されたって——」

大柴が黙った。

煙突からたなびく煙を静奈は見つめる。

ザックのストラップをゆるめ、バックルをひとつずつ外していく。最後にウエストベルトのバックルを外し、重たいザックを足許に落とした。

そのとき、彼女の傍らでバロンが唸った。

野太い声で吼えた。

しかしバロンが見ているのは小屋ではない。静奈たちの背後だ。

ハッと振り返ると、ダケカンバの木立の間から、カラフルな登山服を着た長身の男がひとり、ゆっくりと姿を現した。

右手に黒い拳銃が握られている。

とっさに大柴がズボンのポケットに手を入れた。静奈が腕を摑んだ。

「下手《へた》に動かないほうがいい。相手はプロだし、抵抗したら撃たれるだけよ」

いわれて大柴が固まった。

隣で高沢が真っ青な顔をして相手を凝視している。

「銃を捨てろ」

その男がいった。

大柴が仕方なく、拳銃を落とした。

「そっちの女。お前もだ。そのポケットの膨らみは拳銃だろう?」

静奈は仕方なくズボンのポケットからそれをゆっくり抜くと、近くに放った。

小屋の扉が軋《きし》んだ。

静奈たちが向き直ると、開いたそこから姿を現したのは、赤いダウンベストを着た大柄な男だった。

「さんざん手間を取らせてくれたな」

ダウンベストの男がそういった。

「まさかこんなところであんたに会えるとはな、東原さん」

大柴の声を聞いて、静奈が驚く。

「いや。東原っていうのは当然、偽名だろうな。それに南アルプス署刑事課の警部補でもない。あんたは〈キク〉っていう秘密公安組織の人間だ」

東原——そういわれた男は無表情のまま、うなずいた。

「元警察官だか自衛官だか知らんが、察するところ、さぞかし輝ける経歴の持ち主だったんじゃないか。それが今は悪徳政治家の汚職の尻ぬぐいをやらされて、天下りでもねえ、ただの薄汚い殺し屋に成り下がっちまった。何が目当てだよ。金か？」

東原はそのとき初めて、フッと笑った。

「職務だよ」

彼はそういった。「君らが警察官であるように、これが私の仕事なんだ」

「何を抜かしやがる。そんな職業、家族の前で胸を張って堂々といえるのか？」

「家族はとっくにいなくなった。辻褄《つじつま》合わせが必要だったのだ」

その意味を悟って、静奈が無意識に拳を握った。

「まさか、あなたが殺したの？」

すると東原はいった。「それが組織に入る条件だった」

静奈の拳が震えた。

バロンが傍らで唸った。

ふいにまた吼え始めた。二度、三度と大きく野太い声でシェパードが咆吼した。

静奈の怒りが犬に伝わったのである。

「そのクソ犬を黙らせろ」

後ろに立っている長身の男が苛立たしげにいった。

しかし静奈は何もせず、肩越しに男を振り返っていた。

「舐めやがって」

男が拳銃をバロンに向けたとき、静奈が叫んだ。

「バロン、ＧＯ！」

静奈の声とともに、シェパードが彼女が指差す方向に疾走した。

長身の男が拳銃を両手で握り直し、真横に走るバロンを狙った。しかし撃つ者から見て利き手側に横移動する標的は狙いにくいものだ。

男が撃った。

銃弾はバロンを大きく逸れた。

二発目が放たれる前に、静奈は走っていた。

男がギョッとして振り向く。その銃口が彼女をポイントする直前、静奈は相手の右手首を左手で摑み、右猿臂を叩きつけて男の肘《ひじ》を折った。

骨が砕ける異音。男が苦悶の声を放ち、拳銃を落とした。

それをすかさず脇に蹴飛ばし、相手の頭を摑んで引き寄せながら、右膝を突き上げて顔面を砕いた。反動でのけぞった男が、吹っ飛ぶように背中から地面に叩きつけられる。

それきり男は動かない。

「危ない！」

高沢の声がして、静奈が向き直る。

小屋の前に立っていた東原が、いつの間にか右手に拳銃を持っていた。

小さな銀色のリボルバー。銃口がまっすぐ静奈に向けられている。

鋭い銃声と同時に、彼女の前、横合いから飛び込んだ誰かの躰があった。

静奈が悲鳴を放った。

銃弾を躰の正面に食らった大柴がよろよろと後退《あとずさ》り、静奈にもたれかかってきた。

それを背後から抱きとった。

ハッと右手を見る。掌が真っ赤になっている。

「いいかげんにあきらめたらどうだ」

東原がいいながら、拳銃をまっすぐかざして歩いてきた。

静奈はぐったりとなった大柴を強く抱きしめたまま、彼をにらみつけた。

突如、高沢が動いた。

静奈の視界の隅で、地面に落ちていた自動拳銃を拾うのが見えた。

「無駄なことを」

東原がいいながら、銃口を高沢に向けた。

高沢が凍りついた。

右手から拳銃を落とし、ゆっくりと顔を上げて東原を見た。

「これでようやく仕事が終わる。どうせ、もともと死んでたお前だ。とっとと消えてもらうよ」

そういって拇指《おやゆび》で撃鉄を起こした。

シリンダーが回転するのが見えた。

そのとたん、勢いよく走ってきたバロンが地を蹴ってジャンプし、東原の利き腕に咬《か》み付いた。ジャーマン・シェパードの大きな牙を突き立てられて、東原が目を剝き、口を開いた。

絶叫がほとばしった。

その手から、拳銃がポロリと落ちた。

バロンはくわえた腕を離さなかった。長いマズル（口吻）いっぱいに険悪な皺《しわ》が刻まれている。怒りの表情である。

東原は前のめりになりながら、左手でシェパードの耳を摑んだ。必死に引きはがそうとしている。

ほとばしった鮮血が足許に落ちるのが見えた。

静奈は大柴の躰を仰向けにそっと横たえた。そしてまっすぐ背筋を伸ばし、足を踏み出した。バロンと格闘している東原の前に立ち止まる。

「バロン。グッド！」

静奈の声とともに、シェパードが血まみれの腕から口を離した。

東原がゆっくりと上体を起こした。血走った目が間近から彼女を見据える。

静奈が拳を固めた。怒りに震えていた。

奥歯を噛みしめ、口を強く引き結ぶ。

東原も真っ赤に充血した双眸《そうぼう》で静奈をにらみつけてきた。

「ここで任務に失敗したら、あなたもきっと誰かに消されるんでしょうね。だけど――」

静奈がすっと目を細めた。「私はあなたを許さない」

東原が歯を剝き出し、向かってきた。左手を伸ばして摑みかかろうとしていた。

静奈が素早く反転した。ポニーテイルの髪が躍った。

長い足が一陣の風となった。

まっすぐ伸ばした東原の腕をかわし、曲線を描いて高い位置まで上がったその踵《かかと》が、彼のこめかみを激しく打ち据えた。東原が真横に吹っ飛んだ。

静奈が足を下ろすと、相手は俯《うつぶ》せに地面に突っ込んだまま、動かなかった。

息をはずませ、肩を上下させていた静奈が、ゆっくりと拳をほどいた。

大柴は地面に仰向けになって、胸をかすかに上下させていた。意識があるのか薄目を開いている。

その傍らに膝を突いた。

高沢もやってきた。

「大柴は……」

静奈は彼の登山シャツのボタンを外す。銃創を調べた。

「大丈夫。弾丸は右鎖骨の辺りから背中に抜けてる。急所は外れているわ。動脈も破断していない。これから止血措置をするから手伝ってもらえる？」

高沢は青ざめた顔のままうなずいた。

「大柴さん。大丈夫？」

訊《たず》ねてみると、彼はかすかに眉根を寄せた。

「俺は撃たれたんだな？」

かすれた声だった。

「なんて莫迦なことを……」そういって、静奈は涙ぐみ、口許を手で覆った。

「あんたを守れて嬉しいよ」

大柴はそういってかすかに笑う。「しかし意外に痛くないんだな」

「深い傷は神経が麻痺《まひ》するから痛まなかったりするけど、そのうちぶり返してくるわ」

「嫌なことをいってくれるぜ」

そういって、大柴はつらそうにまた笑った。

転がっていた彼女のザックから、救急用具を取り出す。

鎖骨付近。そして背中側から弾丸が抜けた孔。二カ所の銃創にガーゼをあてがい、圧迫止血をする。

「ここここ、同時に強く押さえてて」

高沢に頼むと、彼女は立ち上がり、シャツの胸ポケットからスマートフォンを取り出した。血に濡れた手で電源を入れると電波のアンテナマークは立っているが、周囲はやはり濃いガスに巻かれている。これではヘリを呼ぶこともできない。

歯噛みをして大柴を見下ろす。

高沢が不器用にガーゼで止血処置をしている。大柴の登山シャツがどす黒く染まっている。ズボンも血でぐっしょりと濡れているし、地面にまで染み込んでいた。

思った以上に出血量が多い。

自力歩行は不可能と判断した。むりをすればショック症状に見舞われる。

麓まで運ぶしかない。他に手段はないのだ。

静奈は決意した。

11

スマートフォンが震えた。

青梅街道の川井を過ぎた辺りだった。左手に多摩川の渓谷が曲がりくねりながら続いている。

真鍋が服のポケットから引っ張り出す。耳に当てた。

「もしもし?」

——神崎です。

「今、どの辺りですか」

——よく聞いて。奥多摩小屋の前で大柴さんが撃たれたの。急所は外れてるけど、かなり出血していて、なるべく早急に医療機関への搬送が必要なの。だから大至急、救急車を手配して!

「わ、わかりました」

狼狽えた声で彼は答えた。

「でも、そこから登山口までどうするんです」

――私が担いで下りる。

「あなたが？」

――これでも山岳救助隊のメンバーよ。麓まで運べるわ。

「――で、鴨沢でいいんですね」

しばし間があった。

――ルートを変える。鴨沢へは下りない。

「しかし……」

――私たちのとったルートを伝えたのはあなただけよ。それが敵に知られていた。

真鍋がグッと息を呑んだ。

まさかと思った。

――いい？　よく聞いて。地検特捜部には、もうこのことをいわないで。彼らは信じられないわ。

「そんな莫迦《ばか》な」

――他に理由が考えられない。だから、私たちが信じているのはあなたひとりだけ。

「だったら、どうするんですか」

——唐松谷の尾根を伝って日原に下りる。林道は一般車両が入れず、ゲートで閉鎖されてるけど、奥多摩町の役場でカギを貸してもらえるはず。

「わかりました」

——救急車もそこで待たせていて。なるべく早く下りるから。

通話が切れた。

真鍋はあっけにとられた表情で左手のスマートフォンを見ていたが、フウッと息を洩らした。

「どうなりましたか？」

助手席から長谷部が振り返った。

「実は……」

口に出かかった言葉を呑み込む。静奈にいわれたことを思い出した。

「神崎巡査から連絡が入り、大柴が撃たれたそうです。大至急、救急車を手配してくださいとのことです」

長谷部がうなずく。真鍋の同僚が撃たれたと聞いても、彼の表情はいささかも変わらなかった。

「予定通りの合流場所でいいんですか」

真鍋は逡巡《しゅんじゅん》した。

長谷部は自分の携帯電話を取り出し、またいった。

「救急車を呼ぶ場所は鴨沢でいいんですね?」

ふたたび強くいわれ、真鍋は思わず目をそらした。

やがて決意したように顔を上げ、いった。

「予定変更です。下山口は日原になりました」

12

静奈が背負ってきたザックは、高沢に預けた。

重さを少しでも減らすため、水や雨具など必要最低限の道具だけを選んで、あとは小屋の中に残していくことにする。

高沢に補助してもらい、大柴を背負った。疲れ切った躰に重みがグッとくる。

銃創には薬を塗り、包帯を巻いた。だが、背中に密着するからかなり痛いはずだ。

そのため、なるべく彼を揺らさないように歩かねばならない。

「行くわよ」

静奈がゆっくりと歩き出す。バロンが隣を歩き、ザックを背負った高沢が続く。背負い搬送に馴れた静奈にとって、大柴はさほど重く感じなかった。身長は百八十センチ近いらしいが、痩せた体型だからだ。

だだっ広いヘリポートをすぎると、開けた草原があった。トレイルはその間を抜けて続いている。周囲はカラマツの林である。広い草原は防火帯として人工的に作られたようだ。

ガスは相変わらず濃くて、笹藪の上を這うように流れている。

静奈の背中で大柴が唸った。

「どうしたの、傷が痛む？」

「いや」

ややあって、彼がいった。「女の髪の毛の匂いは久しぶりなんだ」

傍らを歩いている高沢が吹き出しそうになって、肩を揺らした。

静奈が足を止めた。

ポニーテイルにまとめた自分の髪に、大柴が顔を埋めているのに気づいた。

「ねえ、やめて。さもないと、ここに置き去りにするわよ」

「仕方ねえだろう。あんたに背負われてるんだから、どうしてもこうなっちまう」

静奈は吐息を投げた。

「あなた体重は？」

「六十五キロだ」

思ったとおりだった。

もっと重たい男性を何度も背負い搬送した経験がある。休み休み行けば、ひとりでも下まで担げるかもしれない。

「なあ、いつも山ではこんなことをしてるのか？」

「いつもじゃない。必要とあらば、よ」

「女だてらにっていっちゃ、失礼かな」

「それはいわれ馴れてるわ」

笑い声が聞こえた。

高沢がまた肩を揺すっていた。


山の鞍部に出た。

地図アプリで見ると、ブナ坂と呼ばれる場所らしい。

開けた場所でカラマツ林に包囲され、晴れていたらさぞかし絶景だろうと思われた。

しかし相変わらずガスが取り巻いている。静奈が腕時計を見ると、すでに六時を回っている。夏時間なのでまだ明るいはずだが、ガスのせいか、薄闇が彼らを包み込んでいるように思える。

カラマツの木立がガスの中で蒼く連なっていた。

静奈は一度、大柴を下ろした。

登山シャツをめくり、傷口を確かめる。出血は止まったままだが、顔色が悪かった。やはり大量に血を失ったためだろう。一刻も早く輸血措置が必要だった。

ナルゲンの水筒から水をマグカップにくんで大柴に飲ませた。自分も飲み、傍らに停座するバロンにも舐めさせた。

ポケットからスマートフォンを取り出す。

アンテナマークが確認できたので、真鍋に電話を入れた。

呼び出し音一回で彼が出た。

――真鍋です。神崎さん、大柴は大丈夫ですか。

「今んとこ、意識もはっきりしているわ。だけど、出血が多いからとにかく早く病院に運ばなければいけない」

――防災ヘリにスタンバイしてもらってるんですが、やはりガスが晴れないとフライトはできないそうです。日没になれば、もうアウトです。

「とにかく、このまま背負って下りるから。もう日原にいる？」

——林道の終点にある吊り橋のところで待機してます。救急車もすでに到着してます。

「わかったわ。ここから先、携帯の電波が入らない可能性があるから、いちおうこれが最後の連絡ということにします」

——諒解《りょうかい》です。くれぐれも気をつけて。

通話を切った。

「神崎さん」

高沢の声に振り向いた。

さっきまで胡座《あぐら》をかいていたはずの大柴が横たわっていた。

顔色が白蠟《はくろう》のようだった。額に脂汗《あぶらあせ》が浮かんでいる。

容態が悪化しているのは明らかだった。

「急いで下りるわよ。背負いを手伝って」

高沢に補助してもらって、大柴を背中に担いだ。腰を痛めないよう、ゆっくりと立ち上がる。疲労が躰に憑《とりつ》いているため、少しふらついた。バランスを崩さないよう、臍下《せいか》丹田にぐっと力を込める。

「大丈夫か、神崎さん」

高沢の顔を見て、彼女はうなずく。

「あと二時間下りたら、林道に到達するわ。そこで救急車が待ってる」

「わかった」

高沢がザックを背負った。


今度はバロンが先頭になった。

ノーリードで静奈たちを導くように少し先を歩き、たびたびこちらを振り返っている。

ここから先は一般ルートを離れ、落葉松林道と呼ばれるマイナーな登山路となる。まっすぐ南を目指せば鴨沢登山口に下りられた。

それをなぜ、わざわざ予定を変えたのかといえば、真鍋との連絡で気づいたことが理由だった。むろん彼自身が悪いのではなく、彼が信頼している相手——地検特捜部が信じられないのだ。

自分たちの動向があっさり敵に知られていた。

いったいどこから情報が洩れたのか？

地方検察庁は権力に対抗するゆいいつの捜査機関といわれる。

しかしながら、彼らもまた法務省という行政機関の傘下にある一機関に過ぎない。

かつて巨悪といわれた政治家たちの汚職を暴き、獄中に送った地検も、この狂った時代において変質していったのではないか。懐柔されたマスコミや権力に忖度《そんたく》するようになった司法機関同様、彼らもまた権力の走狗《そうく》に成り下がったのではないか。

そんなことを考えながら、静奈は歯を食いしばって歩き続ける。

信頼は必要である。

しかし、ときとして疑うこともまた必要。とりわけ身に危険が迫っているときは――。

それにしても、山岳救助隊の職を拝命して以来、いったい何度、こうして人を背負って下りただろうか。

十回や二十回ではすまない。男も女も背負った。若者も老人も。もちろん子供を背負って下りたことも何度かある。

しかし、こうして知人の重みを背中に受けて歩くのは初めてだった。

大柴哲孝。

逢ってまだ一年しか経《た》たないというのに、ずっと昔から知っているような気がする。そんな奇妙な男だった。

もちろん恋人でもなければ親友でもない。しかし、腐れ縁という言葉が似合う、そんな相手のように思える。だらしなさ、弱さを平然とさらけだしながら、どこか筋の通った意志の強さもある男だった。

ふいに背中で大柴がうめいた。

それまで眠っていたのか、まったく会話がなかった。

「どうしたの?」と、静奈が歩きながら訊いた。

返事がなかった。

「神崎さん。大柴が何だか変だ」

傍《そば》を歩く高沢がいった。

大柴が少し躰をよじった。背中でぐいっと身じろぎした。

苦しそうな息づかいが耳許に感じられる。

「大柴さん?」

静奈が声をかけた。

「大丈夫だ。ちょっと痛みがぶり返しただけだ」

しゃがれた声が返ってきた。静奈は少し安堵した。

「なあ」

そういわれて、静奈は首を傾げた。「何よ」

「あんた、自分の背中で人が死んだことがあるっていってたよな」

静奈はしばし黙って歩いた。先導するバロンの背中が揺れるのを見つめていた。

「そんなことは忘れて」

そういった。

「違う。あのとき、あんたをちょっとおちょくった。そのことを詫びたかった」

「おちょくられた記憶はないわ」

「いや、からかいの気持ちがあったことはたしかだった」

「そんなこと、いいってば」

「あんたは、やっぱり凄い。本当に……凄いと思う」

言葉の合間の息づかいが荒い。

「もうしゃべらないで。話さなくていいから」

静奈はそういって口を引き結んだ。

目頭が熱くなって来た。

それきり、大柴の声が聞こえなくなった。

静奈は立ち止まった。

「大柴さん？」

返事がない。

少し遅れて歩いていた高沢が、彼女の横に立った。

「大丈夫だ。こいつ、眠ってる」

そういってザックを背負った肩を揺すった。「いい夢でも見てるみたいに、目を閉じて笑ってやがる」

その言葉を聞いて静奈は心底、安堵《あんど》した。

大柴の躰は重たい。しかしあのとき、彼女の背中で要救助者が息を引き取ったときのような、石の重みはない。生きている者の手応えを、静奈は自分の背中に感じた。

少し先に行ったバロンが足を止めて振り向き、彼女たちをじっと見つめている。

太陽が背後の稜線に没しようとしていた。

景色が一気にモノトーンに彩られていく。

13

すでにとっぷりと日が暮れていた。

屹《そそ》り立った山に挟まれた狭隘《きょうあい》な谷底は闇に閉ざされている。吊り橋の近くに停まった三台の自動車のヘッドライトが暗がりに光条を投げている。静かな峡谷に川の音が聞こえているばかりだ。

吊り橋のすぐ傍に小さな滝があるようだ。

真鍋はアイドリング中のスカイラインの後部座席で、不安に駆られている。

前の席には長谷部と大河内が座っていたが、助手席の長谷部はときおり車外に出ては誰かと電話で話している。ここらは圏外で携帯電話はまったく電波が届かないはずだが、おそらく衛星電話なのだろう。

後悔の念にとらわれていた。

神崎静奈がいった言葉。

――彼らは信じられないわ。

それなのに、真鍋は下山予定の変更を長谷部たちに教えてしまった。

地検特捜部が敵側だという実感がどうしてもなかったことと、彼らの車に同乗している以上、救急車をここに呼ぶには、そのことを告げるしかなかった。

スカイラインの後ろには、救急車が停まっていた。ヘルメット姿の救急隊員が二名、車内で待機している。そしてその向こうに灰色のシーマとレクサス。それぞれの車内には地検特捜部の男たちが二名ずつ乗っている。

高沢と名乗っている男、元山秀一が静奈たちと下りてきたら、すみやかに〝保護〟をする。

長谷部はそういっていた。

しかし、〝保護〟とはどういう意味だろう。

ふとルームミラーを見る。

運転席の大河内の冷ややかな視線がこっちに向けられている。

意を決してこういった。

「あの不正取引事件に関して、あなたたちは本当に捜査をしているんですか」

答えがなかった。

「やはり仕組んでいたんですね」

「なんのことです」助手席にいる長谷部の後ろ姿がそういった。

「あなたたちがこちらにコンタクトしてきたのは、実は大柴たちを捕捉するためだったとしたら？　彼らに尾行させ、もっともらしく事実を告げて、私を利用したんじゃないんですか」

するとと長谷部が肩越しに振り向いた。

じっと真鍋を見ている顔が少しこわばっている。が、ふっとほつれたように笑った。

「お互いに持ちつ持たれつでいきましょうよ。それでいいじゃないですか」

「やはりそうですか」

真鍋は絶望に打ちひしがれた。

死にものぐるいで敵を排除し、山を越えて、大柴たちがここに下りてきても、彼らの努力と戦いは無意味なものとなる。自分はみすみすその罠に手を貸してしまった。

「なぜ、こんなことに？」

真鍋が訊ねた。

「この国はね、ひとつの大きな組織なんです。そのことをお忘れなく」

長谷部の声を、真鍋は虚ろな顔で聞いていた。

車の中にいると気が重くなるため、後部座席のドアを開いた。

「ちょっと外の空気を吸ってきていいですか」

「どうぞ」

長谷部が答え、また前を向く。

真鍋は黙ってドアを開き、車外に出た。

空気が冷たかった。吐く息が白く、風に流れる。

山を覆っていたガスはいつの間にか晴れて、頭上に星々が光っていた。山の稜線と稜線の間の狭い空間に、色とりどりの星がびっしりと詰まっている。

都会では決して見ることのない夜空だ。

背後を振り返ると、救急車の向こうに三台の車。それぞれの暗い車内から視線を感じる気がする。

袖をめくって腕時計を出し、デジタルの時刻を発光させた。

午後七時五十分になっていた。

夜が深まっていくにつれ、周囲の闇がさらに濃くなっていく。

14

——ちょっと待ってくれ。

背中から老人のようにしわがれた声がした。

静奈は暗がりに足を止めた。

「大柴さん、どうしたの？」

前方、少し離れたところから、バロンも立ち止まって振り返っている。

静奈が頭に装着しているヘッドランプの光の中で、ジャーマン・シェパードの目が青く、燐《りん》のように輝いてみえる。

「ここから終点まで、あとどれぐらいだ」

背中の大柴が意外にはっきりした声でいった。

ちょうど左から冨田新道と思われる狭い道が合流した場所だった。

「そうね。あと二十分ってところかしら」

「ゴールまで自分で歩いていくよ」

「え」

「下ろしてくれないか」

「何いってんの」

「いいから」

静奈は仕方なくその場にしゃがみ込み、背中の大柴を地面の上に座らせた。

彼は足を投げ出した恰好のまま、つらそうに息をついている。

「歩くなんてむりに決まってるじゃない。どれだけ血をなくしたと思ってるの」

「それでも歩きたいんだ」

「莫迦なことをいわないで」

静奈がいうと、大柴は顔を上げた。

汗ばんだ額に前髪が張り付いている。

「女に背負われてるのを、誰かに見られたくないんだよ」

静奈はふっと笑った。

「何なの、それ。強がりのつもり？」

「負け惜しみさ」

そんな大柴の顔を見下ろしていた静奈は、ふいに目をしばたたいた。

涙を見られたくなくて、あらぬほうを向いた。

銃創とは反対側の左腕を取って、静奈は自分の肩に回した。大柴はつらそうな顔をしながらもたれかかってきた。バロンが心配そうにふたりを見上げている。

「どう、歩ける？」

「何とかする」

よろよろと大柴が足を踏み出した。

少し歩いて、息を継いだ。しばらくゼイゼイと喘《あえ》ぎながら休んでいると、傍らにやってきた高沢が静奈にいった。

「大柴。手錠はまだあるか」

問われて彼は虚ろな目で高沢を見た。

のろのろとした動作でズボンのポケットに手を入れ、そこから手錠を取り出す。

高沢がそれを受け取り、自分の左手首にかけた。もう一方を大柴の手首にかます。

静奈は驚いて高沢を見つめた。

「仕事はきちんと最後まで終えなきゃな」

そういって高沢が笑った。

静奈はまた目をしばたたいた。掌を口に当てて嗚咽《おえつ》を堪《こら》えた。

「行こうか」

大柴がいった。

三人と一頭で歩き出した。

15

枯葉が積もった吊り橋の向こうの闇に、白っぽい光が見えた。LEDライト独特の輝きだった。

真鍋が見ているうちに、細道の曲がった向こうから人影が姿を現した。いや、先頭は犬だ。

その向こうに三名。ひとりの頭にヘッドランプが光っていた。

全員が吊り橋の対岸に立ち止まった。

救急車の中から救急隊員が飛び出してくる。リアゲートを開き、搬送の用意をしている。

三台の車のドアがいっせいに開いて、地検の男たちが車外に出てきた。何人かはライトを持っていて、川の対岸に立つ彼らのほうに光を向けた。

いちばん前にいるのは、大型犬のシェパード。真鍋が知っている山岳救助犬のバロンのようだ。その後ろに三名。ヘッドランプを額につけた神崎静奈の肩を借りて、大柴哲孝が立っていた。やけに不似合いな登山服姿だった。

その横にもうひとり。登山服の人物。

高沢基樹――いや、本当の名は元山秀一。

とっさに吊り橋に向かおうとした特捜の男たちの前に回り込み、真鍋が左右に両手を広げた。

「あいつらはここまで自分の足で下りてきたんだ。せめて最後まで歩かせてやれ」

バロンを先頭に静奈と大柴、そして高沢がゆっくりと歩いてきた。

川に架かった吊り橋が、ギシギシと軋《きし》み音を立てながら不安定に揺れる。

そこを時間をかけて渡りきり、彼らは真鍋と特捜の男たちの前に立ち止まった。

大柴と被疑者・元山の腕が手錠で繋がれているのが見えた。

クロームメッキの銀色がライトの光軸の向こうにギラギラと光ってみえた。

「シバさん……あんたって男は」

真鍋がつぶやいた。

16

車がそれぞれヘッドライトを煌々《こうこう》と照らしているため、周囲は目映《まばゆ》いほどに明るかった。その光芒《こうぼう》の中で静奈は見た。

真鍋と救急隊員だけではなかった。

その場に停まっている三台の車は、おそらく地検特捜部。真鍋はけっきょく彼らをここに連れてきてしまったのだ。

暗澹《あんたん》とした気持ちになったが、表情には出さなかった。

真鍋が気まずそうな顔で彼女の前にやってきた。

「神崎巡査。実はその……」

「あなたはいったい――」

いいかけたときだった。

大柴がふいにその場に膝を落とした。静奈はあわてて彼を抱きかかえる。

ヘルメットをかぶった救急隊員たちがストレッチャーを引っ張りながら走ってきて、倒れそうになっていた大柴の躰を支え、その上に横たえた。

「大柴さん。手錠のカギを貸してもらえる？」

静奈にいわれ、彼は横になったまま、ズボンのポケットからそれを取り出した。高沢の手首に繋がれた手錠を外すと、その手を静奈が握った。ゴツゴツした温かな手だった。

「感謝してるよ」

大柴がいった。むりに笑ってみせたようだ。

「無事に下山できて良かったわね。職務遂行、ご苦労様でした」

静奈がそういった。

「そうだな。これでやっとお役御免だ」

気息奄々《えんえん》といったその姿。

「ね、大柴さん――」

泥だらけで傷だらけ。おまけに大きな絆創膏を頬に貼ったままの彼の顔にそっと手を当てて、静奈はいった。

「生きていてくれてありがとう」

大柴が少し眉根を寄せた。「何だそれ」

「私の親友のとっておきの言葉なの」

「もしかして、あんたが好きだっていってた相手か？」

すると静奈は肩をすぼめて笑った。

「そうかもね」

救急隊員たちが大柴の躰の上に毛布を掛けた。

そのまま救急車のリアゲートに運び、てきぱきとした動きで車内に収納する。

後部ドアを閉鎖した救急隊員たちがそろって敬礼をし、車内に戻った。闇に滲むように赤い尾灯を光らせ、救急車が坂道を下ってゆく。


ふうっと息をつき、静奈が振り向いた。

真鍋がすぐそこにうなだれて立っていた。その向こうに地検の検察官たちがいる。

「元山秀一さん。東京地検特捜部の長谷部です。あなたの身柄を保護します」

高沢がうなずくと、長谷部と名乗った男が白いスカイラインの後部ドアを開いた。

高沢がそこに乗り込んだ。

真鍋はまだ俯いている。見るからにつらそうな姿だ。

地検の男たちがふたり、静奈の前にやってきた。

「南アルプス署の神崎巡査ですね。本当にご苦労様でした。これより、元山秀一さんの身柄は我々が引き受けます」

長谷部がそういった。

スカイラインの後部シートに、高沢が座っているのが見えた。

ウインドウ越しに静奈のほうを凝視している。

「さぞかしお疲れでしょうが、あなたご自身からもいろいろと聴取したいことがありますので、これから我々とともに来ていただきたいのですが」

長谷部の肩越しに、また真鍋の姿が見えた。

こちらを見ている。

視線が合った。何かを決意したような表情。

静奈が目配せをした。真鍋が驚き、そしてうなずいた。

「神崎巡査?」

長谷部が訝《いぶか》しげな顔でいったとき、静奈は行動を開始した。

「バロン、バーク!」

ハンドラーの声とともに、ジャーマン・シェパードが吼えた。

底力のある野太い声で咆吼《ほうこう》した。

その凄まじい迫力に、地検の長谷部や他の検察官たちがたじろいだ、その隙に静奈が走った。

「真鍋さん。乗って！」

そういいながら、目の前のスカイラインの運転席のドアを開けた。「バロン！」ヘッドライトを灯《とも》しているから、エンジンがアイドリング中だということはわかっていた。疾走してきたバロンが静奈の脇から車内に飛び込んだ。

シェパードが助手席に移ると、静奈が運転席に座ってドアを閉めた。

サイドウインドウの向こうに、スーツ姿の長谷部が立っている。それまでには見せなかった、鬼のような形相である。

真鍋が後部座席の高沢の隣に乗り込んできた。

それを確認し、静奈はシフトをドライブに入れて、アクセルを踏み込む。

スカイラインが猛然とダッシュした。

長谷部たちが大あわてで他の二台の車に入るのがミラー越しに見えた。静奈はブレーキを踏みつけると、シフトをリバースにぶち込む。強引に車をバックさせた。

走り出したばかりのシーマの鼻面に、スカイラインの尾部が思い切りぶつかった。

暗闇に火花が激しく散った。

衝撃でシーマの車体が横向きに回転し、狭い林道を塞《ふさ》ぐかたちとなった。

肩越しに振り返ってそれを確認した静奈は、向き直る。

助手席のバロンに笑いかけた。

そして後部座席にいる高沢と真鍋にも。

「行くわよ」

アクセルを思い切り踏み込んだ。

エピローグ

猛暑の夏が過ぎ、涼やかな秋が去って、十一月になろうとしていた。

北岳の山小屋はこの時期、いっせいにシーズンの終了を迎える。

白根御池小屋も女子スタッフたちがすでに下山し、残った男子スタッフたちがあわただしく小屋仕舞いの作業に追われている。小屋のあちこちで、トントンと金槌《かなづち》を打つ音が聞こえていた。

その隣にある山梨県警南アルプス署地域課に所属する山岳救助隊の警備派出所も、山小屋とともにそのシーズンの任を終える。隊員たちは窓に防雪板を取り付けたり、表の看板を取り外したりと、休む暇もなく早朝から働き続けている。

派出所に隣接する救助犬たちの犬舎の前で、神崎静奈がドッグランの柵を分解していると、後ろから声がかかった。

「静奈さん。お客さんです」

彼女は振り向いた。

隊員服姿の星野夏実が立っている。その隣にほっそりとした中年の女性登山者がいた。

背丈は夏実と同じぐらいで小柄。ショートヘアで色白の顔。青いチェック柄の登山シャツと薄緑色の登山パンツといった服装だった。

「元山友美《ともみ》と申します」

そういって彼女は頭を下げた。

静奈も立ち上がりお辞儀をする。

「ようこそ北岳へ」

微笑みながら静奈はいった。

麓《ふもと》の広河原から連絡をもらって二時間しか経《た》っていなかった。かなりの健脚らしい。

「本当はもっと早く来たかったんですけど、仕事が忙しくてなかなか時間が取れなかったんです。シーズン終了間際になって、ようやく」

友美は少し恥ずかしげに笑った。

静奈は傍《そば》にいる夏実に向かってこういった。

「ちょっといっしょに上まで行ってくるね。ハコ長にはもう許可をもらってあるから」

「いいですね。北岳にお別れの挨拶ですか」

屈託のない夏実の笑顔。その頬《ほお》の小さな笑窪《えくぼ》を見ながら静奈がうなずく。

「今シーズンもお世話になりましたって、手を合わせてくるつもりよ」

「あ。バロンもいっしょですか？」

静奈は犬舎のほうを見てから、また向き直る。

「ええ、当然。彼にもいっしょに行く権利があるわ」

そういって笑った。


十一月とはいえ、穏やかな日だった。

気温は十五度近くあり、抜けるように青い空には雲ひとつない。

思ったように友美は健脚だった。草すべりの急登《きゅうとう》のジグザグ道を息を乱すことなくマイペースで登っていく。そのすぐ後ろについて歩きながら、静奈はときおり相棒のバロンを振り返る。

精悍なシェパードは大きな耳を立てて嬉しそうだ。

その向こう、遥《はる》か眼下に御池が小さく見下ろせた。池の畔にオレンジ色のシャツを着た小柄な娘が立って、こちらに手を振っているのに気づいた。

夏実だった。ずっと下から見上げていたのだろう。

静奈は苦笑して手を振り返す。

草すべりを登り切って、小太郎尾根に出た。

人けがまったくない。これまで他の登山者に遭わなかった。

風はほとんどなく、すぐ隣にそびえる仙丈ヶ岳が間近に見えていた。その迫力に友美が圧倒されている。背後を振り返ると、雲塊のずっと向こうに富士山がきれいな三角の山容を覗《のぞ》かせていた。

「今日、来られて良かった。神崎さん、わざわざ誘ってくださって感謝してます。実は今までに北岳って二度ほど来たんですけど、いずれも天気が悪かったんです。こんなにいい天気なんて、まさに三度目の正直って感じですね」

友美がタオルで顔の汗を拭きながらいう。「でも、まさか亡くなった兄に警察官の知り合いが、それもこんなに美しい女性がいたなんてびっくり」

「たまたまご縁があっただけですから」

少し頬を染めて静奈がいった。「妹さんが登山をされるって聞いてたから、ご連絡させていただいたんです。お忙しいのに本当にすみません」

「いいんです。おかげでこんなに楽しい登山ができたわ」

そのとき、静奈のスマートフォンが震え始めた。

「ちょっとごめんなさい」

友美にいってザックを下ろし、雨蓋《あまぶた》から取り出した。

液晶画面には《大柴哲孝》と表示されている。

静奈は少し驚き、指先でタップして耳に当てた。

「神崎です」

——元気か？

「あいにくと今、勤務中なんですけど？」

大柴の笑い声がした。

——相変わらずつれない奴だなあ。ちょっとだけ話していいか。

「いいわ」

——今日から復職したんだ。阿佐ヶ谷署からかけてる。

「怪我のほうはもういいの？」

——傷はすっかりふさがってるが、弾丸が骨を砕いててな。ときどき雨が降りそうになると、肩胛骨《けんこうこつ》の辺りがしくしく痛みやがる。

「真鍋さんも元気かしら」

——ああ。また、あいつとはペアを組まされるみたいだ。お互い、事件をいっぱい抱えたままだから忙しくなるよ。

「例の事件のことはどうだったの？」

——小坂が亡くなったことはともかく、他に関して署内では何もなかったことにされてる。刑事担当次長や課長はおろか、署長や副署長までが知らん顔だ。まるで狐につままれたような感じだよ。そっちは？

「うちの署もそう。勝野担当官の死は自殺ということになってるし、あれだけ市内であなたたちがやらかした事件もさっぱりだった。県警が仕切ってた捜査本部もすぐに解散になって、早くも〝お宮入り〟だって。もう莫迦《ばか》みたい」

——上からの圧力だろうな。

「そうに決まってるわ。けれども、皮肉なことに私たちまで何事もなく無罪放免になって、これっていいんだか悪いんだか」

——下手に内偵されたり、上からつつかれないだけ良かったが、やっぱり気味悪いよな。

「ところで何の用で電話してきたの？」

ふいに静奈にいわれ、大柴が一瞬、黙った。

——いや。その……復職の報告とさ、そっちが元気か知りたかっただけだよ。

「事件いっぱい抱えてるっていってたけど、本当は暇なんじゃゃない？」

——多忙の合間にこうしてかけてんだ。

狼狽《うろた》えた声に静奈は笑う。

「ねえ。本当に北岳に来てみたいの？」

——ああ。おかげで、ちょっとは山に馴染《なじ》んだからな。あんたと再会するためなら、マジに這《は》ってでもいくよ。

「莫迦ね」

そういって静奈は通話を切った。

彼女の笑みは、すぐに消えた。

事件は上層部によってうやむやにされた。奴らならそれが可能だっただろう。

何人かが死んだが、すべて事故や自殺として処理され、雲取山付近の山腹に墜落したというヘリのことはニュースにもならなかった。

ふと気がつくと、眉根《まゆね》を寄せていた。

この国はひとつの大きな組織だ——地検特捜部の長谷部がそういったと、阿佐ヶ谷署の真鍋から聞いた。その言葉が脳裡に深く刻まれていた。

地検すらかなわない巨悪。

それも得体の知れない大きな魔物のような存在が、人知れず暗躍し、ときに不可解な死を生み出している。

心配そうな顔で見ている友美に気づき、静奈は相好《そうごう》を崩した。

「ごめんなさい。そろそろ行きましょうか」

そういって静奈はザックを拾った。


標高三〇〇〇メートルの稜線。

北岳肩の小屋の煙突から煙が流れていた。

ここでも若いスタッフたちが、忙しそうに小屋仕舞いの作業をしている。

何人かが静奈とバロンを見て挨拶してきた。

彼女は挨拶を返し、友美とバロンを外で待たせて小屋の中に入った。

右側の受付カウンターを過ぎると、先代管理人の小林雅之がいつもの青いジャンパーに長靴といった恰好でダルマストーブの前に座っていた。

「こんにちは。保科《ほしな》さんは？」

小林は独特の屈託のない笑みで手を挙げ、こういった。

「上に行ってるよ。ここんとこ天気がいいから、毎日のようにこの時間になると頂上だ」

「そうでしたか」

「あんたに紹介してもらって助かった。あれから山小屋の仕事をすぐに覚えてくれてな。若い子たちにも慕われるし、うちの息子の片腕としてよくやってくれてる」

「それは良かったです」と、静奈がうなずく。

小林はこの小屋の二代目管理人だったが、今は息子の和洋《かずひろ》に代を譲ったばかりだった。

「せっかく来たんだから、茶でも飲んでいかんか」

「あ、せっかくですけど、お客さんとバロンを外で待たせてるので、晴れてるうちに頂上を拝んできます」

「そうか。下りは大樺沢かね」

「その予定です」

寂しげな小林に暇《いとま》を告げて、静奈は小屋の外に出た。

友美はベンチに座り、傍《かたわ》らのバロンの背中を撫《な》でながら、雲塊の向こうの富士山を見つめていた。その傍に立つと、彼女が振り向いた。

「お待たせしてごめんなさい」

「何だか奇跡みたいです」

友美は目を細めて遠くを見ていた。

「え」

「こうして日本一高い山を、日本で二番目に高い山から見てるなんて」

ふっと静奈が笑った。

「そうね。この山は奇跡が起きることが多いの」

そういってバロンのリードを取った。「さあ、頂上まであとひと息ですよ」

友美がうなずき、立ち上がった。

つま先上がりのトレイルを登って、北岳の頂上に到達した。

標高三一九三メートル。

三百六十度の大絶景が眼前に広がっていた。

ベンチ代わりに岩の上に置かれた木材に、男が猫背気味に座っている。黒いフリースに登山ズボン。白髪《しらが》交じりの髪がそよ風に揺れていた。

周囲には数名の登山者たちがいて、弁当を食べたり、写真の撮影をしている。

大げさな声ではしゃいでいる大学生風の若者たちもいた。

「こんにちは」

静奈が挨拶すると、男が振り返った。

痩《や》せた顔の右側に白い傷がうっすらと浮き出している。

静奈の傍らに立つ友美を彼は見て、少し驚いた表情になったが、すぐにまた遠くに目を戻した。

「肩の小屋でスタッフをされてる保科さんです」

静奈が友美にそう紹介した。「こちらは元山友美さん」

「こんにちは。いい天気に恵まれましたね」

保科は背中を向けたまま、そういった。

「ええ。ホントに」

友美がその場にザックを下ろした。両手をめいっぱい伸ばして、深呼吸をした。

スポーツドリンクを持って、美味しそうに飲んでいる。

保科はじっと遠くの富士山を見ているらしかった。その後ろ姿を見ていて、静奈はつらかった。

「この景色もね。これで見納めなんです」

保科が突然、そういった。「明日、小屋の仕事が終わったら、山を下ります」

「ご苦労様でした」

静奈がそういった。

友美はスポーツドリンクを持ったまま、保科の後ろ姿を見ていた。

彼女はいった。

「でも、また来年になれば、ここで働かれるんでしょう?」

しばらく間を置いてから、保科が答えた。

「いいえ。外国に行くことになりました。たぶん……もう、戻ってこない」

「そうなんですか」

友美が口を引き結んだ。黒いフリースの後ろ姿を凝視していた。

ふいに保科は意を決したように立ち上がった。傍らに置いていたデイパックを拾って背負った。

「じゃあ、そろそろ仕事に戻るので、これで失礼します」

そういって歩き出し、バロンを従えて立つ静奈とすれ違った。

続いて友美とすれ違う。

そのまま肩の小屋への下り道に向かった。安定した足取りで岩場の急斜面を下ってゆく。

「あの……」

友美が振り返り、呼びかけた。

保科が斜面の途中で足を止めた。ゆっくりと向き直った。

じっと見つめる彼の視線の先、友美の目に涙が光っていた。

「いつまでもお元気で」

そういった友美が唇をギュッと嚙《か》みしめた。

「ありがとう」

彼がまた背を向け、ふたたび歩き出した。

バロンがかすかに「クゥン」と鳴いた。

静奈は膝を折って、シェパードの首を抱きしめる。

「いいのよ、これで」

小声でそういってから、目頭の涙を指先でぬぐった。

友美はそこに立ち尽くしたまま、小さくなって去っていく姿をじっと見送っている。

ふいに北風が吹き寄せ、冬の空気を運んできた。

この作品は徳間文庫のために書下されました。
なお本作品はフィクションであり実在の個人・団体などとは一切関係がありません。

徳間文庫

南アルプス山岳救助隊K-9

逃《とう》亡《ぼう》山《さん》脈《みゃく》

2019年5月15日 初刷
2019年7月1日 2刷

著者 樋《ひ》口《ぐち》明《あき》雄《お》

発行者 平野健一

発行所 株式会社徳間書店
東京都品川区上大崎三―一―一 〒141―8202
目黒セントラルスクエア
電話 編集〇三(五四〇三)四三四九
販売〇四九(二九三)五五二一
振替 〇〇一四〇―〇―四四三九二

印刷
製本 大日本印刷株式会社

ISBN978-4-19-894468-1 (乱丁、落丁本はお取りかえいたします)